Michaela Kastel

So dunkel der Wald

Thriller

btb

Sollte diese Publikation Links auf Webseiten Dritter enthalten, so übernehmen wir für deren Inhalte keine Haftung, da wir uns diese nicht zu eigen machen, sondern lediglich auf deren Stand zum Zeitpunkt der Erstveröffentlichung verweisen.

MIX
Papier aus verantwortungsvollen Quellen
FSC® C014496

Verlagsgruppe Random House FSC® N001967

1. Auflage
Genehmigte Taschenbuchausgabe Mai 2020,
btb Verlag in der Verlagsgruppe Random House GmbH,
Neumarkter Str. 28, 81673 München

Covergestaltung: semper smile, München
nach einem Entwurf von Nina Schäfer
Covermotiv: Iain Sarjeant/Trevillion Images
Druck und Einband: GGP Media GmbH, Pößneck
SL · Herstellung: sc
Printed in Germany
ISBN 978-3-442-71932-7

www.btb-verlag.de
www.facebook.com/btbverlag

Ronja und Jannik führen ein Leben ohne Zukunft, seit sie als Kinder von einem gewissenlosen Entführer tief in den Wald verschleppt wurden. Eines Tages gerät die Situation außer Kontrolle, und die langersehnte Freiheit ist zum Greifen nahe. Doch was so lange ein Wunschtraum war, erscheint ihnen plötzlich fremd und beängstigend. Sie ahnen nicht, dass die Welt da draußen bereits fieberhaft nach ihnen sucht.

»Michaela Kastel gelingt es, in ihrem Thriller ›So dunkel der Wald‹ Elemente des Horrorgenres mit der hochaktuellen Fragestellung nach den Grenzen zwischen Gut und Böse, Moral und völliger Enthemmtheit zu verknüpfen. Außergewöhnlich!« **Jurybegründung Viktor-Crime-Award**

Michaela Kastel, geboren 1987, studierte an der Universität Wien. Ihr Ausnahme-Thriller »So dunkel der Wald« wurde von Publikum und Presse begeistert aufgenommen. Eine Verfilmung ist in Planung. Michaela Kastel lebt in Wien.

Für das Haus mit der Nummer 50

1

Wir nennen es Sonnentor – das dunkle Loch mitten im Felsen, in das Paps uns wirft, wenn wir nicht artig waren.

Der Schacht führt etwa fünf Meter ins Innere des Berges hinab. Die Höhle, in die er mündet, ist eng, doch für ein zusammengekauertes Kind reicht der Platz allemal. Wasser und Kälte stauen sich dort unten, aber auch verschiedene feinste Bewegungen, die erst mit weit aufgerissenen, vor Schreck erstarrten Augen sichtbar werden: das Glitzern des Gesteins, tropfende Rinnsale, leise flatternde, pechschwarze Motten, die zu Hunderten in den Felsspalten leben. Hässliche Geschöpfe, mehr Sprenkel eines Schattens. Als wir Kinder waren, erzählte mir Jannik, er habe einmal eine Vampir-Fledermaus dort unten gesehen, mit roten Augen und langen, spitzen Zähnen, von denen das Blut tropft. Damals habe ich ihm schon nicht geglaubt, doch er hält bis heute stur daran fest. Er ärgert mich viel zu gerne.

Die verregneten Nächte sind am schlimmsten. Sie nehmen einfach kein Ende. Schlaf findet man dort unten nicht, bloß die tote Stille von Gestein und Finsternis. Die zerklüfteten Felswände sind rasiermesserscharf, scheuern Stoff und Haut auf, erdrücken Gedanken genauso wie zu schwache Knochen. Ist die Nacht überstanden, hat der wahre Alptraum erst begonnen. Du siehst kein Tageslicht, obwohl du weißt, dass es dort oben irgendwo ist, deine Kleidung ist durchnässt, du frierst, und das monotone Rauschen der Nadelbäume droht dir den Verstand zu rauben. Dir ist klar, dass es Stunden dauern wird, bis Paps dich holen kommt, also schließt du die Augen und träumst. Du träumst von einem Morgen, an dem alles anders ist; denn manchmal küsst dich die zarte Wärme eines Sonnenstrahls wach, und es ist dann, als riesle Gold zu dir in die Dunkelheit hinab, sattes, wild strahlendes Licht wie aus einer Schatztruhe, die geöffnet wird.

Jannik schaltet die Scheinwerfer des Lada ein. Helligkeit dringt in die Feuchte des Waldes vor, zersplittert an moosbewachsenen Felsen und großen, dunklen Tannen, die weniger werden, je höher die Straße uns führt. Nieselregen beschlägt die Scheiben und webt den Berg in Nebel. Jannik hat einen Heidenspaß, den allradbetriebenen Wagen durch den unwegsamen Morast zu jagen. Die Wasserrinnen, die er und Paps vorletzten Herbst zum Schutz vor Unterspülungen mit nichts als Spitzhacken in den Forstpfad gegraben haben, kümmern ihn nicht. Er rast einfach drüber, und eine heftige Erschütterung zwingt mich, nach Halt zu greifen.

»Er wird böse sein, wenn der Wagen wieder so schmutzig wird«, rufe ich ihm ins Gedächtnis. Nach unserem letzten Ausflug bekam Jannik dreiwöchiges Fahrverbot, weil er den Lada so malträtiert hatte. An seine dementsprechende Laune erinnere ich mich gut. »Fahr langsamer«, bitte ich ihn, als er nicht reagiert.

»Lass mir doch den Spaß.«

»Deinetwegen bauen wir noch einen Unfall.«

»Unsinn.«

Wir kommen an der alten Mühle vorbei. Sie steht am Wegrand wie eine verwunschene Ruine, Fenster und Türen sind mit Brettern vernagelt, als wäre im Inneren einst etwas Schreckliches geschehen. An der Fassade wuchern Schimmel und Baumschwämme wie Eiterbeulen. Das morsche Rad hat sich seit Jahrzehnten nicht bewegt.

»Da vorne, schau!« Jannik deutet auf die Krähe, die vor uns auf der Straße gelandet ist. Er steigt aufs Gas. »Die mach ich platt.«

»Was soll das? Hör auf!«

»Ist nur ein Vogel.«

»Nicht!«

Ich greife nach dem Lenkrad und reiße es in meine Richtung. Janniks Fuß knallt auf die Bremse, und ruckartig kommt der Lada zum Stillstand. Einen halben Meter von einem Felsen am Wegrand entfernt. Mein Herz macht einen panischen Satz; das hätte ins Auge gehen können.

»Sag mal, spinnst du, Ronja? Wir wären fast gegen den Felsen da gekracht! Mach das nie wieder!«

Die Krähe sitzt immer noch auf der Straße. Sie flattert wild mit den Flügeln, die offenbar nicht mehr genug Kraft haben, um sie zurück in die Lüfte zu heben.

»Ich mag es nicht, wenn du so bist«, antworte ich. »Der Vogel hat dir nichts getan.«

Er dreht den Motor ab und sieht mich an. Er hätte die Krähe überfahren, zielsicher mit dem linken Vorderrad, weil sie ihm gleichgültig ist, und vielleicht auch, weil das Leid anderer die einzige Freude ist, die einem hier noch bleibt. Doch er weiß, wie verrückt das ist, und in seinen Augen sehe ich Dankbarkeit dafür, dass ich ihn immer wieder daran erinnere, genauso wie ich manchmal den Wald darin sehe, ein kalter, verwirrender Ort, der ihn einfach schon zu oft in die Irre geführt hat. Augen, die sich nach Licht sehnen. Ich bin sein Licht.

»Gehen wir den Rest zu Fuß«, schlägt er vor.

Wir steigen aus und lassen den Lada auf der Straße zurück. Niemand sonst kommt hierher, in diese völlige Wildnis. Der Waldboden ist matschig, aber unsere Stiefel sind robust. Während Jannik noch den Rucksack mit der Kletterausrüstung aus dem Kofferraum holt, biege ich von der Straße ab und nehme den letzten Aufstieg bis zum Gipfel der Anhöhe in Angriff.

Die Stille fällt mir heute Morgen besonders auf. Es gibt nur unsere Schritte und das sanfte Geräusch von Regen zwischen den Bäumen, die im Dunst nicht mehr sind als

Schemen, Spiegelbilder in einem trüben See. Durch die eng stehenden Wipfel dringt kaum Licht in den Wald. Nicht lange und Jannik hat mich überholt. Er hetzt den Hang hoch, ohne sich nach mir umzublicken. Wir reden nicht. Hier nimmt man schnell das Schweigen der Geister an, die nachts ihr Unwesen treiben und tagsüber nicht gestört werden wollen. Der schmale Wasserlauf, dem wir bergauf folgen, schimmert silbrig, als wäre er magisch, doch es ist der Nebel, der ihn so aussehen lässt, der Nebel, der alles verschleiert.

Der Gipfel ist schnell erreicht. Von hier aus hat man gute Sicht über das Tal und die umliegenden Bergkämme. Es ist ein friedlicher Ort, so leer. An der Kante zum steinigen Abgrund zu stehen und in die Ferne zu schauen ist, wie einen Blick über eine Klippe zu werfen, die als letzter Zipfel Festland auf einen stillen grünen Ozean hinausragt. Anstelle der Wellen schlägt Nebel an die Felsen, und der Wind lässt Baumkronen wogen wie Schiffe am Horizont. Für einen kurzen Moment kommt die Sonne hervor, und wie unter bedachten Pinselstrichen entsteht eine endlose, zutiefst einsame Landschaft. Vergeblich sucht mein Blick nach Straßen oder Häusern. Ich könnte aus vollstem Halse schreien, und niemand würde es hören. So viel Freiheit in einem gigantischen, menschenleeren Käfig.

Jannik hat den Einstieg zur Höhle bereits von den Holzbrettern befreit, die wir beim letzten Mal darübergelegt haben. Ein schlechter Schutz vor Wind und Wetter, aber besser als nichts. Jannik kniet sich hin und holt die Ausrüstung aus dem Rucksack. Während ich mir den Gurt anlege, zieht er sich Handschuhe an und befestigt das Seil an der Schlaufe an meiner Hüfte. Jahrelange Übung hat jeden seiner Handgriffe perfektioniert, nur sein Gesicht verrät seine Nervosität. Er kaut auf seiner Lippe herum, atmet angespannt. Er bemerkt nicht, dass ich ihn anschaue. Seine Gedanken sind bei der Finsternis und der Zeit, die dort unten verloren geht, während wir stur dem routinierten Ablauf folgen. Sein Haar ist feucht vom Regen und hängt ihm tief ins Gesicht. So dunkel wie alles hier, wie seine Augen, die mich einfach nicht sehen.

»Fertig.« Er weicht zurück und wickelt sich das restliche Seil um den Arm.

Ich gehe am Rand des Einstiegs in die Hocke, verhake die Finger im Gestein und beginne mit dem Abstieg. Zuerst vorsichtig, dann zügiger, als ich den Sog der Kälte zu spüren beginne. Wie lange war sie dort unten? Drei Tage? Der Fels ist nass und kantig, ich rutsche ab und muss eine Pause einlegen. Jannik hält von oben das Seil straff, da ich ohne Sicherungsgerät klettern muss und bei einem Sturz nicht abbremsen kann. Für den Notfall habe ich Karabiner dabei, doch die sind nur schwer wieder aus dem Fels zu kriegen, wenn sie erst einmal drinstecken, deswegen versuche ich darauf zu verzichten. Zum Glück kenne ich die Trittlöcher auswendig. Als die Wand schräg nach unten abfällt, stoße ich mich mit den Beinen ab und bewältige den letzten Meter des Schachtes im Sprung.

Ein hartnäckiger Mief nach Moder und Urin kriecht hier unten aus jeder Ritze. Kaltes, verschmutztes Wasser umspült knöcheltief meine Stiefel. Ich hole die Taschenlampe aus meiner Jackentasche und leuchte rasch die Dunkelheit aus, ehe meine Augen mir noch Streiche spielen.

»Lola?«

Vorsichtig tappe ich an der Felswand entlang, vorbei an den Kratzern, die schon da waren, als ich zum ersten Mal hier drin gelandet bin. Es müssen Spuren von Fingernägeln sein. Jemand hat mit aller Gewalt versucht, die Wand hinaufzuklettern, immer wieder, doch es ist ihm nicht gelungen. Ein grausames Mahnmal der Unbezwingbarkeit dieses Ortes, für alle Ewigkeit in den Stein geritzt. Vielleicht sind das Janniks Finger gewesen. Ich habe ihn nie danach gefragt.

Das Wasser bildet einen Strudel, wo es durch einen Spalt ins Innere des Berges abfließt. Ab hier geht es nicht mehr weiter. Ich hätte sie längst entdecken müssen. Der Strahl der Taschenlampe flackert – zittert meine Hand?

»Lola!«, rufe ich.

Jemand packt meinen Fuß. Ich presse das Licht an meinen Körper, wage nicht, ins Dunkel zu blicken. Jannik ruft meinen Namen, offenbar habe ich geschrien. Dann höre ich das Flüstern ... gurgelnd wie gerinnendes Blut, direkt vor mir.

»Lass mich ... nicht allein ...«

Kälte tropft in meinen Nacken. Ich halte die Taschenlampe in die Dunkelheit. Der Lichtstrahl enthüllt eine Gestalt so nass und grau wie die Felsen selbst, kaum noch lebendig. Als hätte der Berg sie sich bereits einverleibt. Nasses braunes Haar fällt in ein knochiges Gesicht, während glasige Augen vor dem Licht erschrecken. Blut läuft aus dem krummen Gebilde, das einmal eine Nase war. Die Hand packt immer fester zu. Der letzte Funken Leben entweicht dem Körper, wie verjagt vom Licht, dann lässt ihr Griff auf einmal nach. Ihr Kopf fällt zur Seite wie ein schwerer Stein. Meine Hand zittert immer noch.

»Ronja?« Ein forscher Zug am Seil. »Was ist da unten los? Hast du sie gefunden?«

»Ja ... ich hab sie. Sie ist bei mir.«

»Geht's ihr gut?«

Ich setze mich neben dem leblosen Geschöpf auf den Boden und starre auf die Mottenflügel an den Felswänden. Millionen Mottenflügel. Das Tageslicht sollte sie bläulich schimmern lassen, doch sie bleiben schwarz. Was in dieser Dunkelheit geboren wird, bleibt für immer ein Teil davon.

Ich hebe den abgemagerten, kalten Körper hoch und trage ihn bis zum Höhleneinstieg zurück, an dessen oberem Ende Jannik ungeduldig auf mich wartet.

»Vorsichtig«, rufe ich, als er Lola mit dem Seil nach oben zieht. Danach bin ich an der Reihe.

Lange Zeit stehen wir über sie gebeugt und sehen sie an. Noch vor zwei Wochen kannten wir sie nicht. Paps wird sich ein neues Mädchen holen.

Doch dann werde ich nicht mehr da sein.

2

Auf dem Rückweg fährt Jannik sehr langsam. Ich spüre, dass seine Gedanken woanders sind. Paps wird wütend sein. Das war er schon, als Lola vor drei Tagen weggelaufen ist und er ihr mit geladenem Gewehr hinterherjagen musste. Es war nicht geplant, dass sie so schnell stirbt. Er hat sich viel von Lola versprochen, und ein Grab auszuheben ist mühsam zu dieser Jahreszeit; der Herbstfrost hat sich bereits tief in der Erde festgesetzt, und wenn wir Pech haben, treibt der Regen Muren den Berg hinunter, sodass Lolas Überreste zurück an die Oberfläche gespült werden könnten. Der Berg verschlingt sonst alles voller Gier, doch was wir ihm geben, ist einfach zu viel. War Lola überhaupt ihr richtiger Name?

Der Weg führt uns tiefer in den Wald hinein, vorbei an vermoderten Holzstößen, gigantischen Wackelsteinen und leise sprudelnden Quellen. Eine dicke Laubschicht bedeckt den Boden, in dem sich allerhand Lebendiges tummelt. Vorschnelle Nager sind im Unterholz auf der Suche nach Futter, Ameisenstraßen verlaufen kreuz und quer, Feuersalamander, Kröten und andere Amphibien verstecken sich in feuchten Ritzen oder in Rinnsalen unter den Felsen. Der Ruf der Vögel eilt dem Rattern unseres Motors voraus und verliert sich hoch im Geäst.

Hinter einer Kurve treffen wir auf eine Lichtung, die entlang eines grasumwucherten Abhanges verläuft. Rauch quillt aus dem Schornstein, dann lugt bereits das Haus hinter den Bäumen hervor. Aus groben Steinen, Holz und Lehm gebaut, kauert es im Wald wie ein verletztes Tier: Kälte, Nässe und Zeit saugen es langsam aus, doch noch regt sich Leben in seinem Inneren.

Als Jannik den Lada etwas abseits im Schutz einiger

Fichten abstellt, kommt Henna uns bereits entgegengelaufen. Ihre dunklen kurzen Haare stehen in alle Richtungen ab, und ihre braunen Augen strahlen. Sie hat Mühe, mit ihren großen Gummistiefeln vorwärtszukommen, sie stolpert über einen Stein und landet mit ihrem hellblauen Kleidchen in einer Regenpfütze. Doch sie steht sofort wieder auf und zeigt uns beim Grinsen ihre nagelneue Zahnlücke.

»Oh, wann ist denn das passiert?«, frage ich und nehme sie zur Begrüßung auf den Arm.

»Heute Morgen«, antwortet sie stolz. »Theo hat gesagt, ich muss den Zahn unter mein Kopfkissen legen, dann verwandelt er sich über Nacht in Schokolade.«

»Also, ob Schokolade für deine neuen Zähne so gut ist, weiß ich nicht.«

Ich lasse sie runter, bevor ihre schlammverschmierten Hände über meine Wangen tapsen können, und putze Nadeln, Blätter und Erde von ihrem Kleid. Jannik sperrt das Auto ab und streicht Henna im Vorbeigehen durch das zerzauste Haar.

»Wo ist das neue Mädchen?« Sie schaut sich verwundert um.

Im Kofferraum. Und bald für immer verschwunden.

»Gehen wir rein. Es ist kalt.«

Zum Haus geht es noch einmal ein Stück bergab. Vorbei am Geräteschuppen, der Schranke und dem Plumpsklo, das dasteht wie ein ulkiges Pförtnerhäuschen. Am Rand des Abhanges führt ein Brunnen tief in die Erde, aus dem wir Wasser schöpfen, wenn die Rohre zur Quelle wieder verstopft oder beschädigt sind, dahinter liegt die Wiese mit ihren drei ehrwürdigen Ebereschen. In ihrem Schatten verborgen, alt und morsch, hält der Holzschuppen am Waldrand Wache. Das Haus selbst steht ungeschützt auf der Lichtung, und viele kleine Risse im Dach zeugen von Steinschlag und uralten Hagelschäden.

Dunkel gestrichenes Holz verkleidet die obere Hälfte des Hauses, während die Steinfassade des unteren Teils über die Jahre das gleiche Grau angenommen hat wie der Nebel. Das verdorrte Gespinst aus Kletterrosen, die niemand pflegt, überwuchert die Fenster. Im Schatten des Vordaches über der Eingangstür stehen schmutzige Gartenstühle.

Aus dem Inneren dringen Wärme und Musik, die von einem Plattenspieler geleiert wird. Ich bleibe vor dem überdachten Eingang stehen und rieche die Hühnersuppe, die drinnen gerade gelöffelt wird. Jannik ist bereits vorausgegangen. Durch eines der Fenster sehe ich ihn in die Stube kommen, er legt den Autoschlüssel auf den Tisch und erstattet der Gestalt im Lehnstuhl Bericht. Die Gestalt hört zu und schlürft weiter ihr Festmahl.

Kleine, schmutzige Hände zupfen am Ärmel meiner Jacke. »Wo ist denn jetzt das neue Mädchen?«, hakt Henna nach.

Ich zwinge ein Lächeln auf meine Lippen. Sie wird es ohnehin erfahren. Jannik ist schonungslos, wenn es um die Wahrheit geht, und Theo würde ihr bloß wieder eine Horrorgeschichte erzählen, die sie nächtelang um den Schlaf bringt.

»Sie ist durchs Sonnentor gegangen, Kleines.«

Henna blinzelt und schürzt nachdenklich die Lippen. »So wie Mona und Lisa?«

»Genau. Wie Mona und Lisa.« Und Laura. Und Annika. Gerlinde. Und wie sie alle hießen. Henna kann sich an diese Mädchen nicht erinnern. Sie ist erst zu kurz hier.

In der Stube sind Schritte zu hören. Die Musik verstummt. Paps ist vom Tisch aufgestanden und in den hinteren Teil des Hauses verschwunden, wo er den Suppenteller in die Spüle stellt und im Ofen frisches Holz nachlegt. Das Knarren des Bodens droht meinen Kopf zu sprengen. Er kommt aus dem Haus, zunächst nur ein langer Schatten im Türrahmen, und wie ein Mäuschen schlüpft Henna an ihm vorbei und verkriecht sich im schützenden Dunkel der Stube, obwohl er sie gar nicht beachtet.

Paps zieht den Kopf ein, um sich nicht am niedrigen Türrahmen zu stoßen.

»Wieder eine«, murmelt er in seiner tiefen, kehligen Stimme, die weder Reue noch Überraschung erahnen lässt. Nur Frust und einen leisen Vorwurf. Als wäre es meine Schuld. Als wäre ich es gewesen, die sie dort oben krepieren ließ, zum Zwecke der Erziehung.

Er nimmt seine braune Wildlederjacke vom Haken und zieht sich Handschuhe und Mütze an, dann greift er nach der Schaufel, die neben dem Eingang an der Hausmauer lehnt. Seit ich denken kann, lehnt diese Schaufel dort. Immer frisch verdreckt. Als Paps sich die Jacke überwirft, strömt mir sein Geruch in die Nase, und die Mischung aus Leder, Wald und Schweiß lässt Erinnerungen in mir hochsteigen, verdrängte Bilder und Gefühle, manche verschwommen, doch die meisten glasklar. Am deutlichsten sehe ich die Farben vor mir: rote Flecken auf dem Laken, blaue Blutergüsse in meinem Gesicht. Dass ich eines Tages in ein Alter kommen würde, das mich vor ihm schützt, konnte ich mir damals nicht vorstellen. Ich dachte, es würde ewig so weitergehen. Doch da wusste ich noch nicht, dass er es biegsam und zerbrechlich mag. Jannik und ich interessieren ihn schon lange nicht mehr.

»Pass auf die Kleinen auf«, trägt er mir auf und drückt Jannik die Schaufel in die Hand.

»Fahrt ihr zur Höllenkanzel rauf?«, frage ich.

Paps nickt. Seine eisblauen Augen sind auf seine Hände gerichtet, die gewissenhaft mit den Knöpfen der Jacke beschäftigt sind. Die Augen eines Jägers. Kalt und gerissen, voller Wachsamkeit, voller Gier nach Blut. Bald wird er sich auf die Suche nach einem neuen Mädchen begeben, und sehr schnell wird auch dieses Mädchen lernen, seinen Anblick zu fürchten, das blasse, kantige Gesicht mit dem grauen Dreitagebart, seine hagere Gestalt. Wie ein alter, toter Baum, spröde, vom Licht verlassen und dennoch so fest in der Welt verwurzelt, dass seine Schritte den Boden schwärzen.

Plötzlich frage ich mich, ob er immer schon so alt war. Ob meine Kindheit, meine Unschuld tatsächlich von diesem alten Einsiedler geraubt wurden.

Er und Jannik gehen nach vorn zum Lada. Sie werden Lolas Leiche zur Höllenkanzel bringen, einer mächtigen Felsmauer auf der anderen Seite des Berges, wo Paps alle toten Kinder verscharrt. Der Boden dort ist vollgesogen von Blut. Bei jedem Schritt dringt es an die Oberfläche, frisst sich durch Stiefel und Haut bis auf die Knochen. Jannik wirft die Schaufel auf die Rückbank und steigt zu Paps in den Lada. Das Anlassen des Motors lässt Krähen aus den Baumwipfeln aufsteigen. Ich sehe dem Auto nach, bis es in den Schatten des Waldes verschwunden ist.

»Leb wohl, Lola«, flüstere ich.

Im Haus ist es dunkel und eng. Irgendwann war es einmal ein Bauernhof, was heute jedoch bloß noch am Grundriss und an den kleinen Räumen zu erkennen ist. Aus dem ehemaligen Stall hat Paps eine Werkstatt gebaut, der Heuschober wurde isoliert und dient ihm als Arbeitszimmer. Um in der kalten Jahreszeit Wärme zu speichern, sind die Wände sehr dick, und die Fenster sind winzig, sodass kaum Tageslicht ins Haus fällt.

Von einem Vorzimmer geht es in die frühere Räucherküche, die wir nun als Kühlraum benutzen, ins Bad sowie in Paps' Werkstatt und in die Stube, von dort aus geht es weiter in die Küche. An die verwinkelte Zimmeraufteilung haben wir uns längst gewöhnt, wie auch an die erdrückende dunkle Holzeinrichtung, die zu diesem Haus gehört wie das Dach oder das Fundament. Alte Kredenzen und Anrichten, verstaubte Jagdtrophäen und eine Wanduhr verstellen die Wände und wurden seit Jahren nicht bewegt. Schmutzige Vorhänge mit Blumenmuster halten das wenige Tageslicht fern. Den Großteil der Stube beansprucht der runde Esstisch, an dem wir auch fernsehen und manchmal Karten spielen, in der gegenüberliegenden Ecke steht ein uralter Holzofen. Auch in der Küche und im Bad wird mit Holz geheizt, nur im oberen Stockwerk benutzen wir kleine tragbare Campingheizungen, falls Paps es uns überhaupt erlaubt.

Egal, wie oft ich putze, immer riecht es nach Moder. Paps sagt, das sei normal für so alte Häuser. Zumindest in der Küche versuche ich ein gemütliches, sauberes Klima zu halten; es duftet nach Kuchen, frischen Gewürzen und Spülmittel, und das Knistern des rustikalen Gusseisen-Herdes vertreibt Stille und Kälte.

Es gibt viel zu tun heute Morgen. Nach Hennas kleinem Unfall mit der Regenpfütze muss ich sie zunächst einmal sauber machen und in frische Kleidung stecken, danach wartet die Hausarbeit. Die Spüle, für die man im Übrigen sehr schlank sein muss, um sie im Eck hinter dem Herd zu erreichen, ist voller Geschirr, und wir brauchen frisches Holz für den Ofen und den Wasserboiler im Badezimmer. Ich schicke Theo Holz hacken. Für einen Zehnjährigen kann er das sehr gut, auch wenn Janniks Ergebnisse größerer Feinarbeit entsprechen und besser in den Ofen passen.

Wenig später kommt Theo vollbepackt bis zur Nasenspitze zur Tür hereinspaziert und stapelt das frisch gehackte Holz in die Truhe vor dem Spiegel in der Stube. Henna hilft ihm dabei.

»Wie geht es Nika?«, erkundige ich mich.

»Wie immer«, antwortet Theo. »Paps sagt, sie hustet Blut.«

»Hm. Das ist nicht gut.«

»Was hat man, wenn man Blut hustet?«, will Henna, die ein viel zu großes Holzscheit vergeblich in die Truhe zu stopfen versucht, wissen.

Theo nimmt ihr das Stück Holz aus der Hand und schneidet eine Grimasse. »Dann wird man zum Zombie. Bald steht sie in der Nacht auf und frisst kleine Kinder. Und mit dir fängt sie an!«

»Nein!« Kreischend flüchtet Henna an meine Seite und klammert sich an mein Bein. »Ist das wahr, Ronja, ist das wahr?«

»Klar ist das wahr«, posaunt Theo.

»Hör auf, sie zu ärgern«, ermahne ich ihn und klopfe ihm mit einem Holzstück sanft auf den Kopf.

Er tut so, als hätte ich ihm eine Beule verpasst, und rubbelt sich quengelnd durchs Lockenhaar. Wie Janniks ist es pechschwarz und nackenlang, während Henna, Nika und ich unser Haar kurz tragen müssen. Paps verlangt das so. Als ich klein war, hatte ich einen langen, dicken Zopf, und ich weiß noch, dass ich ihn mir immer über die Schulter geholt und an der Spitze herumgekaut habe, bis sie feucht war. Dann kam Paps mit der Schere, und ratsch – alles war auf einmal anders. Er färbte mir das Haar sogar hellblond, um mein Aussehen weitmöglich zu verändern. Mittlerweile lässt er mich mein Naturbraun tragen, und dass mir die Fransen bereits fast bis zum Kinn reichen, stört ihn auch nicht mehr. Manchmal berührt er mein Haar und sagt mir, wie gut das Brünett zum Blaugrau meiner Augen passe. Hatte ich schon immer blaugraue Augen? Mir kommt es vor, als hätte sich die eiskalte Farbe über die Jahre in mich hineingefressen, bei jedem Blick in sein bleiches, grausames Gesicht.

Geschirr zerbricht. Als ich mich umdrehe, stehen Theo

und Henna erstarrt vor der Spüle und halten die Hände in die Luft. Henna steht auf einem Hocker.

»Sie war's!«, verkündet Theo.

Hennas Unterlippe beginnt zu zittern, und ihr steigen Tränen in die Augen.

Ich werde euch so vermissen ...

»Kommt, ihr zwei, räumt das auf. Ich werde mal nach Nika sehen.«

»Wann kommt Jannik zurück?«, fragt Theo, während er sich nach den Scherben bückt.

»Etwas später. Er und Paps sind zur Höllenkanzel gefahren.«

Theo lässt die Scherbe, die er eben aufgehoben hat, wieder fallen. »Ist Lola tot?«

Bevor ich antworten kann, zupfen erneut kleine, schmutzige Hände an meinem Ärmel. »Aber du hast gesagt, sie ist durchs Sonnentor gegangen.«

»Ist sie ja auch«, erkläre ich.

Theo kniet sich auf den Boden und räumt die Scherben weg, ohne etwas zu sagen.

Er ist älter als Henna. Er weiß, dass liebliche Umschreibungen den Tod nicht erträglicher machen.

Nachdem ich die beiden zum Geschirrabtrocknen eingeteilt habe, lasse ich sie allein und steige über die Treppe hinauf in den oberen Stock. Ein muffiger Vorraum empfängt mich, von dem die einzelnen Zimmer abgehen. Eines für Jannik und mich, eines für die Kleinen, eines für Nika und eines für Paps. Die Holztür knarrt und ächzt beim Öffnen und ist so niedrig, dass selbst ich den Kopf einziehen muss. Wie alles im Haus ist der Raum klein und eng, die hässlichen Holzmöbel verschlingen jede Helligkeit, und in den Ecken verstecken sich Spinnen. Außer einer kleinen Nachttischlampe brennt kein Licht, um die Schatten zu vertreiben. Eine der vielen Regeln im Haus: keinen Strom vergeuden. Die Generatoren müssen geschont werden, und die Solarantenne neben dem Haus soll noch viele, viele Jahre halten.

Nika sitzt im Bett und liest. Das Buch ist so alt und mitgenommen, dass es beinahe auseinanderfällt. Ihr hellbraunes kurzes Haar ist fettig und vom Liegen flach gedrückt, ihr von Fieberblasen verkrusteter Mund ist verkrampft. Auf ihrem Nachthemd sind Schweißflecken. Obwohl es draußen so kalt ist und das Fenster weit geöffnet, ist es stickig im Zimmer. Ungewollt halte ich für einen Moment die Luft an.

»Wie geht's dir?«

In der Stille höre ich ihre schweren, rasselnden Atemzüge. Dunkle Ringe unter den Augen lassen ihr Gesicht ausgemergelt erscheinen. Sie ist zwei Jahre jünger als ich, dennoch sieht sie aus, als hätte sie bereits ein ganzes Leben hinter sich. Sie ist zu stolz, um mir ihren Blick zuzuwenden. Als Antwort zuckt sie lediglich mit den Schultern.

»Lola ist tot«, informiere ich sie, um sie zu einer Reaktion zu bringen.

Ihre blauen Augen streifen mich voller Desinteresse. »Das war klar. Der Kleinen hätte ich keine weitere Woche gegeben.«

»Sei froh, dass du sie nicht aus dem Loch fischen musstest.«

»Sei froh, dass du nicht diejenige mit den zerfressenen Lungen bist.«

»Willst du lieber Plätze tauschen?«

»Willst du's?«

Ich schaue auf die schmutzigen Taschentücher neben ihrem Bett. Zunächst war der Auswurf bloß eitrig, doch mittlerweile hat sich Blut dazugemischt. Sie wird sterben, wenn wir sie nicht in ein Krankenhaus bringen. Wir alle wissen das. Nein, ich will nicht Plätze tauschen.

Nika widmet sich wieder ihrem Buch.

»Hast du heute schon etwas gegessen?«, frage ich.

»Weiß nicht.«

»Ich kann dir was bringen, wenn du willst.«

Keine Antwort. Hungerstreiks haben wir alle schon hinter uns, es bringt nicht viel, denn zur Not zwingt Paps uns zum Essen. Nikas Appetitlosigkeit hat mit ihrem Zustand zu tun, was es umso schlimmer macht, wenn Paps ihr damit droht, ihr die Gabel in den Hals zu rammen, wenn sie nicht brav aufisst. Sie erbricht die Mahlzeiten meistens – aus Erschöpfung oder aber zum Trotz, indem sie sich so lange den Finger in den Mund steckt, bis nichts mehr rauskommt. Lange wird Paps das nicht mehr dulden – und dann?

»Glaubst du, er wird sich eine Neue holen?«

Sie zuckt abermals mit den Schultern.

»Der Winter steht vor der Tür. Wenn er wieder eine ins Loch wirft, werden wir für die Leichen bald keinen Platz mehr haben.«

»Geh weg, Ronja. Ich will weiterlesen.«

Ich schließe die Tür hinter mir, so leise es geht. Es bricht mir das Herz, auch sie im Stich zu lassen, so kurz vor dem Ende. Wir haben gemeinsam so viele Nächte voller Tränen und Scham überstanden, haben gebangt und einander umklammert, sodass unsere Verbundenheit durch nichts je wieder zerbrochen werden kann, und vielleicht ist genau das der Grund, weshalb wir uns so sehr hassen – weil wir gezwungen wurden, uns all diese schrecklichen Dinge anzutun. Weil wir uns näher waren, als wir je einen Menschen an uns heranlassen wollten. Diese Nähe hat böse Funken zwischen uns entfacht, wie Steine, die gewaltsam aneinandergeschlagen werden.

Bevor ich zurück nach unten gehe, nutze ich die Zeit, die Paps weg ist, um für morgen die letzten Vorbereitungen zu treffen. Er wird damit rechnen, dass ich für alle Besorgungen in verschiedene Ortschaften und Städte fahren muss, daher ist es nicht ungewöhnlich, wenn ich eine Tasche mit Reservekleidung und ein paar Kosmetika einstecke. Die Tasche ist bereits gepackt und steht abfahrbereit in meinem und Janniks Zimmer, das ich mit seltsamer Wehmut nach Dingen durchforste, deren Fehlen nicht weiter auffallen würde. Meine Zeichnungen zum Beispiel. Ich sammle sie in einer dicken Mappe, die ich aus Paps' Arbeitszimmer geklaut habe. Blättert man sie durch, stößt man auf eine deprimierende Entwicklung: Als Kind habe ich noch die Freiheit gemalt, weite Sandstrände, einsame Inseln im Meer, riesige Städte voller Autos und Menschen. Doch je feiner die Pinselstriche wurden, je ausgereifter meine Technik, umso mehr entwickelten sich die Bilder zu der einzigen Realität, die ich kenne – dunkle Wälder. Dunkle Höhlen. Dunkle, abgewandte Gesichter.

Ich lege die Mappe zurück. Sie mitzunehmen würde bedeuten, auch den Wald und das Leben hier mit mir zu nehmen, die Jahre der Gefangenschaft mitzuschleppen wie eine eiserne Fußfessel. Doch möchte ich wirklich alles zurücklassen, auch die wenigen schönen Dinge? Mein Blick fällt auf die kleine Schatulle mit gesammelten Tannenzapfen, die auf der Kommode am Fenster steht. Jannik hat sie mir zu meinem zwölften Geburtstag geschenkt. Er war selbst erst fünfzehn, ist stundenlang durch den Wald gelaufen auf der Suche nach etwas Schönem für mich. Blumen konnte er zu dieser Jahreszeit nicht finden, und Steine hatte er mir das letzte Mal geschenkt. So wurden es diese zehn ausgewählten Tannenzapfen, die ich seither in der Holzschatulle vor Staub, Zerfall und fremden Blicken bewahre. Es würde auffallen, wenn sie plötzlich fehlen. Nichts kann ich mitnehmen, nicht einmal meine Erinnerungen an ihn.

In der Küche herrscht ein Durcheinander aus Schaum und feuchtem Geschirr. Theo hat das Spülbecken bis zum

Rand mit Wasser volllaufen lassen und streitet sich mit Henna um das Vorrecht, die kleinen Spielzeugautos darin planschen zu lassen. Ich habe keine Kraft, um mich einzumischen. Bald werden sie ohnehin allein zurechtkommen müssen.

Ich verlasse das Haus und gehe zum Waldrand, vorbei am Gemüsegarten, in dem dicke gelbe Kürbisse wie abgetrennte Köpfe in der Erde schlummern, den beiden braunen Nussbäumen, den Ebereschen und dem Schuppen, in dem das Holz für den Winter gelagert wird, bis zu der Quelle, die in versprengten Läufen einen riesigen, skurril geformten Felsen hinabplätschert.

Mineralien durchziehen das Gestein und lassen das Wasser glitzern wie flüssiges Kristall. Ich halte meine Hand in den Strahl und beobachte, wie die Tropfen meine Haut entlanglaufen. Die Kälte fühlt sich vertraut an, sie erzeugt eine Verbindung zwischen mir und dem Wasser, dem Haus, selbst dem Berg mit seinen Gespenstern. Es ist das glasklare Blut des Waldes, das jeden Tag ein bisschen mehr in mich übergeht, es durchdringt die Erde, steigt bei meinen Schritten zu mir auf und fällt in Nebelschwaden über mich herein. In diesem Nebel werden all meine Erinnerungen, die letzten Reste meines früheren Selbst irgendwann einfach verschwunden sein. Wenn ich hierbleibe, ist das unausweichlich.

Ein Auto nähert sich von der anderen Seite. Im kalten Regendunst sehe ich nur die beiden grellen Lichter der Scheinwerfer. Der Motor verstummt, und zwei Autotüren knallen zu. Im Haus werden schnell die Lampen ausgeschaltet; Paps mag es nicht, wenn gegen seine Stromspar-Regel verstoßen wird. Ich sehe Jannik aus der Ferne auf mich zukommen. Er ist verdreckt von oben bis unten, an seinen Stiefeln klebt eine dicke Matschschicht, die seine Schritte schwer macht. Noch unterwegs zieht er sich die Jacke aus und kniet sich im Pulli an das kleine

Rinnsal unter der Quelle. Er trinkt, als stünde er kurz vorm Verdursten. Ich knie mich zu ihm und greife nach seinem Arm, möchte ihn mit der gleichen Intensität wahrnehmen wie das Wasser, wie mich selbst, doch er trinkt weiter. Er trinkt und trinkt und trinkt.

»Ich dachte, ihr würdet länger brauchen«, sage ich, um das Schweigen zu brechen. Ein Grab zu schaufeln dauert lange.

»Ich hab mich beeilt.«

»Geht es dir gut?«

»Ja.«

Endlich hört er auf zu trinken. Er öffnet die Augen und starrt vor sich auf den Felsen. Ein leichtes Zittern geht durch seinen Körper, und ich möchte aufstehen und ihm seine Jacke bringen, die etwas abseits im Gras liegt. Da beugt er sich vor und hält den Kopf unter den Wasserstrahl. Die schmerzhafte Kälte lässt sein Gesicht verkrampfen, aber er rührt sich nicht. Wie ich sehnt er sich nach dem Vergessen, nach dem kalten grauen Schleier, der alles in ihm betäubt.

»Jannik«, sage ich, damit er aufhört.

Langsam dreht er den Kopf zu mir. Seine Augen wirken heller als sonst, als hätte das klare Wasser einen Hauch Dunkelheit aus ihm herausgeschwemmt. Vorsichtig ziehe ich ihn vom Wasserstrahl weg, und er sieht in den Himmel und atmet tief ein.

»Ich bin so müde«, sagt er.

»Ich auch.«

»Wann fährst du noch gleich in die Stadt?«

»Morgen.« Meine Stimme wird schwach bei diesem Wort. Morgen werde ich ihn verlassen.

»Dann werde ich am besten noch mal schauen, ob beim Lada alles in Ordnung ist. Es ist eine lange Fahrt.« Er steht auf.

»Willst du dich nicht ausruhen?«

Doch da hebt er schon seine Jacke auf und macht sich auf den Weg zurück zum Auto.

Morgen.

Ich weine, weil es so viel gibt, das ich ihm niemals werde sagen können.

3

Die Mütze liegt einfach so auf den Gleisen. Als hätte der Wind sie dorthin getragen. Der Schmutz auf den roten Wollfasern scheint eine Geschichte zu erzählen: Ein junges Mädchen rennt atemlos durch den Wald. Allein, voller Angst. Es ist vor etwas auf der Flucht – vor einem Monster, das sie fressen will. Der Boden ist nass und rutschig. Auf dem steilen Abhang verliert das Mädchen das Gleichgewicht, hilflos rutscht es durch den Schlamm, verliert seine Mütze, aber es dreht nicht um, um sie zu holen. Ihm bleibt nicht viel Zeit. Es kann die Bahngleise bereits sehen. Dahinter wartet die Freiheit. Eine Haustür, an die das Mädchen klopfen kann, die langersehnte Rettung. Keuchend rappelt die Kleine sich auf. Beim Sturz hat sie sich die Knie aufgeschlagen, und ihre Kleidung ist voller Schlamm, doch sie rennt weiter, mit allerletzter Kraft. Hinter ihr kommen die Schritte immer näher. Vielleicht ist sie zu erschöpft, um nach Hilfe zu rufen. Hier draußen hätte sie ohnehin niemand gehört.

Von jetzt an verliert sich die Geschichte zwischen den regennassen dunklen Nadelbäumen. Wie fortgetragen von etwas, das man nicht greifen kann. Der Schlamm hat alle Spuren tief in sich aufgesogen. Alle bis auf diese Mütze. Das Mädchen hat es nicht aus dem Wald herausgeschafft – wer auch immer der Kleinen auf den Fersen war, war schneller.

»Hast du da drüben was?«, ruft Richter von der anderen Seite des Bahnhofs.

Sarah ist sich nicht sicher. Die Mütze könnte von überall stammen. Vielleicht spielen ja öfter Kinder an dieser verlassenen Bahnstrecke. Die mit Gras überwucherten rostigen Gleise, die scheinbar endlos in den Wald führen, sind ein wahr gewordener Traum für kleine Abenteurer und Entdecker. Da kann man im Übermut schon mal etwas verlieren. Die rote Mütze könnte jedem Mädchen gehören. Einem Mädchen, dem es gut geht, weil es zu Hause bei seinen Eltern ist, in Sicherheit.

Doch das ist nicht irgendeine Mütze im Schlamm. Sie gehört dem Mädchen, das vor über einer Woche spurlos verschwunden ist. Der zwölfjährigen Lola. Deshalb sind sie alle hier. Plötzlich besteht kein Zweifel mehr.

»Ja«, antwortet Sarah. »Ich glaube, ich hab da was.«

Dicke Regentropfen waschen Blätter und Nadeln von der Windschutzscheibe des BMW. Es war Richters Idee, den Wagen unter der Baumgruppe am Waldrand abzustellen. Auf dem Dach und der Motorhaube klebt Vogelkacke. Sarah sind Wälder zuwider. Es ist immer feucht und dunkel, und es verschwinden einfach zu viele Kinder darin.

»Wann wissen wir, ob die Mütze Lola gehört?«, fragt sie beim Einsteigen.

»Ich hoffe, schon in den nächsten achtundvierzig Stunden. Ich habe dem Labor gesagt, sie sollen sich beeilen.«

Das ist gut. Es wäre der erste Anhaltspunkt, seitdem Lola verschwunden ist. Vor zehn Tagen kam sie nicht von der Schule nach Hause. Genau wie das Mädchen vor ihr, ein halbes Jahr früher. Und das Mädchen davor. Sie alle haben nichts als Rätsel hinterlassen. Sarah hat sämtliche Freunde und Klassenkameraden befragt, Familien, Lehrer, Nachbarn. Niemand hat etwas gesehen. Als wären die Mädchen einfach vom Erdboden verschluckt worden – aber jetzt gibt es diese Mütze. Glück oder reinem Zufall haben sie es zu verdanken, dass ein Anrainer sich einbildete, vor ein paar Tagen ein Kind aus dem Wald rufen zu hören, und die örtliche Polizei informierte. Kurz darauf standen sie auf dem Plan. Noch weiß Sarah nicht, was das alles zu bedeuten hat, aber sie wird es herausfinden.

»Widerliches Wetter.« Richters Gesicht verdüstert sich, als er die Scheibenwischer anstellt und die Scheinwerfer einschaltet. Ein matter Lichtstrahl durchdringt die Dämmerung und leuchtet den Weg zurück zur Straße. »Falls das Mädchen da draußen ist, hat es bei diesen Temperaturen kaum eine Chance. Sofern es noch lebt.«

»Hast du schon mit den Eltern wegen der Mütze telefoniert?«

»Hab ich. Der Vater war sich nicht ganz sicher, aber die Mutter meinte, Lola besäße keine rote Mütze.«

»Das hat nichts zu bedeuten. Sie könnte die Mütze vom Entführer bekommen haben.«

»Das war auch mein Gedanke.«

»Wenn er ihr Kleidung gibt, besteht die Chance, dass sie noch lebt.«

»Warten wir die Laborergebnisse ab.«

Der BMW rumpelt über einen Bahnübergang, und die verwilderten Gleise fallen in der Dunkelheit zurück. Hinter einer Kurve nimmt der enge Güterweg ein Ende, und sie biegen auf die breitere Landstraße ein, die zwischen bewaldeten Bergen den Fluss entlangführt. St. Nikola an der Donau – was für ein entlegenes Kaff. Zwar hübsch mit seiner kleinen Kirche und den am Ufer liegenden bunten Häuschen, aber von Lolas Schule in Ybbs kilometerweit entfernt. Es ist kein gutes Zeichen, wenn der Täter so lange Wegstrecken in Kauf nimmt, um seinen Opfern aufzulauern. Er könnte sich überall verstecken. Lola fand er in Ybbs, die kleine Henna verschwand auf dem Schulweg in der Nähe von Linz. So viele Mädchen in den letzten Jahren. Nicht eines hinterließ eine Spur.

Auf den ersten Blick scheint kein Zusammenhang zwischen den Vermissten zu bestehen, weil die Opferwahl in Alter und Aussehen stets differiert und zwischen den Entführungen teilweise Jahre liegen. Doch das alles kann kein Zufall sein. Irgendwo da draußen versteckt sich ein Monster, das alle paar Monate auf Kinderjagd geht.

Und Sarah wird dieses Monster finden.

Spätabends steht Sarah am Küchenfenster. Ihr Gesicht spiegelt sich in der Scheibe, ein blasser Fleck, der durch ihr streng zusammengebundenes Haar noch schmaler wirkt als sonst. Von hier aus kann man den Spielplatz sehen, der zu der benachbarten Wohnhausanlage gehört. Leere Schaukeln schwanken im Wind, als wären eben noch Kinder dort gewesen. Kinder, die sie jeden Tag beim Spielen sieht. Kinder mit roten Mützen, mit blauen Mützen, Kinder voller Leben und Freude. In manchen Momenten muss Sarah tief in sich hineinhorchen, um sich daran zu erinnern, dass diese Kinder in Sicherheit sind. Dass sie beschützt in ihren Betten liegen und kein Perverser ihnen zu nahe kommen kann.

»Kannst du auch nicht schlafen?«

Markus kommt in die Küche, um sich ein Glas Wasser zu holen. Er lag bereits im Bett, als sie vor einer Stunde nach Hause kam, und sie wollte ihn nicht wecken. Er sieht sie oft an diesem Fenster stehen, sieht zu, wie sie sich in Gedanken verliert, an fremde Kinder, an Kinder, die nie erwachsen wurden, und an Kinder, die es niemals gab. Er fragt nicht mehr, wieso. Er kennt den Grund.

»Dieses Wetter«, antwortet sie. »Es raubt mir noch den letzten Nerv.«

»Wo warst du?« Sein Blick fällt auf die schlammigen Schuhe, die sie mit der Sohle nach oben in den Flur gestellt hat.

»Im Wald.«

»Und? Wie geht's dir jetzt?«

»Gut.«

Er trinkt, ohne sie aus den Augen zu lassen. Sie haben eine Übereinkunft: kein Reden über verschwundene Kinder. Keine Fragen, auch wenn er noch so neugierig ist. Manches muss sie einfach draußen vor der Tür lassen, sonst wäre es in dieser Wohnung bald genauso kalt und dunkel wie in den Wäldern. »Magst du darüber reden?«, fragt er dennoch.

Sarah schüttelt den Kopf, aber er kennt sie zu gut. Er weiß, wie man sie durchschaut, und zögert nicht, ihr auf den Zahn zu fühlen. Das ist einer der Gründe, warum sie ihn geheiratet hat – er hat keine Angst, vor nichts, wie ihr manchmal scheint, während sie sich ständig vor irgendetwas fürchtet: Sie fürchtet sich davor, dass Lola in genau diesem Moment ihren letzten Atemzug tut. Sie fürchtet sich vor dem Blick der Eltern, wenn Sarah ihnen die schlimme Nachricht überbringen muss. Sie fürchtet sich davor, dass der Spielplatz eines Tages leer sein wird, weil es keine Kinder mehr gibt, die dort spielen können, nachdem sie alle von den Monstern dieser Welt geholt wurden. Doch das ist natürlich irrational. Sie hat früh gelernt, ihre Ängste zu unterdrücken. Nur so überlebt man diesen Job – indem man sämtliche Gefühle tief in sich wegsperrt.

Markus stellt das leere Glas in die Spüle und gibt ihr einen Kuss auf die Stirn. »Bleib nicht zu lange auf«, sagt er und geht zurück ins Bett.

Er wäre längst nicht mehr da, würde er sie nicht so gut verstehen. Er wäre einfach gegangen, hätte sie mit all dem allein gelassen. Gefühllosigkeit ist Gift für jede Beziehung. Zum Glück liebt er sie genug, dass es in schweren Zeiten für sie beide reicht.

4

Zum Abendessen gibt es die Reste von gestern: ein paar Scheiben Brot, aufgeschnittene Wurst und drei Äpfel, um die sich Henna und Theo noch zanken werden. Viel zu süßer, selbst gemachter Eistee spült den fahlen Geschmack des Kürbiseintopfes davon, den die Kinder mir überlassen haben, weil sie Kürbis nicht ausstehen können.

Die letzten Wochen vor der konservendosendominierten Winterzeit sorge ich für gewöhnlich dafür, dass wir noch einmal so richtig viel zu schlemmen haben. Aus dem Gemüse, das wir im eingezäunten Garten anbauen, zaubere ich Eintöpfe, Aufläufe und Gratins und verfeinere alles mit den Pilzen, die ich im Spätsommer zuhauf im Wald gesammelt habe. Gute Plätze gibt es hier überall, meistens Steinpilze, Parasole und Pfifferlinge, die sich vor allem in den Heidelbeerfeldern nahe der alten Mühle finden lassen. Dieses Jahr waren es ganze sieben Kilo. Ich trockne dann alles und lege einen Vorrat für den Winter an, damit die Konserveneintöpfe, Reisgerichte und Kartoffelpfannen nicht ganz so fade im Geschmack sind.

Eigentlich übernehme ich sehr viel in diesem Haus – wer wird es tun, wenn ich weg bin? Paps ist zwar gut darin, Wildtiere abzuknallen und Motoren zu reparieren, aber vom Führen eines Haushalts hat er keinen blassen Schimmer. Meine Aufgaben werden wohl auf Jannik zurückfallen, sofern Paps ihm nicht aus Wut über mein Verschwinden den Kopf abreißt. Ich will nicht mehr daran denken.

Wie immer essen wir schweigend. Paps möchte nicht, dass während der Mahlzeiten geredet wird, es sei denn, er schneidet ein Thema an, das ihm gefällt, wie zum Beispiel die Jagd. Oft verbringt er den ganzen Tag im Wald, und was er erlegt, verkauft er zu hohen Preisen an hiesige Fleischhauer und Greißler, wovon sich ganz gut leben lässt. Doch die Jagd ist für ihn nicht bloß eine Einnahmequelle, sie macht ihm auch einen Höllenspaß. Jannik sagt immer, Paps könnte einem Fuchs die Flöhe runterschießen, wenn er wollte. Er trifft sein Ziel auf hundert Meter Entfernung. Deswegen wäre es nicht klug, einfach loszurennen und nicht mehr stehen zu bleiben – er würde dich kriegen. Das ist es, was Lola nicht bedacht hat.

Als alle fertig sind, räume ich den Tisch ab und verziehe mich in die Küche, um abzuspülen. Nika, die sich bloß zu den Mahlzeiten ins Erdgeschoss schleppt, hat ihren Teller kaum angerührt, während die Kleinen möglichst viel in sich hineingeschaufelt haben, um am nächsten Morgen nicht hungrig aufwachen zu müssen. Frühstück gibt es bei uns nicht. Paps verschläft es meistens.

Ich drehe den Wasserhahn voll auf, um Paps' ruhige, tiefe Stimme zu übertönen. Ich höre dennoch, was er sagt.

»Seid ihr satt, Kinder?«

Das Schweigen verrät mir, dass Henna und Theo die Köpfe schütteln. Sie wissen, was nach dem Abendessen passiert, und sie würden essen, bis sie platzen, um es aufzuschieben, wenn auch nur ein bisschen. Paps' besonnenes Lachen macht alle Hoffnung zunichte.

»Ich glaube, ihr habt genug gegessen. Kommt, Kinder, gehen wir schlafen.«

Mehrere Stühle werden vom Tisch weggerückt. Verstohlen werfe ich einen Blick über die Schulter und sehe Henna und Theo am anderen Ende des Raumes in einer Ecke stehen. Sie klammern sich aneinander, die Augen flehend aufgerissen und schimmernd vor Tränen. Kurz habe ich Angst, dass sie uns um Hilfe anbetteln, wie sie es am Anfang noch gemacht haben. Doch sie wissen jetzt natürlich, dass wir ihnen nicht helfen werden. Ihnen nicht helfen können. Sie folgen Paps aus der Stube, die Treppe hoch und in ihr Zimmer, ohne einen Mucks zu machen. Es durchzuckt uns alle drei, als nach einem quälend langen Moment die Tür hinter ihnen zuknallt und die oberen Bodendielen zu knarren beginnen. Ich widme mich wieder dem Abwasch. Nika schaltet den alten Röhrenfernseher ein, der auf einem Hocker in der Ecke steht, und Jannik geht nach draußen und hackt wie ein Irrer Holz. Alle auf unsere eigene Weise versuchen wir, den Geräuschen von oben aus dem Weg zu gehen.

Als ich das Geschirr bereits mehrmals gespült habe, kommt Jannik vom Holzhacken zurück – erstaunlicherweise ohne ein einziges Holzscheit. Zunächst setzt er sich an den Tisch und versucht Nikas Faszination für den kitschigen Schwarz-Weiß-Film, der im Fernsehen läuft, zu teilen, dann kommt er zu mir in die Küche und fängt an, das saubere Geschirr noch mal zu spülen.

»Glaubst du, ich kann schon hochgehen?«, flüstere ich.

Er horcht in die Stille, die sich im Haus breitgemacht hat. »Warte noch ein paar Minuten. Er braucht lange, um einzuschlafen.«

Ich befolge seinen Rat und trockne einstweilen das Geschirr ab, während er sich neben Nika setzt und schweigt. Schließlich steige ich die Treppe hoch und schleiche mich in Hennas und Theos Zimmer.

Der Raum ist gerammelt voll mit Kredenzen und Schränken, erst hinter einer Kommode, richtig versteckt, kommt das Bett. Der Schweißgeruch und die Dunkelheit lassen mein Herz klopfen. Paps' nackte Füße ragen über die Bettkante hinweg – er ist viel zu groß für Hennas Kinderbett. Im Dunkel wird vorsichtig eine Decke zurückgeschlagen, zwei kleine Gestalten rutschen von der Matratze, und tappende Füße hetzen an mir vorbei. Ich öffne die Tür zu Janniks und meinem Zimmer und lasse die Kleinen hinein. Worte sind hier nutzlos. Nichts, was ich sagen oder tun könnte, wird jemals das Gefühl der

Schande aus ihren Herzen radieren, geschweige denn den Schmutz von ihren Körpern waschen, der sich so schwer anfühlt wie eine Schicht Teer. Das Einzige, das hilft, ist ein dunkler, stiller Ort, wo sie weinen und schluchzen können, wo es niemanden sonst gibt, wo niemand ihnen zu nahe kommen kann. Nähe ist das Letzte, was sie jetzt wollen. Ihre Seelen liegen in Scherben, und nur in der Einsamkeit finden sie Zeit, zu heilen.

Ich versperre die Tür mit meinem Schlüssel, damit sie wissen, dass niemand außer Jannik und mir das Zimmer betreten wird. Danach gehe ich noch einmal zurück, um nachzusehen, ob Paps weiterhin schläft. Ein alter Wecker tickt auf dem Nachttisch. Die Zehen über der Bettkante sind verschwunden. Eine Bewegung in der Dunkelheit und mit einem leisen Klick geht das Licht an.

»Hast du sie wieder vor mir versteckt, hm? Freches Kätzchen.«

Er sitzt aufrecht im Bett, die Beine von sich gestreckt und mit einem erschöpften Lächeln im Gesicht.

»Weißt du noch, Kätzchen? So hab ich dich früher immer genannt. Du hast gebissen und gekratzt wie ein wildes Kätzchen.«

Er wirkt so deplatziert in dem kleinen Paradies aus Kinderbüchern, selbst gebastelten Stoffpuppen, alten Comics und Wachsmalkreidezeichnungen, die wie eine schützende Haut die Wände tapezieren. Als Jannik und ich klein waren, hat er uns nie Spielzeug erlaubt. Wir hatten auch kein eigenes Zimmer. Geschlafen haben wir bei ihm im Bett, und manchmal spüre ich immer noch seine Arme um mich geschlungen, seinen schweren Atem in meinem Nacken, das unerträgliche Brennen hinter den Schläfen, wenn mein Kopf die Gefühle abzuschütteln versucht und es einfach nicht schafft.

»Es ist spät«, antworte ich. »Du solltest schlafen.«

»Das stimmt. Waren brav, die Kleinen.«

Wie festgefroren haftet mein Blick an seinem Gesicht. Trotz seines Alters ist er kein unattraktiver Mann; sein Körper ist drahtig, wie geschaffen für die Jagd, die Jagd nach Kindern. Seit einigen Jahren schon nehme ich ihn anders wahr als früher, das alptraumhafte, übermächtige Monster hat sich zu einem normalen Mann gewandelt, den ich vielleicht nicht umbringen, wohl aber verletzen könnte, wenn ich nur hart genug zuschlage. Doch das harmlose Äußere zeigt nur, welches Monster tatsächlich in ihm steckt. Er muss gelächelt haben, als er mich damals entführte. Nur ein Lächeln und du vertraust ihm blind.

Ich mache einen Schritt auf die Tür zu.

»Nicht. Bleib da.«

Die Sanftheit in seiner Stimme schnürt mir die Kehle zu. Bei all der Gewalt, zu der er fähig ist, erschreckt es mich noch mehr, wie zärtlich er auch sein kann, wie gerissen er die Illusion des liebenden Vaters aufrechterhält, um uns unter Kontrolle zu halten. Dahinter muss ein über die Jahrzehnte perfekt ausgeklügelter Plan stecken. Mit jeder Sekunde, die sein Blick mich festhält, verwandle ich mich in das wimmernde Kind zurück, das er so leidenschaftlich geschändet hat, hier, unter diesem Dach. Schon sehe ich unsere Schatten an der Wand tanzen wie kleine Teufel im Fegefeuer. *Wieso?* Nur einmal möchte ich den Mut aufbringen, ihm diese Frage zu stellen.

»Freust du dich schon auf morgen?«, will er wissen.

»Ja. Du weißt, wie gerne ich einkaufen fahre.«

»Nimm doch Jannik mit. Der Junge braucht eine Luftveränderung.«

»Ich möchte lieber alleine fahren.«

»Wie du willst.« Und da verändert sich sein Ausdruck, nimmt die alte Lüsternheit an, die seine Augen glühen lässt. Er winkt mich zu sich, und ich gehorche. Vor dem Bett bleibe ich stehen. »Dreh dich um«, befiehlt er.

Ich tue, was er sagt. Er lässt mich eine langsame Drehung machen, dann noch eine, und die Luft gefriert in meiner Brust. Er nimmt meine Hand und drückt einen langen, sanften Kuss auf meine Fingerknöchel. Ein Atemzug und gleichzeitig eine Ewigkeit, danach ist die Glut in seinen Augen erloschen. Fast wirkt er ein wenig traurig.

»Du bist so schön geworden. Eine wunderschöne junge Frau. Schade.«

Er dreht das Licht ab und rollt sich auf die andere Seite. Ich verharre auf der Stelle, bis sein Schnarchen mir verrät, dass er eingeschlafen ist. Erst dann traue ich mich aus dem Zimmer.

Ich hätte ihn mit einem Kissen ersticken können. Ihm die Lampe über den Schädel ziehen. Ich habe es nicht getan.

Ich weiß nicht, warum.

Nika ist vor dem Fernseher eingeschlafen. Jannik hat sie aufs Sofa gelegt und eine Wolldecke über sie gebreitet, der Fernseher läuft aber immer noch. Auch ich schalte ihn nicht aus; manchmal ist es schön, fremde Stimmen zu hören.

Es wird Zeit, einen Schlafplatz zu finden. Da Henna und Theo für diese Nacht in unserem Zimmer untergebracht sind, Nikas Zimmer verseucht ist und Paps das Kinderzimmer belegt, bleibt uns nur der Dachboden. Über eine ausziehbare Leiter steigen wir nach oben und legen uns auf die Matratzen, die in der Mitte auf dem Boden liegen und uns schon mehrmals als Schlafgelegenheit gedient haben.

Wir schlafen angezogen, auch wenn unsere Kleidung verschmutzt ist – bei dieser Kälte die vernünftigste Alternative. Früher hatten wir keine Scham voreinander, doch seit einigen Jahren steht in unserem Zimmer eine selbst gebaute Trennwand, hinter der ich mich umziehen kann. Es war meine Idee. Irgendwann merkte ich einfach, dass es anders war zwischen uns, dass der Anblick seines nackten Körpers mich nervös macht, und natürlich dachte ich, ihm ginge es genauso, und wollte Vorkehrungen treffen. Ich frage mich, ob es einfacher zwischen uns wäre, wenn es die Trennwand nicht gäbe. Ob er dann nicht begonnen hätte, mich auf Abstand zu halten.

Über uns leuchtet der Mond durch das schiefe Dachfenster – an diesem Ort ein oftmals wärmeres Licht als das der Sonne. Verstaubte Spinnweben spannen sich unter dem Gebälk, fangen Fliegen, Schmutz und manchmal auch böse Träume. Ein Knarren auf der Treppe verrät, dass Nika sich in ihr Zimmer schleppt. Danach ist es wieder still. Meine Gedanken sind bei den Kleinen, die nicht wissen, dass wir uns heute Abend zum letzten Mal gesehen haben. Werden sie es verstehen? Womöglich erzählt Paps ihnen eine Lüge, um sie davon abzuhalten, eines Tages meinem Beispiel zu folgen und ebenfalls zu fliehen. Es wird ihnen das Herz zerreißen.

»Du denkst so laut, ich kann beinahe mithören. Was geht dir durch den Kopf?«

Wie seltsam, dass er das fragt, gerade jetzt. *Ich liebe dich*, möchte ich antworten. *Und ich will, dass du morgen mit mir kommst.*

Doch kann jemand wie ich sie überhaupt empfinden, die Liebe? Ich dachte, Paps hätte jedes Stückchen Seele in mir zerschmettert, alles Empfindsame für immer aus mir herausgerissen, mit jedem Tag in dieser Hölle, und dennoch sind da ständig diese Gefühle, sie verwirren mich und lassen Sehnsüchte in mir erwachen, die ich nach all den Qualen für unmöglich hielt. Nähe, Intimität. Ich weiß nicht, wie normale Menschen Liebe definieren, und vielleicht ist das, was ich in mir spüre, ja auch vollkommen verrückt. Doch in Janniks Nähe verliert alles andere seine Bedeutung. Ich würde sterben, um ein einziges Mal von ihm im Arm gehalten zu werden, und ich würde töten, um zu verhindern, dass es für ihn je eine andere geben kann als mich. Das ist wahrscheinlich keine Liebe, aber es ist alles, was ich habe.

»Ich bin aufgeregt wegen morgen«, antworte ich und belüge ihn nicht einmal.

Er greift sich an die Stirn, als hätte er Kopfschmerzen. »Ach ja. Ich hab vergessen, den Lada zu kontrollieren.«

»Das macht doch nichts.« Als er nichts sagt, drehe ich mich auf die Seite und schaue ihn an. »Wenn es einen anderen Ort gäbe ... irgendwo weit weg von hier. Würdest du mit mir dorthin gehen?«

Seine dunklen Augen mustern mich, und er scheint sich zu wünschen, ich hätte das nicht gesagt.

»Wo sollte das sein?«, fragt er dennoch.

»Ich weiß nicht. Irgendwo.«

»Im Land der Einhörner und Regenbogenschlösser?« Jetzt lächelt er. Zum ersten Mal heute.

»Nein, eben ... irgendwo. Wo es andere Menschen gibt. Weg von Paps.«

Er sieht wieder hoch zum Mond. Sein Lächeln vergeht, und mich überkommt eine übergroße Traurigkeit. Denn auf einmal ist mir, als hätte ich ihn zum letzten Mal lächeln gesehen.

»Ich könnte die Kleinen nicht im Stich lassen. Und du auch nicht. Hör auf, über so etwas nachzudenken.«

Und da, so nahe an der Zweisamkeit, nach der ich mich sehne, begreife ich, dass ich allein bin. Allein mit meinen Wünschen, meinem Widerstand, vielleicht auch allein mit meiner Liebe.

Denn er wird niemals mit mir kommen.

5

Ich erwache aus einem dumpfen, traumlosen Schlaf. Als hätte sich mein Geist über Nacht in ein Loch geflüchtet, irgendwo tief unter der Erde, wo der nächste Morgen selbst bloß ein Traum ist, gesponnen aus den Fäden einer lebhaften Phantasie.

Die Matratze neben mir ist leer. Fußabdrücke führen über den verstaubten Boden zurück zur Leiter, die in die kalte Leere des schlafenden Hauses führt.

Die Sonne geht gerade auf. Ihre blassgoldenen Strahlen zerschlagen an den trüben Fenstern wie Wellen, die etwas Neues, Lebendiges mit sich bringen. Den Hauch von Freiheit vielleicht …

Ich steige die Leiter hinunter und schleiche durch das Haus auf der Suche nach dem Geldkästchen. Meistens stellt Paps es am Abend vor der Abfahrt vor seine Zimmertür, damit ich ihn nicht wecke, während ich danach stöbere. Doch diesmal dürfte er es vergessen haben. Ich betrete sein Zimmer in der Annahme, er läge immer noch nebenan. Erschrocken stelle ich fest, dass er über Nacht in sein eigenes Bett gekrochen ist; er liegt da wie ein Toter auf dem Schlachtfeld, Arme und Beine von sich gestreckt, der Mund ist im Schlaf leicht geöffnet. Einzig ein dünnes Laken bedeckt die untere Region seines Körpers.

Es fühlt sich merkwürdig an, ihn heute Morgen zu sehen. Ein bisschen so, als wäre alles halb so schlimm gewesen. Die vielen Stunden mit ihm allein, das Bangen, wenn er näher rückte, und die absurde Leere, wenn es vorbei war, all das verschwimmt hinter einer Nebelwand aus Zweifeln, einfach beiseitegeschoben von dem Gefühl, ihn nicht verlassen zu dürfen. Bilder und Erinnerungen schwirren wild durch meinen Kopf, füllen meinen Verstand mit der allbekannten Angst: Wenn ich weglaufe, wird er mich finden. So war es immer. Ein Fluchtversuch bei Nacht und Nebel, ein Funken Hoffnung, solange meine Beine mich trugen. Doch was ist ein Kind gegen die unerschöpfliche Ausdauer eines Jägers? Nur bin ich jetzt kein Kind mehr. Ich muss tun, was ich mir vorgenommen habe, sonst werde ich bei ihm bleiben, bis ich sterbe.

Ich finde das Kästchen in der obersten Lade der Kommode, gleich neben den Ersatzschlüsseln für den Lada. Ein langes gezacktes Jagdmesser liegt ebenfalls dort. Beides nehme ich heraus, voller Vorsicht, doch während ich mir das Kästchen unter den Arm klemme, wiege ich das Messer nachdenklich in der Hand.

Da liegt er. Ahnungslos, sich seines verkommenen Lebens so sicher. Es könnte vorbei sein, jetzt und hier. Ein Schnitt durch die Kehle, ein Stoß in die Brust. Würde er sofort sterben oder sich aufbäumen wie ein angeschossener Bär, um während seiner letzten Atemzüge noch möglichst viel Schaden anzurichten?

Das Messer wird immer schwerer. Mein Körper beginnt zu taumeln, und ich höre seine Stimme in meinem Kopf, die kehligen, ruhigen Worte: *Sei ein braves Kätzchen. Leg das Messer weg. Ja, so ist es gut. Braves Kätzchen.*

Klirrend landet das Messer zurück in der Lade, die ich ohne nachzudenken mit voller Wucht zuwerfe. Ich stürme aus dem Raum, bevor Paps sich rühren kann. In meinem Kopf rauscht es.

Auf der Treppe nach unten stolpere ich über meine Füße, lasse beinahe das Kästchen fallen. Ich knalle gegen die Wand, reiße den Deckel auf und nehme hektisch heraus, was drin ist. Einige Scheine, ich zähle sie nicht durch. Auf jeden Fall genug für den Anfang.

Ich laufe aus dem Haus und atme wie wahnsinnig die frische Morgenluft ein. Die Wärme der Sonne lässt es in meinem Kopf etwas leiser werden, sodass ich endlich wieder klarsehe: Die Kontrolle, die er über mich hat, wird schon sehr bald in sich zusammenfallen. All die Arbeit, die er über die Jahre darin investiert hat, mich nach seinen Wünschen zu formen, war umsonst. Vielleicht bin ich nicht stark genug, um ihn zu töten, aber ich werde nicht länger das Püppchen sein, das für ihn tanzt.

Ich gehe zurück ins Haus. Alles ist still. Paps scheint nicht aufgewacht zu sein. Ich mache Licht an und suche mir zusammen, was ich brauche: Jacke, Stiefel, Autoschlüssel, Tasche. Ich werde nicht noch einmal nach oben gehen und mich von ihnen verabschieden – vielleicht schaffe ich es dann nicht mehr zurück.

Um den Schein zu wahren, nehme ich die Einkaufsliste mit, die wir in den letzten Wochen zusammengestellt haben. Jeder durfte sich daran beteiligen; Henna wünscht sich eine neue Puppe, Theo möchte ganz viele Süßigkeiten. Nika möchte Bücher, Paps vor allem Werkzeug und ein paar Magazine. Auch meine krakelige Handschrift ist vertreten: *neue Unterwäsche und ein Tagebuch für Jannik*. Mit einem großen Smiley. Er hatte einmal erwähnt, dass er gerne ein Tagebuch führen würde, und ich habe ihn elendslang damit aufgezogen, weil ich mir nicht vorstellen kann, wie er brütend über den leeren Seiten hockt und seine Gedanken niederschreibt. Der Punkt auf der Liste sollte eigentlich ein Scherz sein. Er hat ihn nicht durchgestrichen, nur den Smiley verunstaltet.

Ich wasche mich mit dem kalten Wasser aus dem Brunnen und ziehe mir eine frische Garnitur Kleidung an, eine Jeans und meinen schönsten Pulli. Mein Leben in Freiheit werde ich auf keinen Fall in den zerlumpten Klamotten beginnen, die ich sonst trage.

Auf dem Weg zum Lada schieben sich Wolken vor die Sonne. Morgentau lässt Sträucher und Bäume unwirklich glitzern, während die ersten Vögel diesem verwunschenen Ort frisches Leben einhauchen. Wind streicht durch die Bäume und lässt bunte Blätter segeln. Nur ein einziges Mal drehe ich mich um. Die Kinder, sie werden so traurig sein. Vielleicht bringt Paps sie vor Wut alle um. Nein, Jannik würde das nicht zulassen. Jannik. An ihn darf ich jetzt nicht denken.

Der Lada parkt an seinem üblichen Platz unter den Fichten. Nadeln und Laub bedecken das Dach. Das Geld stecke ich ein, die Tasche verstaue ich im Kofferraum. Ich möchte gerade die Fahrertür öffnen, als eine Erschütterung mich erschrocken zurückweichen lässt. Jannik hat die Motorhaube zuknallen lassen. Mir war gar nicht aufgefallen, dass sie offen war.

»Hab ich dich erschreckt?«

»Nein, ich … ich hab dich nur nicht gesehen.«

»Ich hab noch mal nachgeschaut, ob alles passt. Nicht dass du unterwegs irgendwo liegen bleibst.«

Er umrundet den Lada und kommt mit ölverschmierten Händen an meine Seite.

»Wird schon alles gut gehen«, meint er.

Ich möchte etwas Unbefangenes sagen, ihm vorspielen, alles sei wie immer. Dass ich bloß einkaufen fahre und wir uns in ein paar Tagen wiedersehen. Doch ich kann nicht. Ich stehe einfach da, erlebe bewusst und mit allen Sinnen unseren letzten gemeinsamen Moment. Und als wüsste er, dass nur er mich aufhalten kann, malt er mit seinem schmutzigen Finger ein Herz auf meine Stirn, wie früher, als wir Kinder waren, und mit einem Schlag kommt alles zurück an die Oberfläche: das Leid und die Angst, die wir miteinander geteilt haben, aber auch das Lachen, die Geborgenheit und das gegenseitige Vertrauen. In all der Veränderung, die über die Jahre um mich herum tobte, dem Verlust und dem Zerbrechen aller Hoffnung war er die einzige Konstante in meinem Leben. Das einzig Greifbare in einer Welt aus Nebel und Finsternis. Mädchen kamen und gingen, Jahre zogen vorbei, doch er war immer da. Und jetzt will ich ihn verlassen?

Ich nehme seine Hand, klammere mich daran fest. Meine Augen sagen ihm, was mein Mund nicht fertigbringt: *Ich werde nicht zurückkommen. Also steig jetzt in dieses Auto und komm mit mir.* Auf irgendeine Weise muss er mich verstanden haben, denn da ist dieser eine kurze Augenblick, als seine Hand meinen Druck erwidert, als sein Blick in meinem liegt, frei von allen Fragen. Doch der Moment zieht vorüber, bevor wir danach greifen können, und so bleibt uns nichts als eine Berührung, ein Abschied, der keiner ist.

»Wir sehen uns in ein paar Tagen. Und mach deine Stirn sauber, die ist dreckig.«

Er lässt mich los und geht zurück zum Haus. Er dreht sich nicht mehr um.

»Leb wohl«, flüstere ich.

Ich steige ein.

Der Wagen will nicht anspringen. Fast möchte ich lachen. Ich versuche es mehrere Male, drehe den Schlüssel wie eine Verrückte, ehe ich mit einem verzweifelten Seufzen die Hände ums Lenkrad kralle und erstarre. Mein Blick fällt in den Rückspiegel, zurück zu diesem jämmerlichen Fleckchen Heimat, das bereits in der Ferne zu verschwinden scheint. Und mit ihm alles, was mir etwas bedeutet.

Ich drehe den Schlüssel erneut. Endlich geht der Motor an. Ich schaue mir im Spiegel in die Augen. *Tu es nicht … fahr einfach.*

»Verdammt.« Ich steige aus und renne los.

Die wenigen Meter zurück zum Haus bringen mein Herz zum Rasen. Ich kann nur hoffen, dass Jannik mich nicht gesehen hat. Er ist hier irgendwo, vielleicht duscht er gerade oder macht sich Frühstück. Das Brüllen in meinem Kopf übertönt alles andere, sodass die Welt ihren Klang verliert, als ich auf Zehenspitzen in den oberen Stock eile. Stufen müssten knarren, Bodendielen ächzen, doch es ist wie in einem von Nikas Schwarz-Weiß-Filmen, ohne Ton und mit doppelter Geschwindigkeit. Ich öffne die Tür zu Janniks und meinem Zimmer. Er muss aufgesperrt haben, nachdem er aufgestanden ist. Die Kleinen hören mich kommen und schießen aufgeregt aus ihren Betten.

»Still. Sagt kein Wort!« Henna nehme ich auf den Arm, Theo dränge ich unruhig voran. Aus dem Schrank hole ich ein paar Anziehsachen, die Jannik und mir zu klein geworden sind, und drücke sie Theo in einem wirren Bündel in die Hand. Jetzt sind die Geräusche wieder da: Das ganze Haus dröhnt, als wir die Treppe hinuntersteigen, was bedeutet, dass Jannik nicht hier ist, um uns zu hören. Er könnte zum Schuppen oder in den Wald gegangen sein. Spielt keine Rolle. Uns bleibt nicht viel Zeit.

Die Kinder sind verschlafen, verstehen nicht, was los ist. Henna schlingt ihre dürren Ärmchen um meinen Hals und wimmert leise vor sich hin. Theo ist ruhiger, wenn auch nicht weniger verwirrt, als wir zum Lada zurücklaufen. Immer wieder dreht er sich nach dem Haus um, als hätte er Angst, es würde jeden Moment zum Leben erwachen und uns verschlingen.

»Schnell, rein da! Setzt euch hin und seid ruhig!«

Ich verschließe ihre Gurte, hetze nach vorne und klemme mich hinters Steuer. Der Motor läuft noch. Wir preschen los, und das Haus verschwindet hinter der Kurve im Wald.

»Wo fahren wir hin?«, fragt Henna.

»Sei still. Ich muss nachdenken.«

Er wird uns nicht finden. Wir haben das Auto und sind in Windeseile über alle Berge. Er kann uns nichts mehr tun. Wieso zittere ich so?

Die Fahrt schüttelt uns durch, denn ich nehme keine Rücksicht auf Stock und Stein. Als wir die verlassene

Mühle passieren, werfe ich einen Blick in den Rückspiegel, und kurz glaube ich, die Dunkelheit hinter uns lebendig werden zu sehen, einer schwarzen, alles verschlingenden Staubwolke gleich, die uns überrollt und nie wieder freigibt.

»Festhalten.« Ich steige aufs Gas.

6

Unter dem Küchenfenster wohnt seit Ewigkeiten eine große Kreuzspinne im Rosengestrüpp. Zuerst hatte ich Angst vor ihr, doch als ich sah, wie tapfer sie Wind und Wetter trotzte, wie allein und ausgehungert sie in ihrem Netz hockte und einfach nicht aufgab, da begann ich mich für Spinnen zu interessieren. Sie sind faszinierende Geschöpfe, zäh und eigentlich gar nicht so hässlich, wenn man erst gelernt hat, sie zu verstehen.

Einmal stieg ich auf den Dachboden und sammelte alle Spinnen, die ich finden konnte, in einem großen, verschraubbaren Glas. Ich bohrte Löcher in den Deckel, damit sie Frischluft hatten und zur Not zurück in die Freiheit krabbeln konnten. Der Großteil verschwand noch am selben Tag, doch ein paar von ihnen schien es in meiner Obhut zu gefallen. Ich gab ihnen Zweige, Blätter, Sonnenlicht und Fliegen, die ich vom Fensterbrett klaubte, und beobachtete voller Spannung, wie sie sich unter der schützenden Glaskuppel ein neues Zuhause bauten. Sie wirkten gar nicht unglücklich, obwohl sie eingesperrt waren. Denn sie hatten alles, was sie brauchten, weil ich da war, um für sie zu sorgen.

Paps konnte mit meinen kleinen krabbelnden Freunden wenig anfangen. Er nannte das Spinnenglas einen wimmelnden Alptraum und drohte, es in den Ofen zu werfen, damit sie alle qualvoll im Feuer verbrannten. Da versteckte ich das Glas ganz oben im Schutz meines Schranks. Die Dunkelheit tat ihnen nicht gut. Als ich eines Abends nach ihnen sah, lagen alle Spinnen tot am Boden des Glases, und ich weinte die halbe Nacht an Janniks Schulter, weil ich mir sicher war, nicht gut genug für sie gesorgt zu haben.

Ich werde niemals vergessen, was Jannik mir in jener Nacht sagte: »Sie sind nicht gestorben, weil es dunkel war. Sie sind gestorben, weil sie nicht aus dem Glas gekrabbelt sind.«

Da lernte ich, dass ein Leben unter der Glaskuppel nicht existiert. Und dass man fliehen muss, wenn man merkt, dass die Finsternis heraufzieht.

7

»Sarah.« Richter taucht mit alarmiertem Gesicht vor ihrem Schreibtisch auf. »Eine gute und eine schlechte Nachricht.«

»Die schlechte?«

»Es ist wieder ein Mädchen verschwunden. Die achtjährige Emma ist gestern Nachmittag nach der Schule nicht nach Hause gekommen. Ich habe bereits Hohlaus und Siebert losgeschickt, um mit den Eltern zu sprechen. Hier ein Foto.«

Verfluchter Mist. Sarah betrachtet das Foto erst gar nicht, sondern klemmt es neben die anderen an die Pinnwand. Sie kommt an ihren Schreibtisch zurück und fällt erschöpft in den Sessel. »Und die gute?«

»Nennen wir es eine halbgute Nachricht. Die Laborergebnisse sind da. Zwischen den Fasern wurden Haare von Lola gefunden. Ich habe den Eltern die Mütze jetzt noch mal gezeigt, aber sie sind sich sicher, dass sie nicht ihrer Tochter gehört.«

»Dann muss der Täter sie ihr gegeben haben.«

Richter nickt. »Ich habe bereits einen Suchtrupp angefordert. Wir werden jeden Millimeter dieses Waldes durchkämmen.«

Sarah lehnt sich zurück und schließt für einen Moment die Augen. Seit Stunden hockt sie vor dem Computer und wälzt Berichte aus den vergangenen fünfzehn Jahren. Es muss eine Verbindung zwischen all diesen verschwundenen Kindern geben, einen Hinweis, den sie bisher übersehen hat. Dass sie nun wissen, dass die Mütze Lola gehört, ist nur ein Tropfen auf den heißen Stein. Wenn das Mädchen wirklich in dieser Wildnis ist, wird selbst der beste Suchtrupp nichts finden. Das Gebiet ist einfach zu groß. Und jetzt ist auch noch ein weiteres Mädchen verschwunden. Hätten sie bloß eine Spur, irgendeine Fährte, die ihnen die Richtung weisen könnte!

Während Richter sich ans Telefon klemmt, um ihren Vorgesetzten über die jüngsten Entwicklungen zu informieren, macht Sarah weiter mit den Berichten. Der älteste Fall, der hiermit in Verbindung gebracht werden könnte, liegt über dreißig Jahre zurück. Ein kleines Mädchen, Fanni. Mit dunklem Haar und strahlendem Lächeln. Das Originalfoto wurde digitalisiert und ist voller Pixel. Ein unscharfes Gesicht auf unscharfem Hintergrund – als wäre das Schicksal des Mädchens genauso verblasst wie die Vergangenheit.

Angenommen, er behält sie bei sich. Über Jahre. Angenommen, all diese Kinder sind noch am Leben oder zumindest ein paar von ihnen, irgendwo da draußen. Dann müssten viele von ihnen inzwischen erwachsen sein. Konzentriert klickt Sarah sich durch die einzelnen Fotos, durch lachende, unschuldige Gesichter, die es womöglich längst nicht mehr gibt. Da ist die kleine Henna, die vor sechs Monaten verschwunden ist. Dann kommt Lisa mit den vielen Sommersprossen. Ihre Entführung liegt ein gutes Jahr zurück. Acht Monate zuvor traf es Mona, einen süßen Blondschopf mit Locken und Zahnlücke. Die Zwillinge Laura und Annika. Gerlinde, die voller Stolz ihre Puppe in die Kamera hält. Dann ein Sprung von mehreren Jahren. Veronika in ihrem rosafarbenen Einhorn-Pulli. Und schließlich die zehnjährige Ronja. Sie sieht bereits auf dem Foto traurig aus. Als wäre es gemacht worden, nachdem sie verschwunden war. Es ist zehn Jahre her. Zehn Jahre, ohne eine Spur zu hinterlassen. Brutal aus dem Leben gerissen, aus der Erinnerung.

Sarah sieht sich dieses Foto besonders lange an. Erneut spielt sich vor ihrem inneren Auge eine Geschichte ab – eine Geschichte, so real, dass ihr ein Schauer über den Rücken läuft, als sie die Kälte spürt und die Angst in sich aufsteigen fühlt. Ein trauriges Mädchen wird zu einer traurigen Frau. Verschollen in den Wäldern, von allen vergessen.

Irritiert legt Richter den Hörer weg, als Sarah aufsteht. »Wo willst du hin?«

»Ich fahr noch mal nach St. Nikola.«

»Gibt es was Neues?«

»Nein, nur so ein Gefühl.«

Sie schnappt sich ihre Jacke und Tasche. Richter steht ebenfalls auf.

»Ich komme mit.«

»Nein, bleib du an der Sache mit Emma dran. Ich halte dich auf dem Laufenden.«

Sie verlässt das Büro.

Das Bellen der Hunde hallt durch den Wald. Ein weitläufiges Gebiet wurde bereits abgesucht, ohne Erfolg. Sollte Lola weitere Spuren hinterlassen haben, wurden sie längst vom Regen ins Erdinnere gespült.

Knisternde Luft und dunkle Wolken kündigen ein Unwetter an. Sarah steht wieder an dieser Bahnstrecke, den Blick ins Gestrüpp gerichtet, das sich am Rand des Hanges erhebt. Der Anblick erinnert sie an einen Käfig, der mit einem Tuch verhängt ist: Niemand weiß, was sich darin befindet, niemand traut sich, das Tuch zu lüften, aus Angst, es könnte sich etwas Abscheuliches darunter verbergen – noch weitere rote Mützen, die niemandem mehr gehören. Hunderte, Tausende.

Der Leiter der Suchmannschaft, ein feister, großer Mann mit Kappe auf dem Kopf, duckt sich brummend unter dem tief hängenden Blätterdach hindurch, als er sich seinen Weg zu Sarah an die Gleise bahnt.

»Wir haben den oberen Bereich des Hanges jetzt noch einmal abgesucht«, sagt er. »Wir konnten nichts finden.

Die Hunde haben auch keine Witterung aufgenommen. Bei diesem Wetter kein Wunder.«

»Am besten suchen Ihre Leute weiter, wenn es ein bisschen trockener ist.«

»Wir können es versuchen«, antwortet er seufzend. Doch sein Gesicht macht deutlich, dass er sich keine großen Erfolgschancen ausrechnet.

Es ergibt keinen Sinn – dieses merkwürdige Gefühl in ihrem Bauch, das ihr seit dem Auftauchen der Mütze keine Ruhe lässt. Irgendetwas übersehen sie. Sie geht ein Stück die Gleise entlang, atmet die glasklare, kalte Luft. Hier irgendwo befindet sich die Antwort, die niemand sieht. Der schmale, verwilderte Pfad, der in die Höhle des Monsters führt. Es kann kein Zufall sein, dass alle Kinder auf diese seltsame Weise keine Spuren hinterließen. Er muss sie tief in die Wälder bringen. In einen Teil der Wildnis, der zu dunkel und zu unwirklich ist, um dort etwas Lebendiges zu vermuten.

»Was ist mit den umliegenden Bauernhöfen?«, fragt sie, als sie zum Einsatzleiter zurückkehrt.

»Was meinen Sie?«

»Die sind doch weit versprengt. Dazwischen herrscht nichts als Ödnis. Vielleicht ist einem der Hofbesitzer etwas aufgefallen.«

»Ich schicke Leute los, die sich das ansehen.«

»Gut.«

Selbst wenn der Täter sich im tiefsten Herzen des Waldes versteckt, irgendwann muss er herauskommen, um seine Opfer zu jagen. Niemand bleibt vollkommen unentdeckt. Zumindest kein Wesen aus Fleisch und Blut. Und Sarah glaubt weder an Monster noch an Gespenster. Nur an Menschen, die zu Monstern werden.

Ihr Handy läutet. »Sprich«, fordert sie Richter auf.

»Mich haben eben die Kollegen aus Rohrbach angerufen. Sie haben Emma gefunden. Die Kleine hat sich angeblich im Wald verlaufen. Keine Ahnung, ob es mit unserem Fall zu tun hat, aber vielleicht willst du es dir trotzdem mal ansehen.«

»Auf jeden Fall. Wo ist das Mädchen jetzt?«

»Im Krankenhaus.«

»Bin in einer Stunde dort.«

Sarah stößt es bitter auf, als sie sich an ihren letzten Besuch im Krankenhaus erinnert. Lange Flure, Türen mit Nummern, gedrückte Stimmung – aber am schlimmsten sind die Ärzte. Sie besitzen das zweifelhafte Talent, klare Worte für Dinge zu finden, die sich nicht beschreiben lassen. Manche sehen dich nicht einmal an, wenn sie dir die schlechte Nachricht überbringen. Du bist bloß eine Nummer, draußen an der Tür. Seitdem ist so viel Zeit vergangen, aber die Worte der Ärzte hallen immer noch in ihrem Kopf: *Es tut uns so leid. Wir haben getan, was wir konnten.* Und die Welt wurde schwarz.

»Frau Wiesinger?« Die Stimme der Krankenschwester fegt die Erinnerung davon. »Ich habe mit den Eltern gesprochen. Sie können jetzt mit dem Mädchen reden.«

»Sehr gut. Vielen Dank.«

»Bitte folgen Sie mir.«

Die Schwester bringt sie in ein Krankenzimmer. Das Mädchen, Emma, liegt in einem Bett, das viel zu groß für sie ist, und schaut Sarah mit verschreckten Augen an. Die Eltern sitzen auf Stühlen und wirken deutlich erschöpft. Sofort bemerkt Sarah die Platzwunde auf Emmas Stirn. Laut den Ärzten ist das die einzige Verletzung der Kleinen. Keine Anzeichen eines sexuellen Übergriffs und keine Verteidigungsspuren – das ist gut, bedeutet jedoch lange nicht, dass Sarah umsonst hier ist. Vielleicht hat Emma ja geschafft, was allen anderen misslang: rechtzeitig zu entkommen.

»Sarah Wiesinger, Kriminaldezernat Linz«, stellt sie

sich vor und gibt beiden Eltern die Hand. Die Mutter nickt hastig, während der Vater misstrauisch die Augen zusammenzieht.

»Kriminaldezernat?«, wiederholt er. »Davon war keine Rede.«

»Ich ermittle im Fall diverser Kindesentführungen und würde Ihrer Tochter gerne ein paar Fragen stellen.«

»Kindesentführung?« Jetzt ist auch die Mutter verwirrt. »Ich verstehe nicht. Emma hat sich doch bloß im Wald verirrt. Nicht wahr, Emma?«

Das Mädchen rührt sich nicht. Sarah nimmt sich einen Stuhl und setzt sich zu der Kleinen ans Bett. In Sekundenschnelle wandert ihr Blick über das zerzauste Haar, die schmutzigen Fingernägel und die von der Kälte aufgesprungenen Lippen. Ein hübsches Kind, trotz des verwahrlosten Äußeren. Die großen braunen Augen erinnern Sarah ein wenig an Markus.

»Hallo, Emma«, sagt sie sanft. »Ich bin Sarah. Ist es okay, wenn ich mich ein bisschen mit dir unterhalte?«

Die Kleine schaut fragend zu ihren Eltern, dann nickt sie.

»Sehr schön. Es dauert auch nicht lange, versprochen. Ich habe gehört, du hast dich im Wald verlaufen und bist deshalb nicht nach Hause gekommen. Wie ist denn das passiert?«

»Da war eine Katze.«

»Eine Katze, sagst du?«

»Ja! Eine ganz schöne, schwarze! Ich wollte sie nur kurz streicheln, aber sie ist auf die andere Straßenseite und dann in den Wald gelaufen.«

»Und da bist du ihr nachgelaufen?«

Emma nickt beschämt. »Ich wollte sie nur kurz streicheln. Aber sie war zu schnell und ... und plötzlich wusste ich nicht mehr, wo ich bin.« Tränen steigen in Emmas Augen. Doch sie bleibt tapfer und wischt sie weg. »Ich wusste nicht mehr, wo es nach Hause geht«, schnieft sie in den Zipfel ihrer Bettdecke. »Ich habe gerufen, aber es hat nicht geholfen.«

Sarah versucht zu lächeln, obwohl es ihr in diesem Moment wahrlich schwerfällt. Eine ganze Nacht allein im Wald. Bei Dunkelheit und Kälte. Tapferes kleines Ding.

»Und du warst ganz allein?« Als das Mädchen sie verdutzt anblinzelt, fährt Sarah fort: »Da war niemand außer dir? Oder hast du jemanden getroffen? Jemand, der dir vielleicht merkwürdig vorkam?«

»Wie, merkwürdig?«, will Emma wissen.

»Vielleicht hat er ja mit dir geredet, obwohl du das gar nicht wolltest. Oder er war ebenfalls allein unterwegs. Hast du jemanden im Wald gesehen, Emma?«

»Nein.« Erneut huscht Emmas Blick zu ihren Eltern. »Wer will schon allein im Wald sein?«, fragt sie trotzig. »Da ist es nur unheimlich und kalt!«

»Das stimmt. Ich mag Wälder auch nicht.«

»Ich will da nie wieder hin! Ich hasse den Wald!«

Sarah wartet einen Moment. Sie schaut der Kleinen in die Augen, die feucht sind vor Tränen und in denen eine unterdrückte, aber allzu offensichtliche Angst schimmert. »Du hast also niemanden im Wald getroffen?«, hakt sie nach. »Da war niemand, der dir wehtun wollte?«

»Bitte entschuldigen Sie«, mischt der Vater sich ein, »aber ich denke, das reicht für den Anfang. Sie sehen doch, dass ihr das alles zu viel ist!«

»Ich bin gleich fertig«, versichert Sarah dem Mann. »Ich möchte ihr nur noch eine weitere Frage stellen.« Sie wendet sich an Emma, die sie mit geröteten Bäckchen anstarrt. »Woher hast du die Wunde an der Stirn? Bist du vor etwas weggelaufen?«

Emma schüttelt entschieden den Kopf. »Da war so ein Baum! Ich wollte drum herumlaufen, aber da war eine Wurzel! Ich bin drübergestolpert.«

»Eine Wurzel? Und du bist hingefallen?«

»Ja. Es hat sooo wehgetan!«

Sarah streicht der Kleinen eine Strähne zurück. Emma mag Todesängste im Wald ausgestanden haben, aber entführt wurde sie nicht. Sie wird Sarah nicht weiterhelfen.

Sie steht auf und begibt sich zur Tür. »Ich bedanke mich noch mal, dass ich mit ihr reden durfte«, erklärt sie den Eltern, die zu ihr gekommen sind.

»Ich verstehe immer noch nicht ganz«, murmelt die Mutter. »Worum genau geht es hier? Ist ein Kind entführt worden?«

»Bitte machen Sie sich keine Sorgen. Es hat nichts mit Ihrer Tochter zu tun.«

Ein Arzt kommt in den Raum, um nach Emma zu sehen. Sofort verlieren die Eltern das Interesse an Sarah und bombardieren den Arzt mit Fragen, wann sie ihre Tochter mit nach Hause nehmen können. Ein letztes Mal fällt Sarahs Blick auf die kleine Emma, die gar nicht weiß, welches Glück sie hatte. Eine Katze und ein Baum, mehr ist nicht passiert. Sarah verlässt den Raum und wartet im Gang auf den Arzt.

»Kommt so etwas hier öfter vor?«, fragt sie ihn, als er wenig später das Krankenzimmer verlässt.

»Sie meinen Kinder, die sich verlaufen? Schon ab und zu. Aber die meisten werden zum Glück sehr schnell wiedergefunden. Und gröbere Verletzungen sind ebenfalls selten.«

»Sollte so etwas noch einmal vorkommen, dann melden Sie sich bitte sofort bei mir.« Sie übergibt ihm ihre Karte. »Auch wenn die Kinder schon älter sind. Sollten hier jemals Mädchen oder junge Frauen auftauchen, die verwirrt sind oder verwahrlost wirken, dann sagen Sie es uns sofort. Sie können mich jederzeit anrufen. Oder meine Kollegen.«

Er betrachtet ihre Karte und macht ein besorgtes Gesicht. »Wir werden die Augen offen halten.«

Sarah beschließt, seinem Wort zu vertrauen, auch wenn es sein Job ist, die Wahrheit zu verdrehen. Nicht alle Ärzte sind zwangsläufig Heuchler. Nicht jedes »Wir tun unser Bestes« muss eine Lüge sein.

8

Wie ein düsterer versteinerter Fluss schlängelt sich die Straße bergab durch die Landschaft. Schattige Waldstücke wechseln mit Heide und einsamen Bauernhöfen, winzige Oasen des Lebens in einer endlosen herbstbraunen Wüste. Sonnenblumen- und Maisfelder erstrecken sich entlang eines niedrigen Holzzaunes, ehe eine bucklige Steinbrücke zurück ins Dunkel der Bäume führt. Bis ins Tal dauert es noch eine Weile. Das lebendige Wogen der Wipfel lässt erahnen, dass ein Sturm im Anmarsch ist. Ich schalte die Scheinwerfer ein, und auf den Scheiben perlen die ersten Tropfen ab.

Die Kinder sind ruhig, aufmerksam. Henna wird noch nicht begriffen haben, was los ist, doch sie spürt, dass ich angespannt bin. Theo beobachtet während der Fahrt die Umgebung; er weiß genau, dass wir viel weiter von zu Hause weg sind, als wir dürften. Es war ein Fehler, die beiden mitzunehmen, ein riesengroßer Fehler. Denn während ich sonst einen Vorsprung von mindestens zwei Tagen hätte, wird Paps nun sofort begreifen, dass etwas nicht stimmt. Und Jannik … Wie konnte ich ihn mit Paps allein lassen? Er hat doch nur uns. Und ich habe ihn verraten.

Ich schalte das Autoradio an und konzentriere mich auf die Straße, auf den langen Weg, der uns noch bevorsteht.

Nach zwei Stunden erreichen wir das Tal. Verschlungene Güterwege ziehen sich wie Adern quer durch die Landschaft, doch wir folgen der etwas breiteren Landstraße, die uns nach und nach in verschiedene Ortschaften führt. Bei jedem Haus, das wir passieren, rutschen die Kleinen ans Fenster und warten mit aufgerissenen Augen, dass wir anhalten. Wir fahren weiter. Vorbei an hübschen Einfamilienhäusern mit bunt gestrichenen Holzbalkonen, an mit Heu beladenen Traktoren, die den Verkehr aufhalten, an Spaziergängern und weiteren Waldstücken. In den Gesichtern der Kleinen tauchen immer mehr Fragen auf. Dabei ist es ganz einfach: Ich werde erst stehen bleiben, wenn wir so weit von Paps weg sind, dass selbst die Erinnerungen an ihn von der Distanz zerrissen werden. Oder wenn der leere Tank uns dazu zwingt.

Aus Regen wird Hagel, und auf Hagel folgt Sonnenschein. Spitze Kirchtürme ragen aus einem Nest aus Häusern empor, während auf der anderen Seite das breite Band eines Flusses in der Abendröte glitzert. Kurz halten wir am Straßenrand, weil die Kinder aufs Klo müssen und ich aus Paps' stets vollem Ersatzkanister eine Ladung Benzin nachfülle, dann geht es weiter Richtung Osten, wo die größeren Städte liegen. Zunehmend macht sich Unruhe im Auto breit. Henna ist genervt von der langen Fahrt und meinen dürftigen Antworten und rutscht quengelnd auf ihrem Sitz herum. Theos Gesicht nimmt die Farbe des Himmels an, zuerst rot vor Aufregung, dann wird es immer dunkler.

»Sind wir bald da?«, fragt er, als wir abermals durch eine Ortschaft brausen, ohne anzuhalten.

»Es dauert noch ein bisschen. Geduld.«

»Mir ist langweilig«, sagt Henna und lässt die Beine baumeln.

Ich werfe einen besorgten Blick auf die Tankanzeige. Uns bleiben zehn, maximal fünfzehn Kilometer, dann wird unsere Reise ein jähes Ende finden. Wenn ich nur einen Plan hätte. Eine Unterkunft ist wichtig und etwas zu essen für die Kinder. Ein Hotel oder lieber eine Gaststätte? Man wird Fragen stellen, Ausweise verlangen, Unterschriften. Das ist alles zu gefährlich. Und wenn wir einfach zur Polizei gehen und alles erzählen? Wer glaubt schon eine so verrückte Geschichte? Wenn ich Pech habe, wird nach Henna immer noch gefahndet. Ihr Auftauchen könnte mich in ernsthafte Schwierigkeiten bringen.

Oh Gott, ich bekomme Kopfschmerzen. Diese verdammte Fahrerei. Ich brauche eine Pause, sonst lande ich in einer Leitplanke.

Die Lichter der Straße bündeln sich zu einer Ortschaft, die friedlich am Ufer des Flusses schlummert. Die Nacht hat den Himmel und die umliegende Feldlandschaft pechschwarz gefärbt. Das bunte Lichtkarussell einer Kreuzung, an der ich anhalten muss, gibt mir Zeit zum Nachdenken. Das Gasthaus an der Straßenecke sowie der Supermarkt, an dem wir vorbeigefahren sind, haben bereits geschlossen. Ich lenke den Lada durch die Einfahrt einer Tankstelle und parke auf einem freien Platz vor dem dazugehörigen Minimarkt.

Henna schreckt überrumpelt aus ihrem Halbschlaf auf. »Sind wir da, sind wir da?«

»So, ihr beiden, aufgepasst.« Ich drehe mich zu ihnen um und öffne ihre Gurte. »Wir machen eine kurze Pause, essen was, und wer muss, geht schnell aufs Klo. Dann geht's weiter. Okay?«

»Super, super«, flötet Henna, während Theo eine gelangweilte Grimasse zieht.

»Wann sind wir denn endlich da?«, nörgelt er erneut.

»Bald.«

»Das hast du schon vor einer Stunde gesagt. Ich will zu Jannik.«

»Theo …«

Er gibt mir keine Chance. Mit stockfinsterer Miene steigt er aus dem Wagen, wirft die Tür zu und marschiert mit Henna in den hell erleuchteten Supermarkt. Ich nutze den kurzen Moment des Alleinseins und lehne mich mit geschlossenen Augen in meinem Sitz zurück, atme tief durch und zwinge meine Gedanken zur Ruhe. Mir wird schon etwas einfallen. Wohin wir fahren und wie ich ihnen erkläre, dass sie Jannik nie mehr wiedersehen. Mir wird schon etwas einfallen.

Ich tanke voll, fülle den Kanister auf und folge den Kindern in den Supermarkt, der erstaunlich gut besucht ist. Auch bei den Zapfsäulen stehen einige Autos. Mir ist der Anblick fremder Menschen noch von der letzten Einkaufsfahrt vor sechs Wochen vertraut, doch Theo und Henna haben seit Monaten, wenn nicht Jahren niemanden außer uns und Paps gesehen. Sie laufen durch die Gänge wie durch ein buntes Zauberland, fassen alles an und reden mit wildfremden Leuten. Einige finden das süß, andere fühlen sich belästigt und stieren genervt in meine Richtung. Wir dürfen nicht auffallen, solange wir in Paps' Reichweite sind; Hennas Borstenfrisur und Theos dunkle Rosshaarmähne sind ohnehin außergewöhnlich genug. Ich nehme die beiden an den Ohren und weise sie an, sich zu benehmen. Theo versteht als Erster, dass es mir ernst ist, und nimmt Henna, die schon zu den Süßigkeiten aufbrechen will, fürsorglich bei der Hand.

Ich bezahle an der Kasse und kaufe den beiden ein paar Schokoriegel, die sie zufrieden an einem der Tische des integrierten Cafés verspeisen. Ich werde immer nervöser. Am liebsten würde ich mich zurück ins Auto setzen und Vollgas geben, bis wir die nächste Tankfüllung brauchen. Um ruhiger zu werden, bestelle ich mir einen Kakao. Während ich ungeduldig darauf warte, dass er auskühlt, fühle ich mich von allen Seiten beobachtet, stehe von meinem Platz auf und setze mich angespannt wieder hin. Mein Blick ist auf die Straße gerichtet, um im Notfall sofort zu reagieren.

»Sagst du uns jetzt endlich, wo wir hinfahren?« Theo stützt die Wange in die Hand und wartet mit schokoladeverklebten, herabhängenden Mundwinkeln auf meine Antwort.

»Wieso ist Jannik nicht mitgekommen?«, fragt Henna, als ich meinen Kakao schlürfe.

Das wird nicht besser.

»Seid doch nicht immer so neugierig, ihr zwei. Lasst euch einfach überraschen.«

»Kommt Jannik nach? Wann denn?«

»Jannik kommt nicht nach«, motzt Theo Henna ins Gesicht. Dann richtet er seine Aufmerksamkeit auf mich, die braunen Augen voller Vorwürfe. »Wir haben ihn dortgelassen, stimmt's? Er kommt nicht mit uns mit.«

Ich setze zu einer Beschwichtigung an, doch Hennas schmerzerfülltes Heulen kommt mir zuvor. »Was? Kein Jannik?«, jammert sie und muss von Theo getröstet werden.

»Aber Maus, das ist doch nicht so schlimm«, versuche ich sie aufzumuntern. »Ich bin ja noch da.«

»Aber wieso? Wieso ist er nicht mitgekommen, ich will nicht ohne ihn wegfahren!«

»Henna, bitte!« Ihr Quengeln erregt zu viel Aufmerksamkeit. Ich rücke näher, um sie vor den Blicken der Leute abzuschirmen, halte ihr sogar meinen Kakao hin, doch es ist Theo, dem es mit sanften Streicheleinheiten gelingt, sie zu beruhigen. Schließlich sitzen sie da wie zwei Findelkinder, halten sich einfach nur umklammert, mit bleichen, hoffnungslosen Gesichtern.

»Er wird uns finden«, murmelt Theo wie zu sich selbst. »Und dann wird er uns alle umbringen.«

Mir ist jeder Appetit vergangen. Obwohl der Becher noch fast voll ist, schiebe ich ihn weg und stehe auf.

»Kommt«, dränge ich, »esst auf, und dann fahren wir weiter.«

Während die Kleinen widerstrebend von ihren Hockern rutschen, sammle ich die Papierreste und den Becher zusammen und werfe alles in den Mülleimer neben der Kasse.

Das Türglöckchen klingelt. Kalte Luft bläst ins Gebäude, und das Geräusch schwerer Stiefel, die Matsch und Kieselsteine hereintragen, dröhnt in meinen Ohren.

Ich erstarre mitten in der Bewegung. Lausche den Schritten, die sich mir von hinten nähern. Ein großer Schatten verdunkelt den Kassentresen, um den sich meine Hände krallen. Mein Herz klopft nicht – es bleibt stehen. Dieser Geruch … nach Tannenzapfen, Schweiß und Leder, unverkennbar. Meine Beine kleben steif am Boden. Mein Verstand spielt bloß eine einzige, laut brüllende Frage ab: Wie konnte er uns so schnell finden?

Der Kassierer kommt an den Tresen. »Guten Abend, der Herr. Was kann ich für Sie tun?«

»Danke. Ich habe schon alles gefunden, was ich gesucht habe.«

Das Gewicht einer Hand legt sich auf meine Schulter. Er zieht mich von dem Mann und der Kasse weg, ganz langsam. Dennoch habe ich Angst, dass ich jeden Moment stolpere, dass er mich zurückreißt und gegen die nächste Wand katapultiert. Er dreht mich um, und ich sehe die Kinder, die erstarrt vor Schreck beim Eingang stehen und uns anschauen. Jannik ist bei ihnen. Henna klammert sich an sein Bein, versteckt sich wimmernd hinter ihm, während Theo sich ganz groß macht, als fühle er sich an Janniks Seite unbesiegbar. Janniks Gesicht ist leichenblass, als unsere Blicke sich treffen. Ich kann nicht anders, als ihn in diesem Moment zu hassen. Paps' unterwürfige Marionette.

»So, Kinder, der Ausflug ist vorbei. Seid brav und geht mit Jannik zurück zum Auto.«

Henna ist die Erste, die folgt. In Theos Gesicht steht noch ein wenig Trotz.

»Aber wir wollen nicht zurück!«

»Muss ich laut werden?«, fragt Paps ganz ruhig.

Die Schultern des Jungen fallen herab, und mit gesenktem Blick folgt er Jannik und Henna aus dem Supermarkt.

Ich zähle die Sekunden. Eins, zwei, drei, vier … Wie lange will er mich noch quälen? Mein Blut beginnt zu kochen, bunte Punkte tanzen vor meinem Gesicht. Im Augenwinkel erkenne ich, dass der Kassierer in unsere Richtung starrt. *Hilf mir* – mein Mund ist wie zugenäht. So viele Menschen und niemand schreitet ein … weil niemand ahnt, was tatsächlich passiert. Sie sehen nur einen Mann mit einer jungen Frau, vielleicht halten sie mich für eine Ausreißerin, ein undankbares Gör, das den Ernst des Lebens erst begreifen muss. Selbst wenn ich schreie, Paps würde gewinnen. Er ist ein guter Schauspieler. Im Nu hätte er all diese Menschen um den Finger gewickelt, hätte ihnen irgendeine Geschichte aufgetischt, und ich hätte das Märchen bestätigt. Wie ein Roboter, völlig willenlos. Panisch dränge ich voran, möchte bloß noch raus aus diesem Gebäude und zurück an die frische Luft, will mich ebenfalls an Janniks Bein klammern, mich hinter ihm verstecken, obwohl er uns so schändlich hintergangen hat. Die schwere Hand auf meiner Schulter hält mich zurück.

»Das«, haucht er mir ins Ohr, »wird dir noch leidtun.«

Auf dem Parkplatz steht ein schwarzer Pick-up. Paps lässt die Kleinen auf die Rückbank, ehe er sich ans Steuer setzt und ausparkt. Ich fahre mit Jannik im Lada. Während wir stur den Rücklichtern des Pick-ups zurück Richtung Heimat folgen, stelle ich mir immer wieder die Frage, wie ich nur vergessen konnte, das zweite Auto in Erwägung zu ziehen. Paps benutzt den Pick-up nicht oft. Das Getriebe hat ständig irgendeinen Schaden, und vollgetankt ist er in der Regel auch nicht. Er muss Himmel und Hölle in Bewegung gesetzt haben, um die Mühle fahrtüchtig zu kriegen. Es wäre ihm nicht gelungen, hätte Jannik ihm nicht dabei geholfen.

»Warum?«, frage ich ihn. »Warum hast du es ihm verraten?«

Gott allein weiß, was mir bevorsteht. Den Kindern wird Paps wahrscheinlich nichts tun, sie hatten keine Schuld an der Flucht. Ich bin es, die er bestrafen wird. Er wird mich schlagen. Foltern. Er wird alles tun, damit ich um den Tod bettle, bloß um mir diese Gnade wieder und wieder zu verweigern. Jannik weiß das. Deswegen hält er so verbissen den Mund.

»Ich hätte nicht gedacht, dass du mir angesehen hast, was ich vorhabe«, rede ich weiter. »Du siehst doch sonst nie hin.«

Er verharrt in seinem starrsinnigen Schweigen. Die Dunkelheit malt harte Linien in sein Gesicht; ich glaube, ich habe ihn nie so verzweifelt gesehen.

»Was hat mich verraten? Sag's mir. Als ich heute Morgen nach deiner Hand gegriffen habe, war es das?«

»Nein. Ich wusste es schon vorher. Aus dem Grund hab ich die GPS-Peilung beim Lada aktiviert.«

Ich wünschte, ich wäre überrascht, doch es ergibt alles Sinn. Er hat mich verwanzt. Heute Morgen, als er am Auto herumgewerkelt hat. Deshalb konnten sie uns so schnell finden.

Die Rücklichter des Pick-ups entfernen sich von uns. Jannik lässt Abstand, fällt sogar ein Stück hinter der Kurve zurück. Es ist so finster, dass ich zweifle, ob die Sonne je wieder aufgehen wird.

»Warum?«, frage ich erneut.

Ich höre, wie er einatmet, ein letztes Mal allen Mut zusammennimmt. Seine Augen sind klar, doch ich sehe darin keine Lichter, keine Spiegelungen der Welt, der Paps uns entrissen hat. Nur den Wald und den Berg. Nur das.

»Ich weiß es nicht«, antwortet er mit erstickter Stimme.

9

Der Vollmond verwässert den Nachthimmel zu einem dunklen Blau. Etwas bewegt sich im Gebüsch gleich neben uns; ein Marder unterbricht seinen nächtlichen Streifzug durch das Unterholz, um neugierig an unseren Felgen zu schnuppern, ehe seine funkelnden Augen in der Finsternis zwischen den Bäumen verschwinden.

Wir kommen unmittelbar hinter dem Pick-up zum Stillstand. Bis zum Haus ist es noch ein Stück weiter die Forststraße entlang. Paps und die Kleinen steigen aus, und ich komme zum ersten Mal aus dem Kokon, in dem ich mich während der Fahrt verkrochen habe. Wieso halten wir hier an?

Auch Jannik wirkt verwirrt über den unplanmäßigen Stopp und zögert beim Ausschalten des Motors. Im Licht unserer Scheinwerfer ist deutlich das Jagdmesser zu erkennen, das Paps am Gürtel trägt. Das Messer aus der Lade. Er bedeutet uns, auszusteigen.

»Was hat er vor?«, stoße ich heiser aus.

Jannik steigt aus dem Wagen, ich folge ihm mit etwas Abstand.

»Kinder«, sagt Paps zu den Kleinen. »Seid lieb und geht voraus. Ihr kennt den Weg.«

Henna streckt wimmernd die Arme nach mir aus, während Theo Schutz an Janniks Seite sucht. Sie fürchten sich davor, uns allein zu lassen. Mir macht etwas anderes Angst: der Ausdruck in Paps' Gesicht, die Entschlossenheit in seinen Augen. Plötzlich möchte ich die Kinder so weit wie möglich von hier weghaben. Sie sollen nicht sehen, was passiert. Denn dass etwas passieren wird, steht außer Frage.

»Tut, was Paps sagt«, weise ich sie an. Ihnen zuliebe

versuche ich, meine Angst zurückzuhalten und das Zittern aus meiner Stimme zu pressen.

Jannik begleitet die Kinder ein Stück den Weg entlang, dann schickt er sie voraus und kommt schnurstracks zu uns zurück. Auch er hat die Härte in Paps' Augen gesehen. Er stellt sich dicht an meine Seite, als könnte nichts uns je trennen, doch als Paps auf uns zumarschiert, weicht er zurück. Er weicht einfach zurück.

»Und nun zu dir. Ungezogenes Kätzchen.«

Ein Arm, der durch die Luft saust, grauenvoll schnell. Ein präziser, steinharter Griff seiner Pranken. Er packt mich am Nacken und zerrt mich hinter sich her, es scheint unwirklich, wie stark er ist, wie wenig ich gegen ihn ausrichten kann, selbst jetzt noch, als Erwachsene. Ich schreie, schlage um mich, doch er ist unbezwingbar. Das Monster aus meiner Erinnerung ist zurück.

»Was hast du vor?«, fragt Jannik, der uns hinterherläuft.

»Nichts, was das Kätzchen nicht schon kennen würde.«

»Paps, bitte!«, flehe ich. »Es – es tut mir leid! Ich werde es nie wieder tun, nie wieder! Bitte ... lass mich los ...«

»Ich dachte, ich hätte dich gut erzogen. Du warst so artig in letzter Zeit – jetzt weiß ich, wieso.«

Mühelos hat er mich über die Schulter geworfen und marschiert über den steinigen Waldboden, vorbei an der vermoderten Mühle und direkt den Berg hoch. Nein. Nicht den Berg hoch, bitte nicht. Blut schießt mir in den Kopf, zwängt meine Gedanken ab. Meine Kehle brennt vom Schreien und Flehen.

Dumpf dringt Janniks Stimme zu mir durch: »Sie hat doch gesagt, dass es ihr leidtut! Sie wird es nie wieder tun, ich schwöre es! Lass sie runter!«

»Merk dir eines, Junge. Wildkatzen sind gefährlich. Solange sie klein sind, kannst du deinen Spaß mit ihnen haben, aber wenn sie erst mal ausgewachsen sind, werde sie lieber los, bevor sie bissig werden oder dir gar das Herz aus der Brust reißen.«

Ein Schlag auf den Hintern. Es brennt, und ich schreie. Wir sind oben. Wieso sind wir schon oben? Wind peitscht von allen Seiten gegen meinen Körper. Paps bleibt stehen und lässt mich fallen. Mit aller Wucht donnere ich auf den Boden. Ich krümme mich vor Schmerz, er zwingt mich auf die Beine. Undeutlich nimmt unsere Umgebung eine alptraumhafte, mir so bekannte Gestalt an. Die hohen, kantigen Felsen scheinen sich im Wind zu biegen wie trockene Bäume, aus denen der Herbst jedes Leben gesaugt hat. Aus dem pechschwarzen Abgrund dringt ein Heulen.

»Nein«, krächze ich. »Nicht da rein … bitte nicht ins Loch! Bitte, Paps!«

»Du konntest schon immer so gut betteln. Ein Jammer.«

Eine unverhoffte Bewegung flackert in meinem Augenwinkel. Paps bringt sie mit nur einer Handbewegung zum Stillstand. »Bleib da stehen, Junge! Rühr dich bloß nicht vom Fleck, ich warne dich.«

Ein Stoß mit dem Knie ringt mich nieder. Schmerz sammelt sich in meiner Bauchhöhle, drängt alle Empfindungen tief in mir zurück. Hände zerren mich vorwärts, direkt auf die tiefe schwarze Öffnung zu.

»Offenbar denkst du, eine wie dich finde ich nie wieder. Du willst weg? Ich weiß einen Ort, wo du für immer deine Ruhe vor mir hast!«

Bretter und Gestrüpp verdecken das Loch. Paps schiebt alles wild zur Seite, in seinem Blick brennt der Wahnsinn.

»Paps!«, schreit Jannik. »Lass sie los! Hör auf!«

Er ist bloß noch ein Schatten hinter dem stöhnenden Monster. Ein Relikt aus der Vergangenheit, das zu schwach ist, um die Brücke durch die Zeit ins Hier und Jetzt zu überqueren. Alle Kraft weicht von mir, und ich höre auf, mich gegen Paps zu wehren. Seine schwieligen Hände drücken mir die Kehle zu. Für die Dauer eines Herzschlags sind wir Angesicht zu Angesicht, und ich sehe nicht nur Wut und Hass in seinem Gesicht, nein, auch Traurigkeit.

»Mach die Augen zu«, flüstert er. »Machen wir beide die Augen zu. Dann ist es schnell vorbei.«

Er sieht das Messer, das auf ihn zurast, nicht kommen. Das Messer, das eben noch an seinem Gürtel steckte. Jetzt liegt es in einer Hand, die wild und verzweifelt zusticht. Zu schnell, als dass er sich wehren könnte. Ein Stich geht mitten durchs Herz, ein zweiter durch den Hals. Alles wird rot.

Er hat Jannik beigebracht, wie man tötet.

Er war zu gründlich dabei.

10

Es ist so still geworden. Ich glaube, es beginnt bald zu schneien.

Tageslicht erhebt sich am Horizont, während eine kühle Brise den Geruch des Todes weit von uns fortträgt. Jannik hat sich nicht bewegt, seit es passiert ist. Er hat auch immer noch das Messer in der Hand. Blutspritzer bedecken seinen Oberkörper. Ein Windstoß weht Blätter aus dem Schlund des Waldes zu uns hoch, und in Paps' Fingern zuckt eine Bewegung. Doch er steht nicht auf. Nichts passiert. Janniks schwere Atemstöße zerreißen die Luft.

»Ist er … tot?«, frage ich. Unvorstellbare Worte, so unlogisch. Nichts kann dieses Monstrum töten. Doch das Blut – es ist einfach überall.

Jannik kniet sich zu Paps auf den Boden. Er hält das Messer an die Brust gedrückt wie einen Schatz, der ihm nicht entrissen werden darf. In einer vorsichtigen Bewegung greift er nach Paps' Schulter und dreht den leblosen Körper auf den Rücken.

»Ja«, antwortet er. »Er ist mausetot.«

»Miss den Puls!«

»Da gibt es nichts zu messen – schau ihn dir an!«

Ich zucke zusammen, und endlich lässt Jannik das Messer fallen. Er kommt zu mir, und wir drängen uns aneinander wie zwei ausgesetzte Kinder im Wald. Paps' Gesicht ist still, befreit von all der Grausamkeit, die ihn so schnell altern ließ. Ob er in der Hölle gelandet ist? Ich suche die Freude in mir, Euphorie, Erleichterung, doch da ist nur ein tiefes Loch. Wie der Abdruck, der in der Erde zurückbleibt, wenn man einen schweren Stein zur Seite schiebt. Der zermalmte Rest von einstigem Leben …

»Komm, hilf mir.« Jannik packt Paps unter den Achseln und schleift ihn weg. Zurück zum Höhleneingang.

Ich zögere nicht, stelle keine Fragen. So unlogisch das alles ist, so logisch ist die Art, wie wir reagieren müssen. Gemeinsam stemmen wir Paps' schweren Körper in die Höhe und werfen ihn in den Schacht. Bis er unten aufschlägt, dauert es Sekunden. Wasser spritzt gegen die kargen Höhlenwände, sodass es klingt, als wäre die Leiche in tausend blutige Stücke zerschellt. Wir starren in die Dunkelheit, warten auf einen Schrei, der nicht kommen wird. Am Horizont werden die Bergspitzen vom ersten Licht wachgeküsst, und mit dem Licht kommt die Wärme. Eine unbeschreiblich zarte Wärme, die mich von allen Seiten umfängt wie die erste liebevolle Umarmung seit langer, langer Zeit.

Wir sind frei. Wir wissen nicht, was das bedeutet, aber wir sind frei.

Ich greife nach Janniks Hand, die vor lauter Blut ganz feucht ist. Da merke ich erst, wie stark er zittert.

»Was machen wir jetzt?«, fragt er.

Ich berühre sein Gesicht, damit er mich ansieht. »Was wir wollen. Ab jetzt können wir tun, was wir wollen.«

»Du verstehst nicht … Er ist weg! Er ist weg und kommt nie wieder! Was machen wir jetzt?«

Und da begreife ich, dass wir in der Tat Kinder sind, ausgesetzt im Wald, mutterseelenallein. Ich möchte weinen, bis ich nicht mehr kann. Doch ich schüttle nur den Kopf.

»Gehen wir nach Hause.«

11

Der Frühnebel zieht lange, tropfende Fäden über die Lichtung, die von der Morgenwärme nur träge vom nächtlichen Frost befreit wird. Bevor ich ins Haus gehe, wasche ich mir am Brunnen schnell Hände, Hals und Gesicht. Blutiges Wasser wird vom Dunkel des Brunnens verschluckt. In einem der Fenster tauchen zwei verschreckte Gestalten auf, die jede Bewegung beobachten. Noch weiß ich nicht, was ich ihnen sagen soll, doch länger hier zu stehen und die Hände ins eisige Nass zu tauchen wird die Situation nicht klären. Ich betrete die Stube und schaue in zwei schneeweiße, verwirrte Gesichter.

»Wo ist Jannik?«, fragt Theo ganz vorsichtig.

»Ihm geht's gut. Er wäscht sich nur kurz, dann kommt er.«

Theos Blick wandert von der Tür zum Brunnen und wieder zu mir zurück. »Und Paps?«

»Setzt euch«, bitte ich sie.

Die beiden rühren sich nicht. Henna, der Theos misstrauischer Gesichtsausdruck nicht entgangen ist, schaut mit großen Augen zwischen uns hin und her, ehe ihr ein überdrehtes Piepsen entweicht.

»Ist Paps weg?«, stößt sie aus.

Ich nicke. Vielleicht habe ich Glück, und sie belassen es dabei. Doch Theo reckt herausfordernd das Kinn.

»Wohin ist er denn gegangen? Und wo ist Jannik?«

»Er wäscht sich, das habe ich doch gesagt.«

»Und wo ist Paps?«

»Weg.«

»Für immer?«, fragt Henna.

»Für immer.«

Theos Blick bohrt sich in meinen. Äußerlich mag er klein sein, ein schmächtiges Kind, doch seine Augen sind die eines erfahrenen Mannes, unmöglich zu täuschen. Wenn ich ihn belüge, wird er es merken.

»Paps ist durchs Sonnentor gegangen«, sage ich.

Liebliche Worte für eine grausame Tat. Schon tausendmal gehört. Doch diesmal ist es anders. Theo und Henna nehmen sich bei den Händen, und ein scheues, ja fast zerbrechliches Lächeln legt sich auf ihre Gesichter, in die schlagartig das Licht zurückkehrt.

»Endlich«, flüstert Theo.

Der Anblick seiner feuchten Augen schneidet sich tief in mein Herz. Ein Kind, das sich für tot hielt, erkennt unter Tränen, dass es erwachsen werden darf.

»Können wir es Nika erzählen?«, fragt er. Seine Stimme ist kaum mehr als ein Hauchen, geschwächt von all den unbändigen Gefühlen.

»Natürlich, geht nur.«

Hand in Hand laufen sie los, poltern durch das Haus, das nur Stille und Flüstern gewohnt ist und unter all dem Übermut zu erzittern scheint.

»Nika, rate mal!«, dringen die ersten Worte durch die alten Mauern.

Ab nun wird alles anders werden. Wir tanken voll und fahren mit dem Lada, wohin es uns zieht, werden unsere Familien wiedersehen, werden endlich in unser richtiges Zuhause zurückkehren. Meinem Gesicht im Spiegel laufen Tränen über die Wangen. Auch diese Augen haben niemals solches Glück gesehen.

Ich finde Jannik am Ende des langen, schlauchartigen Raumes, der unser Badezimmer darstellt, vor dem Spiegel. Obwohl er schon mindestens zehn Minuten hier drin ist, schrubbt er immer noch seine Hände. Seine Haut ist schon ganz rot vom kalten Wasser. Ich drehe den Hahn ab, und er erstarrt. Sein Gesicht ist unbewegt, hart wie Stein. Er hebt den Kopf und starrt auf sein Spiegelbild.

»Ich habe es den Kleinen gesagt. Sie sind gerade bei Nika.« Vergeblich warte ich auf eine Antwort und weiche ein Stück zurück. »Es musste so kommen. Er hat uns keine Wahl gelassen.«

Er schließt die Augen, als brauche er einen Moment für sich. Dann spüre ich, wie er sich entspannt.

»Was machen wir jetzt?«, stelle ich ihm die gleiche Frage, die er auch mir zuvor gestellt hat.

»Essen kochen. Ich hab Hunger.«

Er schiebt sich an mir vorbei und geht zurück in die Stube.

Ich stehe wie vom Donner gerührt – wie kann er jetzt ans Essen denken, wie kann er es nur eine Sekunde länger in diesem Gemäuer aushalten, nachdem uns nichts mehr hier hält? Ab ins Auto und Vollgas, mehr bleibt nicht zu tun. Ich folge ihm in die Küche und halte ihn davon ab, sich ein Glas Wasser einzuschenken.

»Was soll das?«

»Ich will was trinken, ist das verboten?«

»Du weißt, was ich meine. Was machen wir noch hier? Sollten wir nicht aufbrechen?«

»Wohin?«

Seine Augen fixieren mich, und für einen Moment weiß ich nicht, was ich sagen soll. »Na eben … weg. Zurück nach …«

»Ja, Ronja? Ich bin ganz Ohr. Wohin?«

Ein simples, harmloses Wort, doch in seiner Bedeutung so machtvoll. Wohin nach all dem? Die Frage dauert an, und die glasklare Zukunft, die Freiheit, die sich eben noch vor meinem inneren Auge abgezeichnet hat, verschwimmt hinter einer abartigen Logik: Wir sind Wilde ohne Verständnis für die Welt, die uns nun offensteht.

Wir haben keine Vergangenheit und keine Zukunft, bloß eine Gegenwart, die in Trümmern liegt. Wohin also, wohin?

»Das spielt doch keine Rolle«, antworte ich rasch, vielleicht ein wenig zu flapsig. »Die Kleinen haben verdient, ihr altes Leben zurückzubekommen. Und wir auch.«

»Welches alte Leben denn? Seit ich denken kann, bin ich hier.«

»Interessiert es dich denn gar nicht, was da draußen auf uns wartet, wer unsere Familien sind? Vielleicht suchen sie immer noch nach uns!«

»Und was, wenn nicht?«, hält er dagegen und stellt wütend das Glas ab. »Was, wenn es niemanden mehr gibt, Ronja? Wenn sich niemand mehr an uns erinnert? Wir können nicht weg von hier. Wo sollen wir denn hin? Das hier ist unser Zuhause, und zum ersten Mal können wir tun und lassen, was wir wollen! Wir brauchen die Welt da draußen nicht.«

Auf ihn mag das zutreffen. Er war schon hier, als ich vor zehn Jahren von Paps mitgebracht wurde, ein Junge noch, aber schon damals mit den Augen eines Raubtiers. Die jahrelange Isolation hat bei ihm so tiefe Spuren hinterlassen … Er hasst die Welt und die Menschen da draußen, weil sie ihn im Stich gelassen haben, als er sie brauchte. Ich verstehe ihn, bin die Einzige, die ihn immer verstehen wird, doch auch er muss begreifen, dass wir nicht alle so sind wie er.

»Denk doch an die Kleinen«, bitte ich ihn. »Sie haben noch ihr ganzes Leben vor sich.«

»Du klingst, als hätten sie hier keine Chance.«

»Vielleicht ist es ja auch so. Wenn wir nichts mehr zu essen haben, was dann? Jagst du uns ein paar Rehe?« Das war unfair. Im Jagen ist er wirklich gut. »Ich frage mich nur, wovor du Angst hast. Was kann schon passieren?«

»Das ist es ja. Dort draußen kann alles passieren. Alles,

worauf wir nicht vorbereitet sind. Macht dir das keine Angst?«

Doch, sehr sogar. Es macht mir Angst, die Stille zu verlieren, die schützende Abgeschiedenheit gegen einen Ort des Lärms und der Hektik einzutauschen, es macht mir Angst, nicht zu wissen, wie man den modernen Alltag bewältigt, keine Identität zu haben und beim Anblick einer Menschenmenge womöglich in Panik auszubrechen. Er kann sich nicht vorstellen, wie unsagbar große Angst ich vor all dem habe.

Doch viel mehr fürchte ich mich vor der Dunkelheit – und die ist hier überall.

»Aber wir sind nicht allein, Jannik. Wir haben uns.«

Er schüttelt den Kopf, als hätte ich den Kern meiner eigenen Aussage nicht verstanden. »Die trennen uns doch sofort. Wenn die herausfinden, wer wir sind und wohin wir gehören, sehen wir uns nie wieder.«

»Jetzt klingst du wie Paps. Sag bloß, du glaubst all seine Lügen.«

»Ja, diese eine glaube ich!«, brüllt er mich an.

Okay. Wir müssen uns beruhigen, sonst kommen wir nicht weiter. Ich verlasse die Küche, damit er Platz zum Atmen hat, setze mich an den Tisch und warte. Schließlich kommt er mir nach und lässt sich erschöpft auf den Stuhl neben mir fallen.

»Dann wenigstens die Kleinen«, ergreife ich zögernd wieder das Wort.

»Wie meinst du das?«

»Wir können nicht einfach über sie bestimmen. Wenn du einstweilen noch hierbleiben willst ... also für eine gewisse Zeit, dann bleibe ich auch. Aber die Kleinen müssen wir zurückbringen.«

»Bist du wahnsinnig?«, presst er zwischen den Zähnen hervor und packt mich hart am Arm. »Wir wissen doch gar nicht, wie die Leute auf uns reagieren würden. Am

Ende denken die noch, wir hätten etwas mit dem Verschwinden der Kinder zu tun, und sperren uns ein!«

»Wir müssten ihnen erklären, dass –«

»Erklären? Denen kann man nichts erklären! Die sehen nur, was sie sehen wollen. Die werden einen Schuldigen suchen, und wenn sie den gefunden haben, ist ihnen alles andere egal.«

»Bitte, Jannik … du tust mir weh!«

»Ich will nur, dass du verstehst!«, drängt er, die Stimme gedämpft, damit die Kinder uns nicht hören. »Hier sind wir in Sicherheit. Wir sind allein, aber das waren wir schon immer. Das hier ist die wahre Freiheit, nicht dort draußen.«

»Aber wenn wir erzählen, dass Paps hinter allem steckt, dann wird man uns doch in Ruhe lassen!«

»Und die Leichen auf der Höllenkanzel, wie willst du ihnen das erklären?«

Ich schweige überrumpelt. Jetzt hat er endgültig gewonnen.

»Ganz genau, Ronja. Die vielen verdammten Leichen unter der Erde. Wir haben beide mitgeholfen, wir haben dabei zugesehen, was er mit ihnen gemacht hat, und wir haben die Gräber geschaufelt. Weißt du, was da draußen mit Menschen wie uns passiert? Wofür die uns halten werden?« Er lässt mich los, als er spürt, dass mein Widerstand nachlässt. Kopfschüttelnd nimmt er einen Schluck aus seinem Glas, lässt mich dabei nicht aus den Augen. »Dort draußen ist es weitaus gefährlicher als hier. Glaub mir.«

Ich reibe über die Stelle an meinem Arm, wo er mich so fest gepackt hat. Seit ich denken kann, hat er mich beschützt – wieso sollte er jetzt damit aufhören?

Ich erinnere mich an sein Lächeln gestern Morgen. Da wusste er bereits, dass ich vorhatte zu gehen, und vielleicht hat der Gedanke ihn ja beruhigt. Irgendwann hätte

Paps mich ohnehin umgebracht, weil aus seiner Schmusekatze ein aufsässiges Raubtier geworden ist. Wäre ich allein gefahren, wie es der Plan gewesen war, hätte Jannik mich nicht verraten. Doch so … Es muss ihn wahnsinnig gemacht haben, als er das Verschwinden der Kinder bemerkt hat. Ihm blieb keine Wahl. Hätte er Paps nicht geholfen, uns zurückzuholen, wäre es ihm selbst an den Kragen gegangen und wir beide lägen nun an Paps' Stelle fünf Meter tief unter der Erde. Es war so dumm, was ich getan habe. Mein Drang nach Freiheit hat uns alle in Gefahr gebracht.

»Aber wir waren noch nie auf uns allein gestellt. Wir wissen noch nicht einmal, wo Paps das übrige Geld versteckt hat.« Die Schwäche in meiner Stimme lässt die Worte armselig klingen.

»Das finden wir schon noch heraus. So groß ist dieses Haus nicht.«

Die Spur eines Lächelns. Er sieht aus dem Fenster, und genau in dem Moment scheint die Sonne herein, sodass Licht seine Augen streift. Sie sind gar nicht so dunkel – alles, was sie brauchen, ist ein Funken, der sie zum Strahlen bringt. Ein Funken Hoffnung. Er ist hierfür geschaffen, für die Wildnis und die Jagd, und ihn von hier fortzureißen würde bedeuten, eine Schlinge zuzuziehen, die sich mit der Zeit zu fest um seine Seele gelegt hat. Ich könnte ihn nicht umstimmen, nicht in zehntausend Jahren. Und was habe ich von meiner Freiheit, wenn ich sie nicht mit ihm zusammen verbringen kann? Ich gebe nach.

»Für eine Weile. Bis die Mädchen in den Gräbern nicht mehr vermisst werden. Dann gehen wir zurück. Versprich es mir.«

Er zögert. »Ich …«

»Versprich es mir, Jannik!«

Trampelnde Schritte schneiden ihm das Wort ab. Ich weiß nicht, was er geantwortet hätte. Im Moment will ich es gar nicht wissen. Als die Kinder mit Nika im Schlepptau nach unten kommen, haben sich Wolken am Himmel gebildet, und der trübe Tag lässt Janniks braune Augen wieder schwarz wirken.

Doch der eine Sonnenstrahl war ausreichend, um in der Welt wieder das Licht zu sehen.

Unsere Welt.

30. September

Heute ist mein siebzehnter Geburtstag. Mama hat einen Schokoladenkuchen gebacken, obwohl ich sie gebeten habe, sich meinetwegen keine Umstände zu machen. Außerdem hat sie mir das Buch geschenkt, das ich haben wollte: »Friedhorns kleine Historie von der Jagd«. Das Vorwort sowie die ersten zwei Kapitel habe ich bereits durch. Bisher eine eher zähe Angelegenheit, da Friedhorn vor allem davon erzählt, wie er selbst zum Jagen gekommen ist, von seiner Kindheit am Berg und dem prägenden Erlebnis, als sein Vater eines Abends mit einem Vierzehnender nach Hause kam. Doch wieso beschwere ich mich? Bei knapp achthundert Seiten war mit nostalgischer Schwafelei zu rechnen. Die nächsten Kapitel beschäftigen sich mit der Ausrüstung, ich bin gespannt.

Von Paps habe ich Zuspruch und einen feuchten Händedrück bekommen. Zum Glück nur das. Nach dem Streit mit Mama letzte Nacht befürchtete ich, er würde mir bestenfalls ein blaues Auge verpassen. Mama will dazu natürlich nichts sagen. Sie nahm ihn sogar in Schutz: »Dein Vater lebt in seiner eigenen Welt, das weißt du doch. Sei nicht böse auf ihn.«

Ich glaube, er trifft sich heimlich mit jemandem. Quatsch, in dieser Einöde? Ich möchte Mama nicht zusätzlich verletzen, indem ich wieder und wieder darauf herumreite. Am besten halte ich mich aus der Sache raus.

6. Oktober

Erster Schnee, wie immer überraschend. Über Nacht hat sich eine streunende Katze in den Schuppen verirrt. Ich fand sie heute Morgen beim Holzholen, eingekuschelt in einen Haufen aus Sägespänen. Ein ausgehungertes, hässliches graues Ding. Was würde Friedhorn mir raten? Zielen und abknallen. Ich habe ihr ein Schälchen Milch und ein paar in Bratenfett getunkte Brotstücke hingestellt. Mal sehen, ob ihr das schmeckt.

Nachtrag

Das Schneeräumen dauerte bis Sonnenuntergang. Hinterher gab es nichts als belegte Brote, weil Mama nicht kochen wollte. Der restliche Kuchen hat geholfen.

Der Vierzehnender, den Friedhorns seliger Vater seinerzeit erlegt hat, geht mir nicht aus dem Kopf. Das Buch schildert es wie eine Heldentat, dabei ist es gar nicht so schwer, einen Hirsch zu erlegen. Du suchst dir ein gutes Versteck, am besten im Dickicht oder auf einem Baum, wartest, bis das Tier vorbeikommt, legst an und fertig. Schon kannst du ihn einpacken und nach Hause schleppen. Kompliziert wird es bei den kleineren Tieren, Hasen, Marder, Wiesel, manchmal auch Wildschweine. Sie im Unterholz aufzuspüren bedeutet nicht nur, sich durch Schlamm, eiskalte Bäche und sperriges Geäst zu kämpfen, was bei schlechtem Wetter sowohl die Kleidung als auch das Gewehr in Mitleidenschaft zieht. Auch karge Felswände, Höhlen und schattige Schluchten, die sich so tief in den Wald graben, als führten sie in eine andere Welt, stehen auf der Tagesordnung. Für eine Handvoll Kleintiere ist man oft einen ganzen Tag unterwegs, ernährt sich von Frischluft und fühlt sich wie einer der Bäume: uralt und vom Rest der Welt vergessen, aber auch unbezwingbar, von der ureigenen Kraft der Erde durchflossen, die man auch braucht, um den eisigen, dreckigen Bedingungen zu trotzen.

Je weiter die Kapitel voranschreiten, umso tiefer gelange ich in die Materie. Sagenhafte elf Seiten handeln allein vom Schnüren eines perfekten Knotens! Paps mag es nicht, wenn ich so spät noch wach bin, um zu lesen – wahrscheinlich fürchtet er, ich könnte ihn bei seinen nächtlichen Unternehmungen ertappen. Begreift der Mann denn gar nichts? Was er im Wald treibt, kann mir gestohlen bleiben. In einem Jahr, wenn ich endlich achtzehn bin, bin ich ohnehin über alle Berge.

8. Oktober

Ich mache mir Sorgen um Mama. Sie wird es nicht leicht haben mit Paps allein und mit all den scharfen Stichwerkzeugen in der Scheune. Erst gestern haben die beiden sich wieder in die Haare gekriegt. Plötzlich kam Paps mit der Sense anmarschiert, und ich dachte schon, jetzt dreht er völlig durch. Erwischt hat es am Ende zwar nur die Vorhänge, doch wer weiß, wie weit er das nächste Mal gehen wird?

Mir kommt es vor, als wäre er an den Abenden, bevor er verschwindet, besonders gereizt, während er am Morgen danach zahm wie ein Lämmchen ist. Vor dem Unfall war es die Jagd, die diese aufputschende und gleichermaßen entspannende Wirkung auf ihn hatte. Ich erinnere mich, wie seine Augen stets funkelten. Stundenlang waren wir da draußen, wie zwei Aussätzige ohne Heimat, die jagen mussten, um ihr Überleben zu sichern, und wir liebten es. Dann folgten wir diesem einen Eber, und alles sollte anders werden. Ein Wunder, dass Paps bloß Fleischwunden davontrug, als das Vieh über ihn herfiel. Er schrie und kämpfte um sein Leben, während ich hilflos flennend dabei zusehen musste. Das ist mal eine Geschichte, die sich auf achthundert Seiten auswälzen ließe, Herr Friedhorn! Vielleicht sollte ich Bücher schreiben. Komischer Gedanke.

9. Oktober

Über Nacht war Paps wieder weg. Mama weint gerade. Sie haben mich Holz hacken geschickt, damit ich ihren Streit nicht mit anhöre. Als wäre ich ein kleines Kind. Habe viel nachgedacht. Es sind meistens die klaren, rauen Nächte, in denen Paps verschwindet. Bei Wind und Wetter bleibt er dem Wald fern. Was auch immer er dort draußen treibt, muss unter freiem Himmel stattfinden.

Ich habe versucht, mit Mama darüber zu reden. Sie meint, ich solle mir keine Gedanken machen und dass Paps schon seine Gründe habe, nachts durch den Wald zu streunen wie ein hungriger Wolf. Doch je öfter sie das sagt, umso mehr belügt sie uns beide.

Der Katze dürfte das Festmahl übrigens geschmeckt haben. Als ich heute Morgen nachgesehen habe, waren beide Schüsseln leer. Falls sie wieder auftaucht, werde ich versuchen, sie einzufangen.

12

Die kühle Morgendämmerung wäscht die Müdigkeit hinter Sarahs Schläfen davon. Jetzt noch schlafen zu gehen ergibt ohnehin keinen Sinn, nachdem sie die ganze Nacht auf den Beinen war, um diese Berichte zu lesen. Jedes Detail könnte von Bedeutung sein, hinter jedem Wort könnten sich Fehler verstecken, Stümpereien. Mittlerweile kennt sie die Stapel an Papier fast auswendig. Willenskraft, Festtagsbeleuchtung und fünf Becher Kaffee haben ihren Körper und Verstand davon abgehalten, auf halber Strecke schlappzumachen und mit der Wange auf den Schreibtisch zu klatschen. Markus rief sie um kurz vor Mitternacht an, um sich verhalten zu erkundigen, wann sie nach Hause komme. Sie vertröstete ihn mit halbherzigen Versprechungen; nur noch ein Stapel, dann breche sie auf. Gleich sei sie fertig. Da dachte sie noch, die Erschöpfung würde sie von ganz allein dazu bringen, nach Hause zu fahren und in die wohlverdienten Federn zu fallen. Mittlerweile ist sie sowohl vom Denken als auch von ihrem Bett meilenweit entfernt.

Es lässt ihr keine Ruhe. Das Surren in ihrem Kopf, das Gewicht auf ihrer Brust. Hier, in St. Nikola, muss sich der Hinweis verstecken, den sie seit Tagen in der rauen Luft wittert. Dieser Ort ist der Schlüssel.

Sie drosselt die Geschwindigkeit, als sie in den Ort einfährt. Sie hat Richter bereits via Handy Bescheid gegeben, dass sie erneut unterwegs ist. Jetzt liegt es an ihr. Sie weiß nicht, wonach sie sucht und woran sie es erkennen soll. Sie hat nur diese Ahnung, und an der hält sie sich fest. Notfalls durchkämmt sie die Wälder allein, mit nichts weiter als einer Taschenlampe, ihrer Waffe und ihrem blinden Ehrgeiz. Markus wird verstehen, dass sie noch nicht nach Hause kommen kann. Er kennt den Grund, der sie antreibt, weil er selbst ein Stück davon in sich trägt, dieses schmerzhafte Brennen, das immer da ist, wie ein unstillbarer Drang, womöglich nach Gerechtigkeit. Solange Sarah Luft in den Lungen hat, solange ihr Herz für eine Sache schlägt, der sich niemand sonst annehmen will, wird sie für diese Kinder kämpfen. Selbst wenn sie bloß eines davon lebendig zurückbringt, so ist es das wert.

Das erste Tageslicht legt sich sanft über die Berge, und in den verschlafenen Häuschen gehen Lichter an. Beim Gedanken, noch einmal bei Wind und Kälte durch den Wald zu streifen, wird ihr schlecht. Sie braucht etwas zu essen, bevor sie loslegt, sonst wird sie nicht weit kommen. Auf der rechten Straßenseite befindet sich eine Tankstelle. Sie parkt den Wagen an einer freien Zapfsäule und betritt den kleinen Supermarkt, in dem sich vereinzelte Frühaufsteher einen Morgenkaffee gönnen oder in der Zeitung blättern. Sarah ist nicht wählerisch, was ihre Verpflegung betrifft, sie nimmt, was ihr ins Auge springt, ohne groß darüber nachzudenken. Mit einem Schinkensandwich und einer Dose Red Bull geht sie zur Kasse, und ein grauhaariger Mann mit Brille tippt gemächlich ihren Frühstückseinkauf ein.

»Macht sechs Euro achtundneunzig.«

Sie gibt dem Mann einen Zehner und öffnet die Red-Bull-Dose. Während er ohne jede Eile ihr Wechselgeld sortiert, nimmt sie einen großen Schluck und beißt gierig in das Sandwich. Das tut gut. Das Ziehen in ihrem Magen verschwindet, und ihr seit Tagen auf Hochtouren laufender Verstand schaltet zurück in den Leerlauf. Sie verstaut das Wechselgeld und wirft einen Blick auf die Überwachungskameras, die über dem Eingang und schräg hinter dem Tresen angebracht sind. Vielleicht hat hier ja jemand etwas gesehen. Irgendetwas. An einer Stelle muss sie schließlich anfangen.

»Ich suche ein Mädchen mit einer roten Mütze«, sagt sie zu dem Mann hinter der Kasse. »Zwölf Jahre alt und ungefähr so groß. Braunes Haar und braune Augen. Haben Sie es gesehen?«

»Sind Sie von der Polizei?«

»Sarah Wiesinger, Kriminaldezernat.« Sie zeigt ihm ihren Ausweis.

»Ihre Kollegen waren gestern schon hier. Ich kann Ihnen leider nicht helfen.«

»Ist Ihnen vielleicht etwas anderes aufgefallen? War irgendetwas ungewöhnlich? Oder hat jemand etwas erzählt?«

Er schüttelt den Kopf. »Tut mir leid.«

»Ist kein Problem. Danke für Ihre Auskunft. Falls Ihnen noch etwas einfällt, rufen Sie mich an.« Sie gibt ihm ihre Karte.

Wo man hinsieht, nichts als lose Fäden. Sie trinkt aus und wirft die leere Dose in den Mülleimer neben dem Kassentresen. Das restliche Sandwich wirft sie ebenfalls weg. Sie begibt sich Richtung Ausgang.

»Warten Sie.«

Der Mann hinter dem Tresen wirkt unsicher, als sie sich zu ihm umdreht. Er zuckt mit den Schultern und macht eine ratlose Geste mit der Hand.

»Ich weiß nicht, ob Ihnen das weiterhilft. Aber eine Sache war da schon.«

»Sprechen Sie.«

»Nun ja … es hat eigentlich überhaupt nichts damit zu tun.«

»Das spielt keine Rolle. Sagen Sie mir, was Sie beunruhigt, vielleicht hilft es ja doch.«

Er stößt die Luft aus und denkt einen Augenblick lang nach. »Also da war diese junge Frau. Es war gestern Abend und …« Er bricht lachend ab. »Keine Ahnung, es hilft Ihnen wahrscheinlich nichts.«

»Bitte reden Sie weiter. Was war mit der jungen Frau?«

»Na ja, sie ... sie kam mir irgendwie merkwürdig vor. Als hätte sie vor etwas Angst. Sie hatte zwei Kinder dabei, einen Jungen und ein kleines Mädchen. Aber es hatte keine rote Mütze.«

»Wie alt war das Mädchen?«

»Weiß nicht, vielleicht sechs oder sieben?«

»Hieß es Henna?«

»Das, ähm, das weiß ich nicht.«

»Bitte fahren Sie fort.«

»Jedenfalls gab es dann einen Vorfall. Ein Mann kam herein, offenbar der Vater der jungen Frau. Er wirkte irgendwie aufgebracht. Er hat die Frau und die beiden Kinder mitgenommen.«

»Was meinen Sie mit ›mitgenommen‹? Hat er sie entführt?«

»Um Himmels willen, nein! Da hätte ich doch sofort die Polizei verständigt. Aber die junge Frau und die Kinder schienen irgendwie Angst vor ihm zu haben. Ich wollte mich nicht einmischen«, fügt er etwas verlegen hinzu, »so etwas geht mich ja auch nichts an. Aber es kommt mir doch etwas komisch vor, wenn ich jetzt darüber nachdenke.« Verunsichert sieht er sie an. »Hilft Ihnen das was?«

Sarah nickt. Sie hat keine Erklärung für das eiskalte Schaudern, das ihr in diesem Moment die Wirbelsäule hochkriecht. Doch sie weiß, was sie zu tun hat.

»Bitte zeigen Sie mir die Überwachungsbänder von gestern Abend.«

Sie stehen in dem kleinen Büro, das sich im hinteren Bereich des Tankstellengebäudes befindet. Der Kassierer, der gleichzeitig der Ladenbesitzer ist, lädt eine Videodatei auf dem Computer, die sich nach einer kurzen Wartezeit in einem Fenster öffnet.

»Können Sie das vergrößern?«, bittet Sarah.

Der Mann schaltet auf Vollbildmodus. Mit dem Cursor lässt er das Überwachungsband bis an jene Stelle vorlaufen, wo die junge Frau den Laden betritt. Konzentriert beobachtet Sarah die Vorgänge auf dem Bildschirm. Da die Kamera nur alle paar Sekunden ein Bild schießt, wirken die Bewegungen abgehackt. Die junge Frau geht zur Kasse, während die Kinder aus dem Bild verschwinden. Alle drei sehen in der Tat etwas merkwürdig aus; irgendwie wie nicht von dieser Welt. Nach ungefähr zehn Minuten taucht der Mann auf, von dem der Ladenbesitzer gesprochen hat. Sein Gesicht ist hinter einer Kappe und dem hochgestellten Kragen seiner Jacke versteckt. Er sagt etwas zu der jungen Frau, dann verlassen alle gemeinsam den Laden.

»Gibt es auch Aufnahmen von draußen?«, fragt Sarah drängend.

Der Mann nickt und lädt eine neue Datei. Außenaufnahmen der Zapfsäulen erscheinen auf dem Bildschirm. Sarah zählt drei Autos. Einen Pick-up, einen Kleinwagen und einen dunklen Lada. Das Band erreicht jene Stelle, als die junge Frau, die Kinder und der große Kerl den Laden verlassen. Ein junger Mann ist ebenfalls dabei, der sein Gesicht geschickt vor den Kameras versteckt. Er und die Frau steigen in den Lada, der große Mann und die Kinder in den Pick-up gleich daneben. Sarah beugt sich dicht an den Bildschirm. Sie kneift ein Auge zu, um die Nummernschilder der beiden Autos zu erkennen. Fehlanzeige. Der Winkel lässt kein klares Bild zu.

»Können Sie von dem Lada und dem Pick-up ein Standbild machen und es für mich ausdrucken?«

»Kann ich.«

Der Ladenbesitzer druckt zwei Bilder aus, die die Autos in bestmöglicher Auflösung zeigen. Weil es Schwarz-Weiß-Aufnahmen sind, ist die genaue Farbe der Fahrzeuge nicht zu erkennen, aber es ist besser als gar nichts. Sarah greift nach der Maus und öffnet noch einmal die erste Aufnahme. Sie findet eine Szene, wo die junge Frau den Kopf hebt und genau in die Kamera sieht.

Ein schönes, wenn auch müdes Gesicht. Fast wie aus einer anderen Zeit, als es noch keinen Fortschritt gab, keine Verpflichtungen, nur Tage und Nächte, die sich endlos aneinanderreihen.

»Wer bist du?«, murmelt Sarah.

»Sie hat völlig normal gewirkt«, meldet der Ladenbesitzer sich zu Wort. »Also bis auf ihren verschreckten Blick. Aber sonst …«

»Konnten Sie irgendetwas erkennen? Ein besonderes Merkmal? Oder hat eines der Kinder ihren Namen gesagt?«

»Puh … also da bin ich jetzt leider überfragt.«

Macht nichts. Diese Aufnahmen sind mehr, als Sarah zu hoffen gewagt hat. Ihr Blick hängt an diesem Gesicht, das in die Kamera sieht, als hoffte es auf Hilfe. Über die Jahre hat sich ihr Aussehen natürlich verändert. Sie ist erwachsen geworden, doch die Traurigkeit in ihren Augen ist immer noch dieselbe. Plötzlich ist Sarah sich ganz sicher. Diese Frau ist eine der Vermissten – eines der Kinder von den Fotos, die mit der Zeit verblasst sind. Und Sarah ahnt bereits, welches.

13

Mich weckt ein Kitzeln auf der Haut. Ich streiche mir übers Gesicht, weil ich glaube, ein Insekt krabble über meine Wange. Doch beim Klang eines genüsslichen Gähnens stelle ich fest, dass es bloß Henna ist, die ihren zerzausten Kopf dicht an meine Schulter gekuschelt hat.

»Hey, du kleine Maus«, wecke ich sie sanft. »Wieso bist du nicht in deinem eigenen Bett?«

»Ich hatte Angst allein.«

»Wieso denn? Hier gibt es nichts mehr, das dir wehtun kann.«

»Doch«, protestiert sie, dreht sich auf den Rücken und streckt ihre dürren, bleichen Glieder. »Paps kann mir wehtun.«

»Aber Paps ist nicht mehr da, schon vergessen?«

»Doch. Er war letzte Nacht in meinem Zimmer.«

Ich richte mich auf. Meine Müdigkeit ist schlagartig wie weggeblasen. Henna zieht sich den Zipfel der Bettdecke bis zur Nase und nuschelt in den Stoff, als fürchtete sie sich vor ihren eigenen Worten.

»Ich hab ihn gesehen … er stand neben meinem Bett und wollte, dass ich mitkomme. Aber ich hab ihn ausgetrickst! Ich habe so getan, als würde ich ihm folgen, doch dann bin ich in euer Zimmer gelaufen und er war weg. Wird er nächste Nacht wiederkommen?«

»Ach, Henna.« Ich drücke sie an mich und spüre, wie ihr Körper von einem ängstlichen Zittern durchzuckt wird. Ich streiche über ihren Kopf, möchte verzweifelt die Alpträume darin verschwinden lassen. »Du hast geträumt, Kleines. Paps wird nie wieder zurückkommen, das verspreche ich dir.«

»Aber … ich habe ihn doch gesehen!«, beharrt sie. »Er

sah komisch aus. Er war ganz nass und voller Matsch. So wie Theo, als Paps ihn in das Loch geworfen hat!«

Ein Schaudern durchläuft mich, vor meinen Augen blitzt es blutrot auf. Eiskalt spüre ich die Feuchte von neulich Nacht auf mir kleben, sehe das Blut, höre das Messer, wie es mühelos Stoff und Fleisch durchdringt. Ist es möglich? Hat er tatsächlich überlebt? Ich schaue mich nach Jannik um, doch sein Bett ist leer. Für einen kurzen Moment stockt mir vor Furcht der Atem.

»Jannik ist schon aufgestanden. Er hat gesagt, ich soll dich nicht wecken, deshalb war ich ganz, ganz leise.« Henna schlüpft aus dem Bett und erschrickt, als ihre nackten Füßlein den Boden berühren. »Bäh, ist das kalt! Gehen wir Frühstück machen? Ich hab Hunger!«

»Erst mal ziehst du dir was Frisches an und gehst dich waschen, dann sehen wir weiter.«

»Ist gut!«

Sie läuft zurück ins andere Zimmer. Durch die Wand höre ich, wie sie aufgeregt Theo aus dem Bett zu rütteln versucht, der ihre Anstrengungen mit gequälten Lauten der Müdigkeit zur Kenntnis nimmt. Beim Knarren ihrer Schranktür steige auch ich aus dem Bett und gehe als Erstes zu den Fenstern, um eines nach dem anderen bis zum Anschlag aufzureißen.

Der Morgen ist klar und kalt, mit einem Hauch von Winter in der Luft. Der Nebel hat sich bereits tief in den Wald zurückgezogen, sodass die Lichtung im warmen Bunt der Herbstfarben erstrahlt: gelbe Lärchen, tiefgrüne Tannen und braune, kahle Brombeersträucher, die sich am Rand des Abhangs wölben wie rostiger Stacheldraht. Doch es ist kein Stacheldraht. Nichts wird uns je wieder einsperren. Ich schließe die Augen und atme genüsslich den Duft nach Sonnenschein, feuchtem Laub und Holz ein, der wie ein schwerer Zauber über dem Haus hängt, es hell und riesengroß erscheinen lässt. Schon komme ich mir lächerlich vor, mich von Hennas Alptraum verunsichern zu lassen. Paps war der Schatten, der jeden Winkel dieses Ortes in Dunkelheit tauchte, und wäre er tatsächlich noch am Leben, würde ich das spüren. Seine Nähe läge in der Luft wie das Herannahen eines Gewitters; elektrische Schwingungen, die kaum merklich auf der Haut knistern. Nein. Jannik hat das Ungeheuer getötet.

Nachdem ich mich angezogen und meine dunklen Fransen mit einem Tuch aus der Stirn gebunden habe, schaue ich ebenfalls auf einen Sprung bei Theo vorbei. Wie ein schwarzer Kürbis lugt sein Kopf unter der Bettdecke hervor, während auf der anderen Seite ein paar kleine Zehen in der Luft wippen.

»Er ist wach«, flüstert Henna, die sich nicht zwischen zwei Kleidchen entscheiden kann. »Aber er tut so, als würde er noch schlafen!«

»Na, dann müssen wir wohl zum feuchten Waschlappen greifen.«

»Nein«, kommt Theos Stimme lustlos aus dem Bett. »Ich steh schon auf. Ich brauch nur noch ein bisschen.«

»Aber wir machen jetzt Frühstück!« Henna entscheidet sich für das rote Kleid und schlüpft aufgeregt in ihre Gummistiefel. Es sind die einzigen Schuhe, die sie besitzt. Weil sie damit so schwer laufen kann, hielt Paps es für die perfekte Methode, sie am Wegrennen zu hindern. Es wird Zeit, ihr richtige Schuhe zu besorgen.

»Komm, Kleines, lassen wir Theo in Ruhe. Wenn er nicht aufstehen will, muss er eben bis zum Mittagessen warten.«

Während Henna schon nach unten läuft, um den Frühstückstisch zu decken, werfe ich einen Blick in Nikas Zimmer. Dicke Vorhänge halten den Sonnenschein davon ab, diesen düsteren Ort mit etwas Freude zu füllen. Der getrocknete Lavendel, den ich überall aufgehängt habe, nimmt der Luft ein wenig die Fäulnis. Da es ihr gestern besser ging und sie mit Henna sogar ein Stückchen in den Wald spaziert ist, frage ich leise, ob sie schon wach sei.

Die in dicke Decken eingehüllte Gestalt im Bett rührt sich nicht, doch eine kratzige Stimme fragt: »Ist Paps zurückgekommen?«

»Fängst du jetzt auch schon damit an? Paps ist tot.«

Sie lacht.

Warum zum Teufel lacht sie?

»Du lügst.« Die Worte kommen brüchig und gequält, und es dauert ewig, bis sie die Kraft findet, um weiterzusprechen. »Wenn er wirklich tot wäre ... würdet ihr mich in ein Krankenhaus bringen.«

»Jannik hat es dir doch erklärt. Ohne Krankenversicherung würde dich kein Arzt behandeln. Paps mag viele Lügen erzählt haben, aber damit hatte er recht. Wir werden uns etwas überlegen, versprochen. Du wirst wieder gesund.«

Ihr Fuß strampelt sich aus der Bettdecke frei, dann beginnt sie plötzlich zu husten. Immer lauter und heftiger. Ich möchte ihr die Taschentücher auf ihrem Nachttisch geben, da reißt sie mir die Packung aus der Hand und hustet vornübergebeugt in eines der Tücher. Blutiger Speichel klebt an ihrem Kinn.

»Verschwinde!«, drängt sie. »Na mach schon – hau ab! Du sollst verschwinden!« Sie wirft das zerknüllte Taschentuch nach mir.

Ich tue, was sie will, weil ich weiß, dass sie jetzt ihre Ruhe braucht. Durch die Tür murmle ich halbherzig ein paar Worte über Frühstück und Sonnenschein, aber als ich sie nur husten höre, gebe ich auf und gehe zurück nach unten.

Henna hat bereits den Tisch gedeckt und alles Mögliche aus der Speisekammer geräumt: Brot, eingelegte Gurken, Marmelade, rohe Eier und Speck. Als ich ihr erkläre, dass wir die Gurken nicht zum Frühstück essen, macht sie einen Schmollmund und holt stattdessen eine Tafel Schokolade aus dem Schrank.

»Dann schon lieber die Gurken«, seufze ich und mache ihr das Glas auf.

Während sie isst, begebe ich mich auf die Suche nach Jannik. Früh aufzustehen ist nicht ungewöhnlich für ihn, er geht dann in den Wald und jagt, manchmal läuft er auch wie ein Verrückter oder klettert an Felswänden hoch, um das Gefühl zu haben, seinen Körper für etwas gebrauchen zu können, das nichts mit dem Verscharren von Leichen zu tun hat. Ich schaue nach vorn zum Holzschuppen, der als letzter Außenposten zwischen der Lichtung und dem Wald im Schatten der Ebereschen steht, dann zum Lada und hinunter zum eingezäunten Gemüsegarten. Nirgendwo eine Spur von ihm.

Als Theo eine halbe Stunde später verschlafen zum Frühstück erscheint, ist Jannik immer noch nicht da.

»Hat Jannik gesagt, wo er hinmöchte?«, frage ich Henna, die mir beim Abspülen hilft. Sie spielt lieber mit dem Schaum, als mir eine Antwort zu geben.

Theo kaut gelangweilt an einem Stück Brot. »Wann fahren wir denn heim?«

»Was?«

»Na, heim. Zu Mama und Papa.«

»Wir fahren zu Mama und Papa?« Henna nimmt die Hände aus dem Schaum und fährt sich überdreht über Mund und Wangen. »Aber Paps hat gesagt, sie wollen mich gar nicht mehr wiedersehen! War das geschwindelt? Wann fahren wir denn, wann fahren wir, Ronja?«

Ich habe das Gefühl, auf hauchdünnem Eis zu stehen – zu schwerwiegende Lügen werde ich bereuen.

»Wir haben das doch schon besprochen«, erkläre ich und unterbreche den Abwasch, um mich zu Theo an den Tisch zu setzen. »Wir können noch nicht nach Hause fahren. Wir müssen ein bisschen warten.«

»Auf was denn?«, motzt Theo mit vollem Mund. »Paps ist nicht mehr da.«

»Doch, er ist da!«, funkt Henna dazwischen. »Ich hab ihn heute Nacht gesehen, er stand neben meinem Bett und wollte –«

Ich stecke ihr ein Stück Brot in den Mund, damit sie aufhört, ihre Horrorgeschichte zu verbreiten. Es funktioniert.

Theo ist nicht so leicht zum Schweigen zu bringen. »Ich verstehe das nicht. Wieso setzen wir uns nicht ins Auto und fahren los? Haben wir neulich doch auch gemacht!«

»Das war unüberlegt. Außerdem ist es um diese Jahreszeit zu gefährlich, das weißt du doch. Die Straßen sind zu schlammig, und wenn der Winter erst da ist, sitzen wir ohnehin hier fest. Wir müssen noch warten.«

»Aber nächstes Frühjahr dann, oder? Dann fahren wir nach Hause.«

All die Hoffnung in seinen Augen, in seinem kleinen geschundenen Herzen. Ich bringe es nicht fertig, ihn zu belügen, und genauso wenig kann ich ihm die Wahrheit sagen. »Mal sehen«, antworte ich leise.

»Mal sehen? Was heißt denn das?«

»Das, was es eben heißt!«

Henna beginnt unruhig auf ihrem Stuhl herumzurutschen. Theo hat den Blick abgewendet und fummelt mit versteinerter Miene an seinem restlichen Stück Brot herum. Meine Antwort hat ihn absolut nicht zufriedengestellt, doch fürs Erste lässt er die Sache auf sich beruhen, und ich bin dankbar, die beiden nicht mit weiteren Worthülsen vertrösten zu müssen. Ohne Janniks Unterstützung stehe ich bei solchen Diskussionen irgendwann auf verlorenem Posten. Wo steckt er nur?

Im Laufe des Tages kehrt der Nebel zurück, und in meinem Inneren erwacht das alte Gefühl des Verlorenseins. Ist ihm etwas passiert? Unruhig marschiere ich von einem Raum in den nächsten, versuche mich abzulenken, indem ich den Staub von den Möbeln wische, die trüben Fenster poliere, mit dem feuchten Lappen durch sämtliche Ecken und Ritzen jage und dabei Mäusen und Spinnen begegne, die sich tagsüber in den Wänden verschanzen und bei Einbruch der Dunkelheit wimmelnd aus ihrem Versteck kommen. Ich hole den Schädlingsspray und löse das Problem mit eiserner Brutalität. Am Ende ist das Haus so sauber wie nie, und ich spüre den absurden Drang, alles in Brand zu stecken.

Was, wenn er nie wiederkommt? Was, wenn Paps letzte Nacht auch an seinem Bett stand und Jannik ihm tatsächlich gefolgt ist?

Wir sitzen gerade beim Abendessen, als Henna die Gabel aus dem Rollmopsglas reißt und mit strahlenden Augen aus dem Fenster deutet.

»Jannik kommt heim!«

Ich bitte die Kleinen, in der warmen Stube zu bleiben, und gehe ihm mit einer Taschenlampe entgegen. Die Sterne stehen mittlerweile hoch am Himmel. Es ist unheimlich und still, und im kalten Mondlicht verschwinden alle Farben bis auf das trügerische Schwarz der Nacht.

Aus der Entfernung bemerke ich bereits, dass er vor Dreck nur so starrt. Er trägt den Rucksack mit der Kletterausrüstung über der Schulter, sein Haar ist schlammverklebt und hängt ihm strähnig in die Stirn. Sein Gang ist schleppend, und seine Augen weichen mir aus, als ich ihm mit voller Absicht die Taschenlampe ins Gesicht halte.

»Wo zum Teufel warst du? Die Kleinen haben sich schon Sorgen gemacht!«

Der Rucksack rutscht ihm von der Schulter, und er bleibt erschöpft stehen. Der Dreck ist wirklich überall, als wäre er in eine Schlammgrube gefallen. Ihm muss furchtbar kalt sein; ich sehe, wie er zittert, dennoch macht er keine Anstalten, sich ins warme Haus zu beeilen, während ich vor Kälte schlotternd auf der Stelle trete.

Ich deute auf den Rucksack auf dem Boden. »Was ist da drin?«

»Wie spät ist es?« Er klingt müde, wie in Trance. Ich möchte in seine Augen sehen, doch er dreht sich immer mehr vom Licht der Taschenlampe weg, bis er völlig in der Dunkelheit steht.

»Kurz vor neun. Du warst den ganzen Tag weg.« Ich warte, dass er mit mir kommt, doch er steht nur da, mit abgewandtem Gesicht.

»Hat sie dir auch von dem Traum erzählt?«, fragt er.

Hennas hohe Stimme jagt durch meine Erinnerung, gefüllt mit einer Angst vor etwas, das ich nicht ganz verstehe. Doch ich weiß jetzt, woher es kommt. Auch wenn Paps im Inneren des Berges liegt, so ist er dennoch bei uns, er ist in den Schatten, den Spiegeln, ein dunkles Gesicht, das uns überallhin folgt.

Ich begreife, wo Jannik war. Warum er so schmutzig ist. Ich sollte ihm sagen, wie dumm er ist, sich von Hennas Panik anstecken zu lassen, doch stattdessen frage ich, ängstlich und mit schwacher Stimme: »War er noch dort?«

»Ja.« Er hebt den Rucksack auf und öffnet den Reißverschluss, zögert jedoch, mich hineinschauen zu lassen. »Ich wollte ganz sichergehen.«

Ich leuchte das Dunkel im Inneren mit der Taschenlampe aus. Ich entdecke Seil, Kletterhaken und die Säge aus der Werkstatt. Aber da ist noch etwas darunter, feucht und schmutzig …

»Nicht«, sagt Jannik, als ich hineingreifen möchte. Seine Augen sind nun direkt auf mich gerichtet. In der Härte seines Blicks finde ich die Antwort auf die Frage, die ich nicht zu stellen wage.

Wozu die Säge?

Er hat Paps den Kopf abgeschnitten.

14

Die Badezimmertür steht offen, trotzdem klopfe ich. »Ich hab hier frische Sachen für dich.«

»Danke.«

Er ist eben aus der Dusche gekommen und trägt nur ein Handtuch um die Hüfte. Ich frage mich immer, was er wohl sieht, wenn er so dasteht und regungslos in den Spiegel starrt; fallen ihm die feinen Linien auf, die seine Muskeln unter der Haut ziehen? Oder sieht er bloß die Narben auf Oberkörper und Armen, frische sowie alte? Über die Jahre hat sich sein Körper den Bedingungen des Berges angepasst, ist stark und widerstandsfähig geworden, doch zugleich auch zum Werkzeug, zu einem Objekt, das Befehle ausführt und sich den Dingen fügt. Wenn ich ihn so ansehe, mit diesem stillen, verschlossenen Gesicht, bin ich mir nicht sicher, ob er sich überhaupt noch wahrnimmt und vielleicht deswegen wie besessen in den Spiegel starrt, auf der Suche nach sich selbst.

Doch vielleicht muss das so sein, vielleicht ist diese Distanz die einzige Möglichkeit, all das durchzuhalten. Mein Blick fällt auf den Rucksack, den er zusammen mit seinen verdreckten Sachen neben der Duschkabine auf den Boden geworfen hat. Vor meinem inneren Auge spielt sich die Szene in grauenvoller Echtheit ab: wie Jannik zur Säge greift, wie er ansetzt und wie er einfach nicht aufhört, ehe die Arbeit nicht getan ist. Solche Verbissenheit kenne ich sonst nur von Tieren, genauso wie die Fähigkeit, in völliger Starre zu verharren, als wäre das Einzige in ihm der Instinkt. Es macht mir Angst.

Ich lege die frische Kleidung auf die Kommode neben dem Waschbecken und deute auf die Schürfwunden an seinem Schulterblatt. »Wie ist das passiert?«

»Soll ich mir die Haare scheren?«

Die Frage überrumpelt mich. Ich weiß nicht, was ich antworten soll. Hilflos schüttle ich den Kopf.

»Ich müsste sie jetzt nicht mehr so lassen. Paps ist nicht mehr da.«

»Jannik, die Schürfwunden.«

Er nimmt den Blick vom Spiegel, und sein Gesicht entspannt sich etwas. »Ist beim Klettern passiert. Nicht der Rede wert.«

»Hast du's schon desinfiziert?«

»Da komm ich nicht vernünftig ran.« Er reicht mir das Fläschchen Wundalkohol, das er anscheinend schon die ganze Zeit in der Hand hatte. »Bitte, sei so gut.«

Mit einem Taschentuch, das ich großzügig mit dem Inhalt des Fläschchens beträufelt habe, tupfe ich der Reihe nach über die Schürfwunden. Diesmal hat es ihn übel erwischt; einige Kratzer sind mehrere Zentimeter lang und gehen tief in die Haut hinein. Er achtet so wenig auf sich, ist unvorsichtig, als wäre er sich selbst überhaupt nichts wert. Ich untersuche auch seinen restlichen Rücken, doch der ist bis auf die alten Verletzungen unversehrt. Ungewollt streife ich die feuchten Haarspitzen in seinem Nacken. Ich kann mir kaum vorstellen, wie er mit geschorenem Kopf aussehen würde. Vielleicht ein bisschen wie Paps. Hoffentlich denkt er nie wieder darüber nach.

Die beiden größten Kratzer beklebe ich mit Pflastern. Ich weiß nicht, ob er es merkt, aber meine Hand hat zu zittern begonnen. Ich werfe das feuchte Taschentuch in den Mülleimer, und er beginnt kritisch an seinen Schürfwunden zu fummeln.

»War das genug?«

Ja, verflucht. Dieser Raum ist einfach zu klein für uns beide, die engen Wände zwingen uns, dicht beieinanderzustehen, die feuchte, warme Luft bringt meinen Herzschlag zum Rasen. Und dabei weiß ich nicht einmal, ob er überhaupt das Gleiche fühlt wie ich. Spürt er denn gar nichts, wenn ich ihn berühre? Wenn ich ihn ansehe wie sonst niemanden auf der Welt? Allmählich fürchte ich, dass wir uns gar nicht nahe genug sein können, damit er endlich bemerkt, was in mir vorgeht.

»Tupf doch selber, wenn du glaubst, dass es nötig ist«, schnauze ich. »Aber vielleicht kümmerst du dich stattdessen lieber um den Kopf dort im Rucksack.«

»Ja, ja, mach ich gleich.«

»Im Ernst, schaff dieses eklige Ding weg!«

»Darf ich mich vorher vielleicht noch anziehen?«

Wir sehen uns an, und er scheint seinen Tonfall im selben Moment zu bereuen, wie ich meinen bereue.

»Sicher.« Ich weiche einen Schritt zurück. »Lass dir Zeit.«

Er greift nach den frischen Sachen, die ich ihm gebracht habe, und möchte schon das Handtuch wegziehen. Dann dreht er sich noch einmal zu mir um, die Brauen fragend hochgezogen.

»Entschuldige«, murmle ich und lasse ihn allein.

Es ist so verrückt. Wenn er schon die Blicke nicht versteht, die Berührungen und zarten Worte, so sollte er wenigstens das begreifen: dass ich einfach nicht von seiner Seite weichen kann. Egal, wie viele Köpfe er absägt.

Ich bringe die Kleinen ins Bett, verriegle die Haustür und klopfe noch einmal bei Nika, um zu fragen, ob sie irgendetwas braucht. Als sie nicht antwortet, werfe ich einen Blick durchs Schlüsselloch und sehe sie auf dem Bett sitzen, mit einem aufgeschlagenen Buch auf dem Schoß. Zumindest hustet sie nicht mehr. Zurück in unserem Zimmer schlüpfe ich rasch in das weite Sweatshirt, das ich zum Schlafen benutze, und flüchte mich unter die Bettdecke, bevor mir die Kälte des Gemäuers unter die

Haut kriecht. Zwar haben wir in jedem Zimmer unsere elektrischen Campingheizöfen, doch um Strom zu sparen, lassen wir sie ausgeschaltet, solange es draußen keine Minustemperaturen hat.

Jannik kommt aus dem Badezimmer und steigt so leise wie möglich die Treppe hoch. Er sagt den Kleinen noch schnell Gute Nacht, dann kommt er herein, und von allen Seiten strömt der Geruch nach Seife ins Zimmer. Er ist in die graue Jogginghose geschlüpft, die er zum Schlafen trägt. Sein Haar ist noch feucht und kringelt sich an den Spitzen, sodass er ein bisschen aussieht wie Theo nach dem Aufstehen.

Ohne Eile zieht er die Vorhänge zu und stellt den Wecker auf sieben Uhr, weil er morgen noch einmal auf den Berg möchte, um Paps' Überreste zu begraben. »Wir können ihn doch nicht einfach dortlassen«, war sein diesbezüglicher Kommentar. Endlich geht er zum Bett, und erst als er mühevoll Stück für Stück seines malträtierten Körpers auf die Matratze wuchtet, wird mir klar, dass ihm jeder Knochen wehtut vor Erschöpfung. Er war den ganzen Tag auf den Beinen, ist durch Höhlen geklettert und hat wahrscheinlich kaum etwas zu sich genommen, während meine größte Anstrengung darin bestand, Henna davon abzuhalten, sich Kaffeesud in die Haare zu schmieren. Dennoch beklagt er sich nie, würde niemals zulassen, dass ich mir seinetwegen Sorgen mache.

»Wieder mal am Denken, hm?« Janniks Stimme klingt erstaunlich munter für seinen desolaten Zustand. In der Dunkelheit höre ich das Rascheln seiner Bettdecke, als er sich in meine Richtung dreht.

»Was hast du mit Paps' Kopf gemacht?«, frage ich.

Er scheint sich ein Lachen zu verkneifen. »Rate.«

»Hör auf, sag's mir einfach.«

»Hab ihn in den Ofen gesteckt.«

»Was?« Mich schüttelt es vor Ekel.

»Entspann dich. Der Spiritus wird die Sache beschleunigen. Morgen ist der Spuk vorbei.«

Oder auch schon früher. Welch kranke Ironie, dass es am Ende der Spiritus erledigt, wo Paps doch selbst gern zu Hilfsmitteln griff, um Kleider und Kinderschuhe zu verbrennen. Bleibt zu hoffen, dass es nicht zu stinken beginnt. Ich drücke meinen Arm auf die Stirn und zwinge mich, ein paarmal tief durchzuatmen. Wenigstens wird auf diese Weise absolut nichts von ihm übrig bleiben.

»War Nika heute wieder draußen?« Jannik reißt mich aus meinen Gedanken.

»Nein. Heute nicht.«

»Ich wollte nicht mehr nach ihr sehen, falls sie schon schläft. Du warst den Tag über bei ihr, wie macht sie sich?«

Ich weiß nicht, was er von mir hören will – großartig? Super? Fortschritte? Paps mögen wir beseitigt haben, doch die wahre Herausforderung kommt gerade erst auf uns zu. So grausam er sein konnte, so fürsorglich war er auch, machte die Einöde für uns erträglich. Er verwaltete die Finanzen, kümmerte sich um die Instandhaltung des Hauses. Die Fahrzeuge sind auf seinen Namen angemeldet, auf ihn laufen die Versicherungen … Ohne Hinweise darauf, wie er das alles gehandhabt hat, werden wir bald auf ernste Probleme stoßen. Stichwort Geld. Irgendwo wird er eine Postadresse und ein Bankdepot haben, doch dieses Geheimnis hat er mit ins Grab genommen. Bevor der erste Schnee kommt, müssen wir noch einmal einkaufen fahren, und wegen Nika sollten wir uns ebenfalls schnellstmöglich etwas einfallen lassen, sonst wird sie das nächste Frühjahr vielleicht nicht mehr erleben. Medikamente sind unerschwinglich, wenn man kein Rezept dafür hat. Es muss einen anderen Weg geben, Nika gesund zu machen, ohne das Risiko in Kauf zu nehmen, einen Arzt aufzusuchen.

»Sie gibt sich Mühe«, gebe ich zur Antwort.

Kurz ist er still, dann streckt er sich nach der Nachttischlampe und schaltet das Licht ein. Sein Gesicht ist voller Sorge.

»Hat sie wieder Blut gehustet?«

»Ein bisschen, glaube ich. Sie versteckt die Taschentücher meistens vor mir.«

»Sobald das Wetter schön ist, fahren wir nach Dimbach und besorgen ihr was. Reicht das Geld noch für Medikamente?«

Dimbach ist die nächstgelegene Ortschaft Richtung Tal, etwa dreißig Kilometer in südöstlicher Richtung. Ein verschlafenes Dörfchen, bestehend aus einer Kirche, drei Gassen und ein paar Häusern drum herum, doch es gibt dort einen Greißler und einen Hausarzt mit Apotheke. Paps schickte uns lediglich für kleine Spontaneinkäufe nach Dimbach oder wenn uns das Gas für die Kühltruhen ausgegangen war und wir die kiloschweren Flaschen bei einem nahe gelegenen Bauernhof austauschen lassen mussten. Die Leute dort halten uns für ganz normale Menschen. Der Besitzer des Greißlers gibt mir manchmal eine Kleinigkeit zum Naschen für die Kinder mit. Es macht mir Angst, nun wieder dort hinzufahren; man könnte sich nach Paps erkundigen und Verdacht schöpfen. Mein Zögern macht Jannik nervös.

»Wir haben doch noch Geld, oder?«, hakt er nach.

»Ja, ja. Entschuldige, ich war nur … ich habe nachgedacht wegen …« Ich breche ab und starre auf den Schlüssel, den er aus der obersten Schublade seines Nachttisches geholt hat. Wie alle Schlüssel dieses Hauses ist er sehr alt und schwarz lackiert, doch ich weiß auf Anhieb, zu welchem Schloss er gehört. Das ist Paps' Zimmerschlüssel. Das Erste, was Jannik nach Paps' Tod tat, war, die Tür zu versperren und den Schlüssel in seiner Schublade zu verstecken, damit dieser Raum für immer in Vergessenheit gerät. Beunruhigt beobachte ich, wie er ihn jetzt in seine Hosentasche steckt und sich Schuhe anzieht.

»Wo willst du hin?«

»Ich geh nach Geld suchen. Mir reicht's.«

Die Tür knallt hinter ihm zu, bevor ich etwas erwidern kann. Durch die Wand höre ich Geräusche, offenbar hat er die Kleinen aufgeweckt. Bevor er das halbe Haus auf den Kopf stellt, schlüpfe ich ebenfalls in meine Schuhe und folge ihm in Paps' Zimmer, wo er bereits fleißig dabei ist, Kommoden und Schränke zu durchsuchen.

»Muss das jetzt sein?«, flüstere ich, weil mir die Kälte fast die Stimme raubt. »Du weckst noch alle auf! Außerdem ist es arschkalt hier – komm wieder zurück ins Bett.«

»Irgendwo muss er was versteckt haben. Ich kenne ihn. Ein kleines Geheimdepot, an das er schnell rankommt, wie bei den Kondomen.«

»Komm schon, lass uns das morgen machen. Ist ja auch viel zu dunkel, um was zu erkennen. Himmelherrgott, Jannik!«

Er macht unbeirrt weiter, obwohl sein ganzer Oberkörper bereits von Gänsehaut überzogen ist. Bevor das hier noch die halbe Nacht dauert, kremple ich die Ärmel meines Sweatshirts hoch und helfe ihm, durchstöbere Fächer und Regale, bis meine Hände taub vor Kälte und voller Staub sind.

Kein Geld. Keine Wertgegenstände. Nur Bücher und Magazine, Jagdutensilien und Kleidung. Dieser Mann lebte so sparsam, dass seine Gier nach Kindern eine völlig neue Dimension annimmt. *Wie bei den Kondomen …* Irgendwann werde ich das alles hier herausreißen, auf einen Haufen werfen und verbrennen, doch nicht heute Nacht. Für heute hat genug von Paps gebrannt.

Ich gehe als Erste zurück ins Bett, Jannik kommt wenige Minuten später mit stockfinsterer Miene nach. Beide liegen wir auf dem Rücken und starren einer ungewissen

Zukunft entgegen. Denn was zuvor noch ein leiser Gedanke war, ist nun bittere Realität: Ohne Geld ist unsere Freiheit bloß ein Geschenk auf Zeit.

Es wird eine unruhige Nacht, weil Jannik einfach nicht still liegen kann. Als der Wecker zu Sonnenaufgang losklingelt, war ich eben erst in einen konfusen Traum abgetaucht, aus dem ich mit brennenden Schläfen wieder herausgerissen werde.

Jannik ist bereits aufgestanden und zieht sich gerade ein T-Shirt über den Kopf. Dann setzt er sich auf sein Bett und bindet sich die Stiefel. Widerwillig richte ich mich auf und blicke in seine dunklen, grimmigen Augen, die mich schon die ganze Zeit beobachten. »In zehn Minuten vorne beim Lada«, sagt er leise, nimmt den Schlüssel für die Haustür und geht nach unten.

Man muss Jannik nicht in- und auswendig kennen, um zu wissen, dass er nicht in der Stimmung für Trödelei ist. Nachdem ich rasch in Hose, Pullover und Schuhe geschlüpft bin, verlasse ich das Haus und treffe ihn am Rand der Lichtung, wo er mit angelassenem Motor auf mich wartet. Auf der Rückbank entdecke ich die Schaufel. Bei ihrem Anblick wird mir kalt.

Rasend durchbricht der Lada die morgendliche Stille des Waldes. Diesmal fährt Jannik besonders wild, jedoch ohne Spaß daran zu haben, mit einem verbissenen Ausdruck im Gesicht. Wir passieren den Pick-up, der nach wie vor an der Kreuzung bei der alten Mühle steht, dann geht es weiter den verwilderten Forstweg entlang, bis dieser so schmal wird, dass wir anhalten und zu Fuß weitermüssen. Das Licht der Dämmerung schafft es kaum zwischen den Bäumen durch. Jannik trägt die Schaufel, während ich uns mit der Taschenlampe den Weg leuchte. Wie manisch treibt er mich den Berg hoch, den schmalen Bach entlang, der fast leblos über Felsen, Baumruinen und feuchtes Laub rinnt.

In einer Mulde unter einem großen Wackelstein hat sich über Nacht ein Rinnsal gebildet, in dem Blätter und Nadeln schwimmen. Das Wasser schimmert rötlich – Blut. Es dürfte von dem Baumstumpf getropft sein, der oberhalb des Felsens seine Wurzeln in den abfallenden Boden gekrallt hat. Da muss er es getan haben. Auf diesem Baumstumpf. Im Vorbeigehen sehe ich Sägespuren im Holz, wie auch einen getrockneten dunkelroten Fleck. Ich bleibe stehen. Wie fest muss man sägen, um einen Kopf von den Schultern zu trennen? Und wie lange? Jannik bemerkt, dass ich hinter ihm zurückgefallen bin, und dreht um, um mich zu holen. Den Baumstumpf beachtet er nicht.

Der Gipfel zeigt noch immer die Spuren von neulich Nacht, Fußabdrücke, Blutspritzer und Schleifspuren am Boden. Als Jannik stehen bleibt und die Schaufel in die Erde rammt, klinge ich ungewollt ruppig.

»Du willst es hier machen? Gleich bei der Höhle?«

»Ist doch jeder Platz wie der andere.«

»Nein. Nicht hier. Irgendwo anders, aber nicht hier!«

Er stützt sich auf die Schaufel und sieht mir angriffslustig in die Augen. »Dann sollen wir ihn also herumtragen? Ist das dein Vorschlag?«

Sein Blick wandert nach links, zu einer großen Tanne, hinter der etwas Dunkles hervorlugt. Beine, die in dreckverschmierten Stiefeln stecken. Ich schlucke und richte mich kerzengerade auf.

»Nicht hier«, wiederhole ich.

Unsanft drückt Jannik mir die Schaufel in die Hand, sodass ich einen Schritt zurücktaumle. Er marschiert auf die Tanne zu und bückt sich nach dem großen, steifen Körper, der im Schatten verborgen im Morast liegt. Achtzig Kilo totes Fleisch. Ein unterdrücktes Keuchen, als Jannik sich die Leiche über die Schulter wuchtet. Mit zusammengepressten Zähnen kommt er zu mir zurück, lässt den kopflosen Körper zwischen uns auf den Boden fallen und schweigt.

Schnaufend hebe ich die Schaufel hoch und begebe mich auf die Suche nach einem geeigneten Platz zum Vergraben, während Jannik Paps' Körper hinter mir herrollt.

Wir könnten ihn auf dem Friedhof auf der Höllenkanzel verscharren, doch das wäre verrückt angesichts der vielen Mädchen, die seinetwegen dort begraben liegen. Er muss woanders seine Ruhe finden, an einem Ort weit weg von seinen Opfern.

Ich entscheide mich für eine einsame Buche, die von einem Teppich aus rosafarbenen Alpenveilchen umkränzt wird, stur Kälte und Höhe trotzend. Nun kommt die Schaufel zum Einsatz. Kein Grab, bloß ein Loch, in dem der schmutzige Klumpen verschwindet wie in dunklem Wasser. Beim Zuschaufeln helfe ich Jannik mit den Händen. Als wir fertig sind, beginnt es zu regnen, und die zarten Blumen schütteln sich im Wind, sodass es aussieht, als läuteten Glöckchen an Paps' Ruhestätte ein leises Trauerlied.

Trotz des Regens rühren wir uns nicht. Es ist wie nach einem dieser Träume, die dich so unruhig und ausgelaugt zurücklassen, als hättest du überhaupt nicht geschlafen. Zerstückeln mussten wir ihn, verscharren, um uns tatsächlich vor ihm sicher zu fühlen, und immer noch habe ich Angst, dass seine Hand aus der Erde herausbricht und nach mir greift. Es ist so verrückt. Zum Totlachen. Ich muss mich zusammenreißen, damit es nicht wie ein Schwall Blut aus mir herausbricht, doch Jannik merkt, dass meine Mundwinkel zucken. Verwundert sieht er mich an, bis zum Kinn mit feuchter Erde bedeckt, und ich sage: »Weißt du, was ich jetzt gerne hätte? Eine Kamera.«

Er grinst nicht zurück.

15

Es ist ein kleines Haus mit Garten und Willkommensschild an der Tür. Mit gemähtem Rasen und sauberen Fenstern. Vollkommen normal. Sarah ist immer wieder überrascht, wie perfekt manche Menschen ihr Unglück zu verbergen wissen. Hätte sie Kinder, die ihr entrissen wurden, könnte sie ihren Alltag wahrscheinlich nicht mehr bewältigen. Job und Privatleben wären dann unwichtig. Es gäbe bloß noch den Gedanken an das Ungewisse, die Selbstvorwürfe und das unerträgliche Gefühl der Hilflosigkeit, das jeden Tag zu einer Ewigkeit macht. Insgeheim bewundert sie Menschen wie Thomas und Marie Wagner. Menschen, die weitermachen, auch wenn es noch so schwer ist. Menschen, die den Mut haben, mit den Dingen abzuschließen, anstatt sich von Trauer und Verzweiflung das Leben ruinieren zu lassen. Ein bisschen fürchtet sie sich davor, jetzt an diese Tür zu klopfen. Sie wird eine Wunde aufreißen, die viel zu lange gebraucht hat, um zu verheilen. Sie wird zwei Menschen neue Hoffnung schenken, nachdem sie alles versucht haben, um diese Hoffnung loszulassen. Das ist hauchdünnes Eis.

Richter ruft sie auf dem Handy an, als sie gerade aus dem Wagen steigt. »Gibt es Neuigkeiten?«, fragt sie ohne Umschweife.

»Ich habe hier eine Liste mit allen gemeldeten Pick-ups und Ladas im Umkreis von hundert Kilometern. Rate mal, wie lang die ist.«

»Das muss sich irgendwie eingrenzen lassen. Schließ alle aus, die eine helle Lackierung haben. Und konzentrier dich auf die Fahrzeuge, die entweder auf einen Mann um die fünfzig oder auf eine Frau Anfang bis Mitte zwanzig angemeldet sind.«

»Das wird nicht viel nützen. Hast du eine Ahnung, wie viele verschiedene Pick-up-Modelle es gibt?«

»Versuch es einfach. Irgendwo müssen wir anfangen.«

»Vielleicht halte ich mich zunächst mal an die Ladas. Die gibt es zum Glück nicht so häufig.«

»Mach das.«

»Bist du schon bei den Wagners?«

»Bin gerade aus dem Auto gestiegen.«

Eine kurze Pause. »Ich hoffe, du bist dir wirklich sicher. Diese Menschen haben lange gebraucht, um die Sache zu verarbeiten.«

»Ich weiß. Doch wäre ich an ihrer Stelle, würde ich es wissen wollen.«

»Denk dran, dass du auch falschliegen könntest. Dann machst du ihnen unnötige Hoffnungen.«

»Aber wenn ich richtigliege, bringt es uns einen großen Schritt weiter. Vertrau mir. Ich weiß schon, was ich tue.«

»Na gut. Halte mich auf dem Laufenden. Ich kümmere mich einstweilen um diese dunklen Ladas.«

»Alles klar.«

Sie legt auf und öffnet das Gartentor, das nicht abgeschlossen ist. Über einen schmalen Steinweg geht es weiter zum Haus. Erneut fällt Sarahs Blick auf den gepflegten Rasen, auf die kahlen, aber fein säuberlich gestutzten Rosensträucher, die den Gartenzaun verdecken. Unter einem Baum steht eine Kinderrutsche, daneben baumelt von einem Ast eine Schaukel im Wind. Soweit sie weiß, haben die Wagners außer ihrer verschollenen Tochter keine Kinder. Die Schaukel und die Rutsche müssen Jahre alt sein. Traurige Erinnerungsstücke an eine glücklichere Zeit.

Sie betätigt die Klingel, kurz darauf öffnet sich die Tür. Eine blonde Frau mit zitternden Augen und erschöpftem Lächeln steht vor ihr.

»Frau Wagner, ich bin Sarah Wiesinger vom Kriminaldezernat Linz. Wir haben telefoniert.«

»Natürlich. Bitte kommen Sie rein.«

Sarah folgt Frau Wagner durch einen breiten, hellen Flur ins Wohnzimmer, in dem es nach Lufterfrischer und Kaffee duftet. Herr Wagner, ein schlanker Hüne mit dunklen Haaren, sitzt nervös auf der Couch und steht hastig auf, um Sarah die Hand zu schütteln. Sein Blick ist drängend, eine Spur ängstlich, und er bittet sie ungeduldig, Platz zu nehmen. Sarah weiß natürlich, wie es den beiden geht. Sie weiß es, weil sie selbst bereits in dieser Situation war, wenn auch auf eine andere Weise. Man giert nach Erklärungen, obwohl es längst keine mehr gibt. Man sucht den Sinn darin und findet nur Leere. Das Gefühl, nichts tun zu können, bringt einen um.

Als sie gestern anrief und meinte, es gebe im Fall des Verschwindens ihrer Tochter neue Entwicklungen, brachte Frau Wagner vor Schock und gleichzeitiger Freude keinen Ton heraus. Wer weiß, wie lange sie auf diese Worte gewartet hat – wie oft sie ihrem Spiegelbild heimlich zugeflüstert hat, dass eines Tages alles gut werden würde, wenn sie nur fest genug daran glaubte. Sarah muss nun sehr vorsichtig sein. Alles, was sie hat, sind Vermutungen und unscharfe Aufnahmen von einer Tankstelle. Bei dem Mangel an Hinweisen ist das eine willkommene Wende, doch reicht es auch, um zwei Menschen erneut einer Hoffnung auszusetzen, deren Enttäuschung ihr Leben endgültig zerstören könnte?

»Vielen Dank, dass Sie sich Zeit für mich nehmen«, beginnt sie. »Mir ist klar, wie schwer das für Sie sein muss.«

»Sie sagten meiner Frau, es gebe neue Hinweise«, sagt Herr Wagner aufgeregt. »Was sind das für Hinweise? Haben Sie Ronja gefunden?«

»Dazu kann ich gegenwärtig noch nichts sagen. Aber ich möchte Sie bitten, sich ein Foto anzusehen.« Sie öffnet die Mappe, die sie mitgebracht hat, und überreicht dem Ehepaar den Ausdruck von der Tankstelle. »Es geht um diese junge Frau. Leider ist die Aufnahme etwas unscharf. Bitte lassen Sie sich alle Zeit der Welt. Könnte das Ihre Tochter sein?«

Frau Wagner nimmt das Foto in beide Hände. Sie zittert, in ihre Augen steigen Tränen. Nach wenigen Sekunden wendet sie den Blick ab, während ihr Mann die Aufnahme mit hochkonzentriertem Gesicht betrachtet. Beide schütteln den Kopf.

»Bitte schauen Sie sich das Bild ganz genau an«, beharrt Sarah. »Bedenken Sie, dass sie jetzt erwachsen wäre. Hat diese Frau auf irgendeine Weise Ähnlichkeit mit Ronja?«

»Ich weiß es nicht«, sagt Herr Wagner leise.

Er schaut Sarah hilflos an, dann starrt er noch einmal auf das Foto. Er presst die Augen zusammen, wie um Tränen zurückzuhalten. Seine Frau legt das Foto weg und steht mit einem unterdrückten Schluchzen von der Couch auf.

»Wollen Sie Kaffee?«, fragt sie. »Ich hole schnell etwas Kaffee.« Sie verschwindet in die Küche.

Herr Wagner atmet tief durch. »Bitte entschuldigen Sie. Das ist alles nicht so leicht für uns.«

»Das verstehe ich. Ich bitte Sie auch nur um einen einzigen weiteren Blick. Besinnen Sie sich auf Ihre Erinnerung. Hat diese Frau wirklich nichts mit Ihrer Tochter gemeinsam? Sieht sie ihr kein bisschen ähnlich?«

»Ich ... keine Ahnung, es ... es könnte sein! Sie hatte nie kurzes Haar. Und ihr Gesicht war nicht so schmal.«

»Bedenken Sie, dass Jahre der Gefangenschaft einen Menschen verändern können.«

»Jahre der Gefangenschaft?«, wiederholt er, seine Stimme bebt. »Was ... was wollen Sie mir eigentlich sagen? Glauben Sie, dass Ronja noch lebt? Dass sie all die Zeit ... all die Zeit am Leben war und ... und nicht zu uns zurück...« Er bricht ab. Er kann die Tränen nicht länger unterdrücken.

»Genau deswegen bin ich hier«, erwidert Sarah behutsam. »Ich möchte Antworten, genau wie Sie. Bitte schauen Sie sich das Foto noch einmal an.«

Er fährt sich schwer atmend übers Gesicht, starrt auf das Foto und seufzt. »Ich weiß es nicht«, sagt er noch einmal. »Sie könnte es sein. Aber genauso gut könnte es auch irgendjemand sein.«

»Wie kommen Sie darauf? Was sagt Ihnen, dass es nicht Ihre Tochter ist?«

»Ich ... ich kenne sie einfach nicht.« Die Worte klingen tonlos, und seine Tränen versiegen. Und plötzlich weiß Sarah, dass es geschehen ist – er hat die Hoffnung wieder verloren. »Ich kenne sie nicht. Diese Frau ist eine Fremde.«

Sarah nimmt das Foto an sich und steckt es zurück in die Mappe. Das hat sie sich anders vorgestellt. Hat ihr Bauchgefühl sie am Ende doch getäuscht? Im Augenwinkel bemerkt sie, dass Frau Wagner mit einer Kaffeetasse und beherrschtem Gesicht zu ihr zurückkehrt. Dankend nimmt Sarah die Tasse und trinkt einen Schluck, während sie überlegt, wie es weitergehen soll. Diese Menschen sind völlig fertig. Sie mit weiteren Fragen zu belasten würde nirgendwohin führen. Nichtsdestotrotz brennt dieses Gefühl in ihr, eine leise Ahnung, die sie noch um den Verstand bringen wird. Nun hat sie endlich eine Spur, der sie folgen kann, vielleicht nicht zu Lola, aber zum Ursprung allen Übels. Sie will nicht akzeptieren, dass sich auch diese Spur im Nichts verlieren soll.

»Gibt es noch das Zimmer Ihrer Tochter?«, möchte sie wissen. Frau Wagner nickt verunsichert. »Könnte ich mich mal darin umsehen?«

Die beiden wechseln einen verwirrten Blick. »Ich verstehe nicht«, sagt Herr Wagner. »Das Ganze ist zehn Jahre her. Was hoffen Sie in ihrem Zimmer zu finden?«

»Ich weiß es nicht«, gibt Sarah ganz offen zu. »Aber

manchmal finden sich Dinge, von denen man gar nicht mehr glaubt, dass sie existieren.«

Frau Wagner deutet auf die Treppe. »Dann folgen Sie mir bitte.«

Es ist ein typisches Mädchenzimmer. Mit Pferdepostern an den Wänden und einer Reihe von Plüschtieren auf dem Bett, fein säuberlich nach Größe sortiert. So ein Zimmer hätte Sarah sich für ihre Tochter gewünscht. Ein buntes Reich voller Spielzeug und Liebe. Eine Erinnerung flackert am Rande ihres Bewusstseins – etwas Uraltes, Trauriges, das sie tief in sich verscharrt hat: ein steriles Krankenzimmer und Regen an der Fensterscheibe. So viel Regen. Markus, der mit verweinten Augen ihre Hand hält. Sarahs Arm, in dem eine Infusionsnadel steckt. Harte Worte und betroffene Gesichter, Menschen, die ihr nicht in die Augen sehen. *Es tut uns so leid. Wir haben getan, was wir konnten.* Es war ein Mädchen. Vielleicht hätte Sarah ihm eines Tages eine rote Mütze geschenkt.

Frau Wagners Stimme dringt durch die Erinnerung zu Sarah vor. »Also, das ist Ronjas Zimmer. Schauen Sie sich um, wenn Sie wollen.«

Sarah räuspert sich und konzentriert sich auf den Grund, weshalb sie hier ist. Ihr Kind mag auf eine Weise verloren sein, die nicht wiedergutzumachen ist, doch das Kind dieser Menschen hat noch eine Chance. Aufmerksam wandert ihr Blick über die Möbel und das viele Spielzeug. Die Bettwäsche ist frisch, es liegt der Duft des Weichspülers in der Luft. Die Spielsachen sind aufgeräumt und liebevoll in den Regalen drapiert. Worauf hoffen diese Menschen? Dass ein kleines Mädchen zu ihnen zurückkehrt? Fällt es ihnen deshalb so schwer, die Frau auf dem Foto zu identifizieren? In ihren Köpfen ist Ronja nach wie vor das Kind, das mit Puppen spielt und sich von seiner Mutter Zöpfe ins Haar flechten lässt. Auf eine junge Frau sind sie nicht vorbereitet. Und vielleicht haben sie in ihren Herzen auch gar keinen Platz für eine junge Frau, weil Ronjas Rückkehr nach all den Jahren unwiderruflich bedeuten würde, dass ihr Kind, wie sie es kannten, nicht mehr existiert. Das ist verständlich. Und ungeheuer traurig.

»Bitte fassen Sie nicht zu viel an«, sagt Frau Wagner im Hintergrund. »Ich möchte nicht, dass etwas durcheinanderkommt.«

»Keine Sorge. Ich bin ganz vorsichtig.«

Sarah streift von Regal zu Regal, von Möbelstück zu Möbelstück. Kein Schmutz, alles auf Hochglanz poliert. Dieses Zimmer ist ein Schrein. Sarah weiß selbst nicht ganz, wonach sie sucht. Behutsam öffnet sie die Laden des kleinen Schreibtisches. Buntstifte liegen nach Farben sortiert in einer Schatulle. Daneben ein Stapel Kinderzeichnungen.

»Darf ich mir die mal ansehen?«

Frau Wagner nickt.

Mit dem Stapel in der Hand setzt Sarah sich auf den Stuhl, der zum Schreibtisch gehört. »Die sind sehr hübsch«, meint sie, während sie Zeichnung für Zeichnung durchgeht. »Sie hat wirklich Talent.«

»Sie hat es geliebt zu zeichnen. Sie war die Beste in ihrer Klasse. Hier, sehen Sie?« Frau Wagner kommt zu ihr und zieht ein Bild aus dem Stapel. Es zeigt drei Menschen am Strand, wohl Ronja mit ihren Eltern. »Das hat sie im Urlaub in Italien gemalt. Und hier, das ist der Hund ihrer Großmutter. Der lebt jetzt nicht mehr.«

»Sehr schön. Eine wirklich tolle Künstlerin.«

»Ja, nicht wahr?« Frau Wagner wendet sich ab, als ihr erneut Tränen in die Augen treten.

Konzentriert blättert Sarah die letzten Zeichnungen durch. Auf einem Bild ist ein Gebäude zu sehen, auf dem »Schule« steht. Die kleine Ronja läuft mit einer Freundin Hand in Hand auf eine Baumreihe zu, unter der ein dunkelblaues Auto parkt. Runde Scheinwerfer und eine verdunkelte Scheibe. Sarah sieht sich dieses Bild sehr lange und genau an. Es unterscheidet sich kaum von den anderen, bloß dieses Auto, das kommt ihr merkwürdig vor.

»Wissen Sie, was das ist?« Sie zeigt Frau Wagner die Zeichnung. Die Augen der Frau verengen sich, und sie schüttelt nachdenklich den Kopf.

»Ein Bild aus der Schule, nehme ich an.«

»Dieses Auto hier – warum hat sie es gemalt?«

»Das weiß ich nicht.«

»Hat sie mal davon geredet? Fällt Ihnen dazu irgendetwas ein?«

»Ich ... nicht dass ich wüsste ...«

Sarah öffnet die Mappe und zieht den Ausdruck von den Zapfsäulen hervor. Sie vergleicht den dunklen Lada mit dem Auto auf der Zeichnung. Frau Wagner kommt mit verschränkten Armen an ihre Seite. Auch ihr Blick wandert zwischen den beiden Autos hin und her.

»Ich möchte Ihnen jetzt eine Frage stellen«, sagt Sarah. »Und ich bitte Sie, ganz genau darüber nachzudenken. Lassen Sie sich so viel Zeit, wie Sie brauchen. Hat Ronja jemals etwas erzählt, das mit einem dunkelblauen Auto zu tun hat? Hat sie erzählt, dass sie auf dem Schulweg mal einem begegnet ist? Das klingt jetzt banal, aber bitte denken Sie nach.«

In Frau Wagners Gesicht kämpfen die Emotionen. Schmerz und Angst und Verwirrung und Staunen. Sie sieht sich um, als lägen ihre Erinnerungen irgendwo in diesem Zimmer begraben, und sie presst die Lippen zusammen, um nicht zu schluchzen.

»Nein«, antwortet sie unter Tränen. »Mir fällt nichts dazu ein.«

»Das macht nichts. Ist schon gut.« Sarah holt tief Luft.

Immer wenn ein Faden in greifbarer Nähe ist, weht er wieder davon. Doch sie hat mehr getan, als falsche Hoffnung zu wecken. Das Auto auf dieser Zeichnung macht ihr Mut. Es kann natürlich Zufall sein. Irgendein Auto aus irgendeiner Zeit. Doch sie wird es nicht dem Zufall überlassen, ob dieser Besuch einen Sinn hatte oder nicht.

»Auf welche Schule ging Ihre Tochter noch gleich?«

16

Eine Sturmfront zieht über den Berg herein und zwingt uns, die nächsten zwei Tage im Haus zu bleiben. Gerade einmal für die Klogänge oder für Holz zum Nachlegen wagen wir uns nach draußen und kommen trotz Regenschirm patschnass zurück.

Für die Kleinen sind Regentage besonders schlimm, da ihnen in der dunklen Enge schnell langweilig wird. Meistens nutze ich Schlechtwetter für ein paar Lerneinheiten, übe mit Theo Lesen und Rechnen und versuche Henna die Magie der Buchstaben näherzubringen. Doch darauf haben sie wenig Lust, nachdem kein Paps mehr da ist, der ihnen mit Schlägen droht, wenn sie nicht brav mitmachen. Er wusste, dass wir ihm ungebildet nicht von Nutzen sein würden, wenn es einmal darum gehen sollte, Besorgungen zu erledigen und den Schein zu wahren. Vor allem, was das Einhalten der Lesestunden betraf, war er sehr streng. Jetzt sehen die Kleinen natürlich keinen Sinn mehr darin, die Nase in Bücher zu stecken, und schlagen meinen Vorschlag mit Pauken und Trompeten in den Wind. Während Theo sich voller Hingabe dem alten Matador-Baukasten widmet, den er versteckt hinter Zeitschriften, Geschirr und Tischtüchern in einem stinkenden Schrank gefunden hat, ist Henna fest davon überzeugt, dass ich irgendwann ein ganzes Barbiehaus aus dem Ärmel zaubere, wenn sie mich nur lange genug mit »Ich will, ich will, ich will« nervt. Kein Schritt ist möglich, ohne sie im Schlepptau zu haben.

»Aber ich mag nicht Schreiben üben!«, nörgelt sie, als mir allmählich der Kragen platzt. »Ich will nach draußen!«

»Du siehst doch, es schüttet in Strömen! Wir müssen

warten, bis es wieder trocken ist, dann können wir rausgehen.«

»Bäh!« Sie läuft hoch in den ersten Stock, trampelt ein paar Runden über den Boden und kommt noch aufgedrehter wieder zurück. »Ich will nach Hause!« Wütend stampft sie mit den Füßen auf, ihre aufgeplusterten Bäckchen sind dunkelrot angelaufen. »Nach Hause, nach Hause, nach Hause!«

»Das geht nicht, Henna.« Ich versuche, ruhig zu bleiben. Das Thema ist zu heikel.

»Wieso nicht?«

»Weil es regnet, du Kröte!«, ruft Theo hinter seinen Bauklötzen hervor.

»Jannik, er hat mich Kröte genannt!«

»Seid still, alle beide!«

Auf Jannik hören sie – vielleicht auch, weil er mit dem großen Holzstück, das er eben in den Ofen schieben wollte, besonders furchteinflößend aussieht.

Theo konzentriert sich wieder auf seine Matador-Türme, Henna setzt sich an den Tisch und schmollt. Es wird beängstigend still im Raum. Auch Jannik ist die Warterei zuwider, ich merke es an seiner gereizten Stimme und der Tatsache, dass er seit einer Stunde nichts anderes tut, als das Feuer im Auge zu behalten. Noch ein falsches Wort und er explodiert. Schnell schnappe ich ein Glas Wasser und bringe es rauf zu Nika, nach der ich ohnehin schauen wollte. Im Augenwinkel sehe ich, dass Jannik meine Flucht mit finsterer Miene zur Kenntnis nimmt, doch anstatt sich ebenfalls zu verziehen, setzt er sich zu Henna an den Tisch und redet leise auf sie ein. Nicht lange und ich höre beide wieder lachen.

Nika ist wach und auf den Beinen. Das Glas Wasser interessiert sie nicht, dafür aber das Prasseln des Regens auf dem Hausdach. »Hörst du das? Das macht mich wahnsinnig. Stundenlang dieser Krach! Ich will hier raus!«

»Beruhige dich. Das Unwetter geht bestimmt bald vorbei.«

Sie lacht kurz und voller Hohn. Auf mein wiederholtes Bitten hört sie auf, wie ein aufgezogenes Spielzeug im Kreis zu gehen, und setzt sich steif aufs Bett.

»Ich will hier weg«, sagt sie genauso fordernd wie Henna. »Das ist doch Wahnsinn. Soll ich hier verrecken? Bringt mich zu einem Arzt!«

»Du weißt genau, dass das nicht geht. Wie sollen wir denn –«

»Ausreden! Ihr seid feige, nichts weiter. Wenn nötig, setze ich mich selbst ins Auto und verschwinde, und ihr könnt sehen, was aus euch wird!«

»Jetzt beruhige dich doch endlich«, bitte ich sie und leere ein paar Pillen aus der Dose, die neben ihrem Bett steht. Es ist ein starkes Schmerzmittel, das Paps ihr auf mein Bitten besorgt hat. Viel ist nicht mehr da. »Hier, nimm die.«

»Damit ich wieder ... damit ich ... daliege wie eine Leiche?« Das Sprechen beginnt ihr schwerzufallen, und alle Muskeln spannen sich an. Der nächste Hustenanfall steht bevor.

»Unsinn, die sind gut für dich.«

»Nein, nein«, ruft sie kopfschüttelnd und steht wieder auf. »Ihr könnt mich nicht ... nicht dauernd ruhigstellen ... irgendwann werde ich ...« Ein heftiger Hustenkrampf unterbricht sie. Ihr ganzer Körper setzt sich dagegen zur Wehr, krümmt sich vor Schmerz. Sie muss sich zurück aufs Bett setzen, greift panisch nach Taschentüchern, die sie sich vor den Mund hält. Durch die Tücher sickern ein paar Tropfen Blut.

»Nimm die Medizin, das wird dir helfen!«, wiederhole ich.

Sie nimmt die Pillen an sich und scheint sie in der Faust zerdrücken zu wollen, dann überlegt sie es sich und schluckt sie widerwillig. Die Spannung in ihrem Körper lässt nach. Sie atmet ein paarmal tief durch und schließt erschöpft die Augen.

»Begreifst du denn nicht ... Ich schaff das nicht mehr lange«, flüstert sie.

»Ich weiß. Vertrau uns. Wir werden eine Lösung finden.«

Noch am selben Tag brechen Jannik und ich mit dem Lada nach Dimbach auf. Es ist immer riskant, bei strömendem Regen unterwegs zu sein. Die Straßen sind unterspült, und selbst der allradbetriebene Lada kommt beim Rumpeln über Paps' selbst gebaute Regenrinnen, die ihren Zweck nur halbherzig erfüllen, an seine Grenzen. Doch Jannik kennt das Auto, und die Waldstraße kennt er noch besser. Zwar dauert es eine Weile, doch wir schaffen es heil bis zum asphaltierten Güterweg, der kurvenreich durch die Landschaft aus Feldern und Waldstücken nach Dimbach führt.

Es ist Freitag. Bis zum Ladenschluss um achtzehn Uhr sind es nur noch dreißig Minuten. Während Jannik sich um die Medikamente kümmert, stürme ich den Greißler und kaufe das Nötigste ein. Vor allem Konservendosen, Getränke, Fertigsuppen, Reis und Nudeln, zwei Packungen H-Milch und ein paar Süßigkeiten, damit die Kinder zufrieden sind, dann sind die dreißig Euro, die Jannik mir gegeben hat, auch schon weg. Der Besitzer des Ladens, Herr Knecht, steht an der Kasse und packt den Einkauf für mich in zwei Plastiktaschen.

»So ein Sauerwetter da draußen, was, Ronja?«

»Ja, wirklich schlimm.«

»Steht ein Atomkrieg bevor, dass ihr so viele Konserven braucht?«

»Man kann nie wissen.«

Er grinst, und um seine Augen entstehen kleine Lachfalten. Ich kenne Herrn Knecht, seit ich hier angekommen bin. Er hat zugelegt, und sein buschiger Schnauzbart ist über die Jahre grau geworden, doch sein Blick ist noch immer derselbe: freundlich, gutgläubig.

»Und natürlich was Leckeres für die Kleinen«, fügt er mit einem Zwinkern hinzu, als er schnell noch eine zusätzliche Tafel Schokolade in die Tasche schummelt.

»Wie lieb. Da werden sie sich aber freuen.«

»Schau doch mal wieder mit den beiden vorbei! Wie alt sind die Knirpse denn jetzt?«

Ich weiß nicht, was ich antworten soll – ich weiß es wirklich nicht! Jannik, Nika und mich kennt er, seit wir Kinder waren, doch über jene, die nach uns kamen, kann er unmöglich den Überblick behalten haben. Mona, Lisa, Gerlinde und wie sie alle hießen. Für ihn sind das alles dieselben Kinder … Mir bricht der Schweiß aus, in meiner Brust wird es eng. All die Zeit blieb unser schmutziges Geheimnis unentdeckt, und jetzt habe ich plötzlich Angst, er könnte die Wahrheit erkennen, bloß wenn er mich ansieht.

»Ich muss jetzt leider los«, sage ich, schnappe die Taschen und verlasse den Laden.

Durch den strömenden Regen laufe ich zurück zum Auto und verfrachte die Einkäufe auf die Rückbank. Jannik ist noch nicht von der Apotheke zurück. Wie versteinert sitze ich auf dem Beifahrersitz und starre durch die Windschutzscheibe nach draußen.

Der Parkplatz vor dem Greißler ist leer, als hätte das Unwetter alle Menschen fortgespült. Im Auto beginnt es kalt zu werden. Die Scheiben sind angelaufen, sodass sich Gestalten nicht von Bäumen oder Laternen unterscheiden lassen. Mein Blick hetzt vom Parkplatz zur Kirche bis in die schmale, bergab führende Gasse, an deren Ende die Apotheke liegt. Alles ist vom Dunst verschleiert. Wo bleibt er?

Ein Klopfen an der Fensterscheibe. Der Schreck jagt mir durch alle Glieder. Neben dem Lada steht eine Gestalt; sie klopft erneut mit den Fingerknöcheln gegen das Fenster, scheint es eilig zu haben.

Ich bin wie erstarrt, weil mich die Silhouette an Paps erinnert, Paps mit seinem riesigen Gewehr über der Schulter.

»Jetzt lass schon die Scheibe runter, Mädel!«, ruft Herr Knecht.

Ich atme tief durch, reiße mich zusammen und kurble mit einem erzwungenen Lächeln das Fenster herunter. »Gibt es ein Problem?«

»Das sollte ich dich fragen. Du siehst aus, als hättest du einen Geist gesehen.«

»Sie haben mich erschreckt«, antworte ich zögernd. Er hat einen Schirm in der Hand und beugt sich stirnrunzelnd ans Fenster.

»Wo ist denn dein Bruder?«

»In der Apotheke. Unserer Schwester geht es nicht so gut.«

»Auweia. Immer noch dieser Husten? Probiert es mit Zitronenwickel, das hilft!«

»Okay. Danke für den Rat.«

Er lächelt, wirft einen Blick ins Wageninnere und sieht auf einmal sehr ernst aus. »Ist wirklich alles in Ordnung? Ich hab dich vom Geschäft aus hier drin sitzen gesehen und mich gefragt, ob es vielleicht ein Problem mit dem Auto gibt.«

»Nein, nein, es ist alles in Ordnung. Ich warte nur auf Jannik.«

Er nickt, bleibt weiter am Fenster stehen. Wieso geht er nicht weg? Hat er etwas in meinen Augen gesehen, die Schuld, die Nervosität? Auf einmal droht alles aus mir herauszubrechen, der Druck seines misstrauischen Blickes ist zu stark. Er weiß etwas. Ich spüre es, er weiß, was wir mit

Paps gemacht haben, und er wird es der Polizei verraten! Und dann wird man alles herausfinden; was Paps uns alles angetan hat, was wir einander antun mussten, die Gräber, die vielen Gräber!

»He, Mädel. Was hast du denn auf einmal?«

»Nichts. Ich möchte Sie nur nicht aufhalten. Jannik ist sicher gleich da.«

»Wie geht's denn deinem Vater?«, fragt Knecht. »Hab ihn seit einer Weile nicht mehr gesehen.«

»Dem geht's gut.« Mit einem Ruck geht die Autotür auf, und feuchte, kalte Luft strömt zu mir ins Innere. Jannik schüttelt sein nasses Haar aus und wirft mir ein paar bunte Päckchen in den Schoß. Ich verstehe den Wink und bedecke sie sofort mit den Händen, während Jannik sich mit Knecht über das Autodach hinweg unterhält.

»Er ist nur ein bisschen kränklich in letzter Zeit. Sie wissen doch, er und seine ewigen Ischias-Schmerzen.«

»Stimmt, armer Kerl. Grüßt ihn schön von mir, ja? Und richtet ihm aus, dass er sich mit dem Fleisch nicht beeilen muss, ich hab noch genügend vorrätig von der letzten Fuhre.«

»Sicher, ich sag's ihm.«

Jannik steigt zu mir ins Auto, durchnässt bis auf die Knochen. In aller Ruhe schnallt er sich an, startet den Motor und wirft Knecht zum Abschied noch ein Grinsen zu. »Winken«, presst er zwischen den Zähnen hervor. Steif tue ich, was er sagt.

Bis wir Dimbach im Dunst des Regens zurückgelassen haben, bin ich mucksmäuschenstill. Erst im Schutz des Waldes sprudeln die Worte nur so aus mir heraus.

»Wieso hat das so lange gedauert? Hast du unterwegs einen Plausch mit der Dorfschönheit geführt? Knecht hat mich die ganze Zeit gelöchert! Der weiß was, ich schwör's. Wenn wir Pech haben, verständigt er die Polizei, und sie nehmen uns die Kleinen weg! Wir müssen –«

»Halt den Mund, Ronja. Bitte halt einfach nur den Mund.«

Ich verfalle in schmollendes Schweigen, genau wie Henna heute Nachmittag. Doch mich versucht er nicht mit sanftem Gerede zu besänftigen. Die Straße wird unwegsamer, je näher wir unserem Haus kommen, und die verbissene Stille macht jedes Ruckeln zu einem erneuten »Halt den Mund«, obwohl er mich behandelt, als wäre ich unsichtbar.

Als wir ankommen, ist es längst stockdunkel, doch zumindest der Regen hat eine Pause eingelegt. Die Kinder kommen mit Jacken und Gummistiefeln aus dem Haus gelaufen und nehmen uns gierig die Einkäufe weg.

»Ich will ausräumen, ich will ausräumen!«, ruft Henna, als Theo beide Taschen an sich reißt und vor ihr davonläuft.

»Das ist alles für mich«, ärgert er sie. »Du kriegst nichts, das ist alles für mich!«

»Hör auf! Gib das wieder her!«

»Hmm, ganz viele Süßigkeiten! Alles meins!«

»Ronja!«, plärrt Henna und zeigt mit dem Finger auf ihn.

Ich mahne Theo, sich zu benehmen, was er mit einer herausgestreckten Zunge kommentiert – mein strenger Blick zeigt am Schluss jedoch Wirkung, und er überlässt Henna die leichtere der Taschen. Während Jannik nach oben verschwindet, um Nika die neuen Medikamente und etwas zu naschen zu bringen, leere ich die Einkäufe auf dem großen Esstisch aus und sortiere mit den Kleinen die Beute.

»Hui, Schokolade!« Henna ist die Erste beim Zugreifen, aber Theo reißt ihr die Tafel aus der Hand. Schon geht das Gezeter wieder los.

»Teilen«, fordere ich Theo auf.

Gemeinsam setzen sie sich auf das kleine Sofa neben

dem Fernseher und wickeln ehrfürchtig die Schokolade aus der Verpackung. Kurz darauf wird abwechselnd geschmatzt und gekichert. Damit werden sie die nächste halbe Stunde beschäftigt sein. Ich habe Zeit, um in Ruhe die Lebensmittel wegzuräumen, dann setze ich heißes Wasser auf und rühre fürs Abendessen eine dicke Kartoffelsuppe an. Nicht lange und der Duft durchzieht das ganze Haus. Ich schneide auch frisches Brot auf, damit Jannik sich nicht beschweren kann, es gäbe nichts zu beißen. Er und Nika kommen gemeinsam nach unten, und nicht zum ersten Mal wundere ich mich, wie leicht er sie dazu bewegen kann, aus ihrer Gruft zu kommen, während ich mir an ihrem sturen Selbstmitleid die Zähne ausbeiße.

Ich bleibe schweigsam während des Essens. Als alle fertig sind, ziehe ich mich in die Küche zurück und wasche ab. Vereinzelt werfe ich Blicke in Janniks Richtung, in der Hoffnung, dass er zu mir kommt und wir noch einmal über Herrn Knecht reden können. Das Thema beschäftigt mich, seit wir aus Dimbach aufgebrochen sind. Den Kleinen fällt es nicht auf, doch für Nika ist die dicke Luft, die zwischen Jannik und mir herrscht, unübersehbar. Von ihrem Platz am Fernseher aus behält sie mich im Auge, ruhig das Glas Nutella löffelnd, das Theo mit ihr teilt.

Die alte Wanduhr neben der Küchentür schlägt neun Uhr. Erneut prasselt Regen gegen die Fensterscheiben, und das Licht in der Stube beginnt zu flackern. Jannik geht in den Geräteschuppen, um die Generatoren anzuwerfen. Als er zurückkommt, hat Nika sich unter dem Vorwand, mir beim Abtrocknen zu helfen, zu mir in die Küche gestellt.

»Ich warne euch«, sagt sie so leise, dass nur ich es höre. »Was auch immer ihr zwei plant – ohne mich. Ich war lange genug hier draußen.«

Denkt sie das wirklich? Sie weiß doch gar nicht, was »lange genug« bedeutet, nämlich endgültig all seine Hoffnungen zu begraben, nachdem man sein ganzes Leben lang versucht hat, ein Licht am Ende des Tunnels zu sehen, und nun begreifen muss, dass es Zeit wird, die eigene Vergangenheit zu vergessen und eine dunkle Zukunft zu akzeptieren. Das bindet dich an Orte und Gedanken, die du nie für möglich gehalten hättest. Hätte sie nur den Hauch einer Ahnung, wie sich das anfühlt, dieses bleierne, eiskalte Gewicht, das jeden Schritt in die Ferne so verdammt mühsam macht, dann wüsste sie, dass wir nach allem, was wir durchgemacht haben, nicht einfach von hier verschwinden können. Vor allem Jannik nicht.

»Hab Geduld«, flüstere ich zurück. »Das ist alles nicht so einfach.«

»Denkst du, ich hab nicht kapiert, was los ist? Wir könnten längst über alle Berge sein! Ihr zwei, ihr wollt hier auf heile Welt machen und am besten vergessen, dass es Paps je gegeben hat, aber da mache ich nicht mit. Hat er euer Hirn über die Jahre tatsächlich so weichgekocht, dass ihr ihn nicht verlassen könnt? Nicht mal jetzt? Ihr seid ja krank!«

Ich zucke zusammen. Von allen Beleidigungen musste es diese sein.

»Von mir aus könnt ihr tun, was ihr wollt. Lebt weiter in dieser Wildnis, aber mich könnt ihr nicht zwingen, hierzubleiben.«

»Stimmt, das können wir nicht«, feuere ich zurück, »aber dir muss doch klar sein, dass wir zunächst einmal einen Plan brauchen, bevor wir aufbrechen! Wir können nicht einfach in irgendeinem Krankenhaus auftauchen, die verständigen doch sofort die Polizei. Und wie erklären wir denen dann das alles?«

Sie zuckt mit den Schultern, als ginge »das alles« sie nichts an.

»Sei nicht dumm«, sage ich, während ich wütend noch einmal das Glas ausspüle, mit dem ich schon seit Minuten beschäftigt bin. »Wir sind alle drei volljährig. Vor dem Gesetz sind wir strafbar. Gut, Paps war derjenige, der die Kinder entführt hat, aber wir haben einfach dabei zugesehen. Schlimmer noch, wir haben sogar mitgeholfen! Begreifst du's denn nicht? Die sperren uns ein! Ins Gefängnis oder in eine Irrenanstalt.«

Sie schnaubt. »Hat Jannik dir das eingeredet? Er ist doch seit Ewigkeiten Paps' loyaler Papagei.«

Ich lasse das Geschirr los und packe sie am Hals. Mein Daumen drückt sich tief in die empfindliche Haut ihrer Kehle, sodass ich spüre, wie sie schluckt und nach Atem ringt. »Da hat er's ihm reingestoßen. Das Messer, genau da. Jannik hat uns alle gerettet, also untersteh dich, je wieder so von ihm zu reden.«

Ihr Gesicht ist verzerrt, und mit einem unterdrückten Stöhnen schnappt sie nach Luft, als ich sie ruckartig loslasse. Die Stille zwischen uns dauert an. Mit einem Mal ist ihre Miene seelenruhig.

»Ich bin bettlägerig.« Sie grinst mir ins Gesicht. »Niemand wird mich für all das verantwortlich machen. Nur euch zwei, Ronja, nur euch zwei.«

Ich starre sie an. Sie genießt das richtig. Wessen Hirn wurde hier weichgekocht?

Jannik kommt in die Küche, und ich konzentriere mich auf das Glas in meiner Hand, das ich vor Wut am liebsten zerschmettern würde.

»Magst du noch fernsehen?«, fragt er Nika. »Sonst schalte ich den Fernseher aus.«

»Nein, lass ihn an. Ich werde noch ein bisschen aufbleiben.«

Er streicht ihr lächelnd das kurze Haar aus der Stirn. »Zeigen die neuen Tabletten Wirkung, ja?«

»Zumindest machen sie mich nicht müde.« Sie setzt

sich zurück vor den Fernseher, und er macht weiter mit dem Geschirr.

In diesem Moment hasse ich sie beide. Für die unkomplizierte, ehrliche Gleichgültigkeit, die sie füreinander empfinden.

17

Erst als ich im Bett liege, merke ich, wie müde ich bin. Meine Beine sind bleischwer, und mit jedem Atemzug spüre ich die Erschöpfung in mir größer werden. Da Jannik heute die Kleinen ins Bett bringt, kuschle ich mich in die Decke ein und freue mich auf einen tiefen, erholsamen Schlaf.

Weit gefehlt. Als er eine halbe Stunde später ins Zimmer kommt, liege ich immer noch wach, die Augen starr an die Decke gerichtet, und denke nach. Hat Nika recht, gaukeln wir uns tatsächlich eine heile Welt vor? Noch vor einer Woche war ich fest entschlossen, diesem Ort für immer den Rücken zuzukehren – jetzt versuche ich alles, um Menschen, die mir blind vertrauen, in ihrer eigenen Hölle gefangen zu halten. Loszulassen ist viel schwieriger, als ich dachte. Die Welt dort draußen ist voller Licht, und im Nu wäre jeder dunkle Fleck unserer Vergangenheit offenbart. Nicht nur die Gräber, auch unsere eigenen Tode, die wir so oft gestorben sind. Sie würden uns nicht in Ruhe lassen. Sie würden uns bedrängen, mit Fragen überhäufen, uns zwingen, jedes einzelne Detail zu erzählen, all die beschämenden Erlebnisse immer wieder aufs Neue zu durchleben und mit der ganzen Welt zu teilen. Es gibt Tage, da ist es mir unmöglich, Jannik oder den Kleinen in die Augen zu sehen, ohne darin die blutigen Scherben meines eigenen Spiegelbilds zu erkennen. Wie sollte ich es da durchhalten, völlig Fremden gegenüberzutreten, ihrem Mitleid und ihrem Ekel ungeschützt ausgesetzt zu sein?

Meine Gedanken drohen mir ein Loch ins Gehirn zu fressen, ich wälze mich umher und nage unruhig an meiner Lippe. Jannik hat sich bereits zum Schlafen umgezogen, das Licht abgedreht und sich ins Bett gelegt. Ich warte darauf, dass er mich wieder fragt, was mir durch den Kopf geht, doch er bleibt still. Ist er immer noch böse wegen meiner Panikattacke im Auto? Langsam glaube ich, es geht um etwas anderes.

»Es tut mir leid wegen heute«, sage ich die Zauberworte. Falls er wirklich angefressen ist, sollte er jetzt damit aufhören.

»Hm?«, macht er verwundert.

»Weil ich dich im Auto so angefahren habe. Du hast seitdem nicht mit mir geredet.«

»Ach so.«

Er könnte sich jetzt ebenfalls entschuldigen. Stattdessen schweigt er wieder.

»Was hast du Nika für Tabletten besorgt?«

»Antibiotika. Aber leider nur eine Packung, der Rest ist das übliche Zeug gegen Husten. Der Arzt war nicht mehr da, und die Apothekerin wollte mir ohne Rezept zuerst gar kein Antibiotikum geben. Da habe ich ihr gesagt, dass die alten Tabletten Nika so müde machen und wir uns das nächste Mal ganz, ganz bestimmt ein Rezept holen werden und … so weiter.«

Ein sehr kryptisches »so weiter«. Ich setze mich auf, im selben Moment wie er.

»Wie hast du die Tabletten *genau* bekommen?«, frage ich.

»Mit Charme.«

Ich unterdrücke ein Lachen. »Derselbe Charme, den du auch im Auto hattest?«

Er legt sich wieder hin, strampelt sich wütend aus der Bettdecke frei.

»Was hast du denn?«, frage ich, der Verzweiflung nahe.

Er bleibt still, und ich spüre seine Anspannung den ganzen Raum erfüllen, den wenigen Platz verdrängen, den wir gezwungen sind, miteinander zu teilen. Ich lag falsch, er ist nicht wütend – er wurde bloß von der Panik eingeholt, die ihm seit Paps' Tod erbittert auf den Fersen ist. Kein Wunder, dass er nicht reden will; mein Ausbruch im Auto hat ihn vermutlich sämtliche Nerven gekostet, und weil er es gewohnt ist, die Rolle des Beschützers einzunehmen, weiß er nicht mehr, was er tun soll. Alte Gewohnheiten und ihre Hartnäckigkeit.

Ich denke nicht lange nach, stehe auf und klettere zu ihm ins Bett. Kurz sieht er mich verwirrt an, dann macht er Platz, damit ich mich an die Wandseite legen kann. Er hat nicht vergessen, wie oft ich im Schlaf schon aus dem Bett gefallen bin, wenn ich an der Kante lag. Ich krieche unter die Decke und kuschle mich ein, nur eine Handbreit von ihm entfernt. Früher lagen wir oft so nebeneinander, meistens wenn ein Gewitter tobte oder mir in meinem eigenen Bett zu kalt war. Wir waren verloren und versuchten uns trotz unserer Schwäche gegenseitig Halt zu geben. Jetzt sind wir erwachsen und werden von der Enge des Bettes dicht aneinandergedrückt. Er hat sich zu mir gedreht, scheint auf etwas zu warten.

»Mir war kalt«, sage ich.

Er erwidert nichts. Ich rücke noch ein Stückchen näher. Der Moment will mit Worten gefüllt werden, die bereits viel zu lange unausgesprochen sind. Ich spüre seinen Blick auf mir ruhen, und der Druck meiner Gedanken zerquetscht mich fast. All diese Gedanken, die ich nicht wage, mit ihm zu teilen.

»So sind wir ewig nicht mehr dagelegen.« Seine Stimme klingt träge, entspannt, doch als ich ihn ansehe, sind seine Augen hellwach. »Wieso haben wir damit aufgehört?«

»Weil wir erwachsen geworden sind.«

»Erwachsen.« Das Wort scheint ihn zu amüsieren.

»Und du hast nie …«

»Nie was?«

»Reagiert«, verwende ich den einzigen Begriff, der

wirklich passt. »Wenn ich etwas versucht habe, hast du nie reagiert.«

»Ronja, wovon redest du?«

»Mach's mir nicht so schwer.« Es ist klar, auf welches Thema wir zusteuern, und mein Körper versteift sich. »Du weißt, was ich meine«, flüstere ich.

Er atmet tief durch, wendet sich ab. Schon befürchte ich, dass er sich wieder in Schweigen flüchten wird, doch er sucht nur nach Worten, starrt angestrengt an die Decke.

»Ich habe nie wirklich darüber nachgedacht«, antwortet er schließlich.

»Weil du … weil du nicht willst?«

»Weil es nie zur Debatte stand. Wegen Paps und so.«

»Aber Paps ist nicht mehr da.«

Er schluckt. »Richtig.«

Ich drehe sein Gesicht sanft in meine Richtung. Wir müssen jetzt nicht mehr reden. Die Hitze um uns herum ist genug. Sie ist wie ein Wirbel, der uns enger aneinanderdrängt, der die Luft aus dem Raum saugt und durch ein wild brennendes Flimmern ersetzt. Ich streiche über seine Wange, sein Kinn, spüre seinen Atem auf meinen Fingern, sehe die Verwirrung in seinen Augen. Ich beuge mich ihm entgegen. Er könnte zurückweichen, doch er tut es nicht. Er bleibt ganz ruhig. Unsere Lippen berühren sich, scheu, ahnungslos. Mein Herz explodiert, und meine Brust füllt sich mit tausend tanzenden Funken.

Ein Schlag wie aus heiterem Himmel. Sein Ellenbogen trifft mich im Gesicht, und ich knalle mit dem Rücken an die Wand. Schmerz durchzuckt mich von Kopf bis Fuß. Ich spüre, wie Blut aus meiner Nase läuft, und keuche auf. Jannik schießt mit rasendem Atem in die Höhe.

»Tut mir leid«, stoße ich aus, obwohl er das wohl sagen sollte.

Er blickt umher, die Hände ins Laken gekrallt. »Ich kann nicht … ich kann das nicht im Moment …«

»Schon gut. Du musst nichts erklären. Ist schon gut.«

Meine Stimme wird gedämpft von dem Bettdeckenzipfel, den ich mir an die Nase halte. Reglos sitzen wir nebeneinander. Mein Herz pocht wie verrückt. Schließlich lassen seine Hände das Laken los, und ich wage ganz vorsichtig, seine Schulter zu berühren.

Ich hätte ihn nicht küssen dürfen. Er ist im Grunde ein Kind, in Wildnis aufgewachsen und völlig verstört. Wir beide sind Kinder, die soeben gegen alle Regeln verstoßen und die verbotene Kammer auf dem Dachboden betreten haben: ein dunkles Neuland, aus dem wir nie wieder herausfinden werden.

Jannik steht auf, um mir ein Taschentuch zu bringen. Während ich wortlos das restliche Blut von meiner Nase tupfe, marschiert er im Zimmer auf und ab und fährt sich aufgebracht durchs Haar. Dann geht er plötzlich zum Fenster, reißt es auf und steckt mit einem erschöpften Stöhnen den Kopf nach draußen. Das scheint zu helfen. Kälte strömt ins Innere und betäubt den Schmerz in meiner Nase, aber auch alle anderen Gefühle, sodass der Moment sich qualvoll in die Länge zieht. Schließlich, nach einer Ewigkeit, wie mir scheint, macht Jannik das Fenster zu und setzt sich zurück aufs Bett.

»Das wollte ich nicht«, sagt er.

»Ich weiß.«

»Ich war nur … ich konnte nicht …«

»Jannik, ist schon gut. Ist gut, ist gut.« Mich drängt es, ihn zu berühren, die Panik zu dämpfen, die in seinen Augen aufflackert, doch gleichzeitig habe ich auch Angst. Jede Bewegung könnte zu viel sein, jeder Atemzug könnte die fragile Nähe zwischen uns davonwehen.

Jannik gibt mir noch ein Taschentuch. Er hat eine ganze Packung in der Hand, zerdrückt sie beinahe. Er berührt mein Haar, und auf einmal ist sein Blick so weich, so voller Zärtlichkeit, dass er aussieht wie ein anderer

Mensch. Wie derjenige, der er hätte sein können, hätte Paps nicht so vieles in ihm zerstört.

»Du bist so wunderschön«, sagt er. Fast erstaunt.

»Ich bin deinetwegen geblieben, Jannik. Nicht wegen der Kleinen oder aus Angst. Ich kann ohne dich nicht leben.« Nicht *Ich liebe dich*. Mit einem »Ich liebe dich« könnte er nichts anfangen.

Hilflos schauen wir uns an. Nach dieser Nacht wird es zwischen uns nie wieder so sein wie zuvor.

14. Oktober

Die Katze und ich machen Fortschritte. Nachdem ich sie die letzten Tage mit Futter versorgt habe, konnte ich sie nun dazu bringen, mir bis vor die Haustür zu folgen, indem ich eine Spur aus den vollgesogenen Brotstücken, die sie so mag, gelegt habe. Noch ist sie etwas scheu, aber ich spüre, dass ich bereits ihr Vertrauen gewonnen habe. Sobald sie sich anfassen lässt, werde ich sie zu einem Tierarzt bringen, um abzuklären, ob sie Parasiten oder irgendwelche Krankheiten hat. Nur zur Vorsicht, denn abgesehen von ihrem struppigen Fell wirkt sie gesund.

Mama meint, sie bräuchte einen Namen, wenn ich vorhabe, sie zu behalten. Ich dachte an Dreizack. Das Wort gefällt mir, und es würde gut zum Muster auf ihrem Rücken passen. Zuvor muss ich herausfinden, welches Geschlecht sie hat.

Neulich beim Abendessen brachte Paps mich auf eine komische Idee. Er meinte, ich könnte die Katze ja zu einem Jagdhund ausbilden, wenn ich schon die ganze Zeit mit der Nase in diesem Buch stecke. Wieso eigentlich nicht? Eine Jagdkatze …

Paps macht sich lustig über meine Ideen. Wenn es nach ihm ginge, wäre ich ein genauso stumpfsinniger Ja-Sager wie Mama, innerlich tot. Er wird sich wundern, was ich aus der Katze noch alles heraushole.

15. Oktober

Als ich letzte Nacht aufstand, um mich zu erleichtern, entdeckte ich Fußspuren im Schnee, die von der Haustür in den Wald führten. Am kleinen Kreuz in der Sohle erkannte ich, dass es Paps' Schuhabdrücke waren. Trotz der Kälte folgte ich den Spuren ein Stück in den Wald, doch bei der alten Mühle an der Wegkreuzung verloren sie sich.

Ich wollte schon umkehren, als ich in der Dunkelheit ein Licht aufblitzen sah. Schnell versteckte ich mich hinter der Mühle und wartete ab. Es dauerte nicht lange, und Paps kam mit einer Taschenlampe vorbei. Er ging leicht vornübergebeugt, als hätte er schwer zu schleppen, und trug dicke Winterkleidung, sodass er aussah wie ein Bär auf zwei Beinen. Obwohl es eisig kalt war, schien er es nicht eilig zu haben – fast sah es aus, als würde er … ja, als würde er tatsächlich schlafwandeln.

Ich weiß nicht, was ich davon halten soll. Heute Morgen war er gut gelaunt und entspannt, wie immer nach seinen nächtlichen Unternehmungen. Was mich beunruhigt, sind die Schuhabdrücke. Die Stiefel mit dem Kreuz in der Sohle benutzt er nur zum Klettern.

18. Oktober

Ich bin mir mittlerweile sicher: Hinter Paps' nächtlichen Ausflügen steckt mehr als Schlaflosigkeit. Letzte Nacht konnte ich beobachten, wie er vor seinem Verschwinden in den Geräteschuppen schlich, um etwas zu holen. Ich erkannte nicht, was es war, doch als ich heute Morgen nachschauen ging, hingen das Kletterseil und die Karabiner an der falschen Stelle. Wozu braucht er dieses Zeug?

Mama weiß etwas. Ihr Desinteresse ist verdächtig. Ich sollte die Sache auf sich beruhen lassen, ehe ich mit meiner Neugier noch etwas Furchtbares heraufbeschwöre – doch wäre ich nicht ein Feigling, wenn ich nicht zumindest versuchen würde, Paps' Geheimnis zu lüften?

Es ist nun kurz nach Sonnenuntergang. Falls er heute

Nacht wieder loszieht, werde ich ihm folgen. Ein Rucksack mit Taschenlampe und Messer ist bereits gepackt. Ich weiß, es ist falsch, was ich vorhabe. Ich sollte meinem Vater vertrauen. Doch wenn ich Mama seinetwegen noch einmal heimlich weinen sehe, drehe ich durch.

Heute Nacht also.

19. Oktober

Die Sonne geht gerade auf. Ich bin todmüde und weiß nicht, wie … Ich muss es einfach aufschreiben, solange die Erlebnisse noch frisch sind.

Ich folgte also Paps letzte Nacht in den Wald. Ausgerüstet mit festem Schuhwerk, einer dicken Jacke und dem Rucksack, schlich ich ihm im Schutz der Dunkelheit hinterher, ständig in Angst, er könne mich entdecken. Doch er war seltsam unaufmerksam, veranstaltete selbst genügend Krach, sodass es ein Leichtes war, ihm zu folgen. Zunächst sah ich noch seine Gestalt in der Ferne, dann orientierte ich mich an seinen Spuren im Schnee. Sie führten eine Weile den Pfad entlang, bis zur Mühle, und bogen anschließend in den Wald ab und gingen steil bergauf.

Die ganze Zeit brannten Fragen in meinem Kopf: was mich noch erwartete und ob ich es tatsächlich wissen wollte. Diese Gegend war mir vollkommen unbekannt. Als zwischen den Bäumen der Schein seiner Taschenlampe aufblitzte, vergrößerte ich den Abstand. Schließlich erreichte ich den Gipfel. Ich war noch nie zuvor dort oben gewesen. Ein Kliff am Rand eines verschneiten grünen Ozeans, an das der Wind schlägt wie Wellen. Da war ein Höhleneinstieg im Felsen, mit Brettern verbarrikadiert wie eine verbotene Tür. Paps stand am Rand des Loches und ließ ein Seil hinab. Geduckt hielt ich mich im Schutz der Nadelbäume versteckt, die vom Abhang über den Gipfel hinausragten, und beobachtete, was geschah.

Ich weiß nicht, ob es die Dunkelheit war, die mir einen Streich spielte – oder ob die Angst mich Dinge sehen ließ, die gar nicht existierten. Denn was dann passierte, kann ich immer noch nicht richtig glauben.

Paps ließ an dem Seil ein Mädchen nach oben klettern. Nicht älter als elf oder zwölf, ein dürres, abgemagertes Ding, wie Dreizack. Die Kleine war in dicke Jacken eingepackt, dennoch zitterte sie so stark, dass ihre dünnen Beine unter ihr zusammenklappten und er sie tragen musste. Das Licht der Taschenlampe erschreckte sie, und ich konnte hören, wie sie vor Angst und Kraftlosigkeit wimmerte.

Paps setzte sich mit ihr unter einen Baum, nahm sie auf den Schoß und redete leise mit ihr. Er gab ihr auch Wasser und Brot, das er im Rucksack dabeihatte. All die Zeit bewegte sie sich nicht, lag in seinen Armen wie eine Puppe. Obwohl mein Herz so laut klopfte, dass alles um mich verstummte, hörte ich ihn ihren Namen sagen – er nannte sie Fanni. Seine kleine Fanni.

Ich war wie gelähmt. Jetzt schäme ich mich für meine Angst, schäme mich, dass ich aufstand und wegrannte, anstatt auf ihn zuzumarschieren und ihn zur Rede zu stellen. Meine Beine gehorchten mir nicht länger, wie irre stürzte ich den Abhang hinunter, und plötzlich verlor ich den Halt und überschlug mich. Von da an verschwimmt meine Erinnerung. Das Nächste, was ich weiß, ist, dass ich vom ersten Sonnenstrahl geweckt wurde, bedeckt von frisch gefallenem Schnee. Meinen Rucksack fand ich einige Meter weiter, ebenfalls halb versunken. Mit dröhnendem Kopf schleppte ich meine erfrorenen Glieder nach Hause, anstatt mir ein Herz zu fassen und bei helllichtem Tag noch einmal nach der Höhle zu suchen.

Selbst jetzt fühle ich mich wie in Trance. Ich kann keinen klaren Gedanken fassen. Ich weiß nicht, was ich tun soll. Ich muss aufhören zu schreiben und mich hinlegen, bevor der Kopfschmerz unerträglich wird, doch etwas muss ich noch festalten, damit ich mich, wenn ich aufwache, daran erinnern kann:

GEH NOCH MAL HIN!

Nachtrag

Ich habe den ganzen Tag geschlafen. Als ich mit hämmernden Kopfschmerzen zum Sonnenuntergang erwachte, saß Mama an meinem Bett und hielt meine Hand.

»Was ist passiert?«, fragte ich, weil ihr Gesicht so traurig war.

»Du hast so fest geschlafen. Ich dachte schon, du wachst gar nicht mehr auf.«

Ich setzte mich auf und sah mein Tagebuch, das aufgeschlagen auf ihrem Schoß lag. Mit dem Finger folgte sie der letzten Zeile.

»Was meinst du damit? Wo sollst du noch mal hingehen?«

»Das ist privat«, schnappte ich und nahm ihr das Buch weg.

Sie zuckte zusammen, ihr schmales Gesicht war voller Verwirrung. Ich sah sie da sitzen in ihrer Demut, mit immer dem gleichen leeren Ausdruck in den Augen, und konnte nicht anders, als an das Mädchen zu denken, das ich letzte Nacht aus der Höhle hatte klettern sehen. Die Ähnlichkeit war erschütternd.

»Wo ist Paps?«, fragte ich, und ihr Blick wich mir aus.

»Er ist jagen gegangen. Er ist sehr gut gelaunt heute.«

GEH NOCH MAL HIN!

Das werde ich.

18

In Paps' Zimmer steht seit jeher ein uralter Bücherschrank. Es ist jene Art von Schrank, wie man sie aus Gruselgeschichten kennt, ein knarrender Klotz aus längst vergangener Zeit, mit geschnitzten Löwenköpfen anstelle von Sockeln und wackligen, abgeschlagenen Türknäufen. Das Holz ist halb von Würmern zerfressen und verbreitet einen aufdringlichen, feuchten Geruch nach Moder und Vergänglichkeit. Als Kind hatte ich vor diesem Schrank beinahe so viel Angst wie vor Paps selbst; die klobige Form erinnert an einen Riesen, der lauernd in der Ecke steht, und wenn du dich zu schnell bewegst, packt er dich und verschlingt dich mit Haut und Haaren. Jannik sagte früher, aus diesem Grund wäre der Schrank so unheimlich und verrottet – weil er vollgesogen ist vom Blut unartiger Kinder. Er wusste schon immer, wie man mir einen Schrecken einjagt. Seine Geschichte hat sich so tief in mein Gedächtnis gefressen, dass ich mich kaum traue, die Bücher aus den Fächern zu räumen, also erledigt er das für mich.

»Und noch mehr Zweiter Weltkrieg«, kommentiert er den mittlerweile dritten Stapel, den er zu diesem Thema in die Kiste packt.

Kriege waren neben der Jagd Paps' Leidenschaft. Er besaß darüber so viel Literatur, dass er zweihundert Jahre hätte alt werden müssen, um alle Bücher zu lesen. Außerdem hatte er noch eine riesige Sammlung alter Karl-May-Romane, die er in einem zusätzlichen Regal hinter dem Schutz eines Vorhangs aufbewahrte.

Der Großteil der Bücher ist genauso alt und staubig wie der Schrank. Viele drohen beim Herausnehmen auseinanderzufallen, das Papier ist vergilbt und fühlt sich klebrig an. Zunächst war Jannik noch vorsichtig, weil er insgeheim vielleicht ebenfalls den dunklen, hungrigen Riesen fürchtet, der Paps' literarische Schätze hütet, doch jetzt wirft er die Bücher einfach bloß noch in die Kiste. Der Staub wirbelt in alle Richtungen durch die Luft. Ich kümmere mich um das Ausräumen des Kleiderschranks, da man hierbei weitaus sauberer bleibt, vor allem aber, weil mir dieses Ding nicht solche Angst einjagt.

»Was sollen wir damit machen?« Ich zeige Jannik Paps' Jagdhut, den ich ganz oben gefunden habe.

»Weg damit.«

»Und das?« Ein dicker Wintermantel, kaum getragen. Natürlich sollten wir alles, was Paps besaß, beseitigen, doch gemessen an den harten Monaten, die auf uns zukommen, dürfen wir nicht melodramatisch sein. Das Schlimmste sind ohnehin die Erinnerungen, und die werden wir behalten, bis wir sterben.

Jannik riskiert nicht einmal einen Blick. »Alles weg.«

»Bist du sicher? So ein Mantel kostet neu eine Menge Geld.«

»Ja, ich bin mir sicher.«

Er klingt gereizt. Die nächste Ladung Bücher schleudert er vom Regal auf den Boden, ohne auf die kleinen Keramik-Buchstützen zu achten, die dabei zu Bruch gehen.

Seit wir vor etwa einer Stunde mit dem Ausräumen des Zimmers begonnen haben, ist er schlecht gelaunt. Er hat sogar gemurmelt, dass wir das ganze Haus einfach anzünden sollten. Es ist wohl besser, wenn ich ihn nicht mehr frage, ob wir etwas behalten sollen. Wahrscheinlich braucht er dringend frische Luft, hier drinnen ist es so stickig, dass jeder Atemzug im Hals kratzt.

Ich räume die restliche Kleidung in große Müllsäcke und trage sie nach unten vor das Haus. Im nächsten Moment kommen die ersten Bücher aus dem Fenster geflogen.

»Wirf die in den Ofen!«, ruft er hinterher.

»Geht das auch höflicher?«

Keine Antwort, dafür eine neue Ladung Bücher. Es steckt mehr dahinter als die nervenaufreibende Aufgabe, Paps' Sachen zu entrümpeln. Seit dem Kuss vorletzte Nacht verhält er sich distanziert und unfreundlich. Es begann am nächsten Morgen, als er gleich nach dem Aufwachen aus dem Zimmer flüchtete und sich den halben Tag nicht blicken ließ. Er erschien kurz zum Mittagessen, bei dem er kaum in meine Richtung sah, dann verschwand er für Stunden im Schuppen, um wie besessen Holz zu hacken. An die darauffolgende Nacht will ich gar nicht zurückdenken. Wir lagen in unseren Betten wie lebende Tote, konnten uns nicht in die Augen sehen, und zumindest ich fand keine Sekunde Schlaf. Es war ein Fehler, zu glauben, ihm Zeit zum Nachdenken geben zu müssen. Wir hätten gleich am nächsten Morgen darüber reden sollen. Den Mut und die Nähe irgendwie lebendig halten. Doch so konnte die Chance einfach an uns vorüberziehen, und nun stecken wir in diesem frustrierenden Zustand aus Verunsicherung und gegenseitigem Anschweigen fest.

Ich beauftrage Theo mit dem Einsammeln der Bücher, was ihn nicht gerade überfordert.

»Ich will auch was aus dem Fenster werfen!«, quengelt er.

Ich habe ihn eben davon überzeugt, dass Gegenstände durch die Gegend zu schleudern bestimmt keinen Spaß macht, da streckt plötzlich Nika den Kopf aus Paps' Fenster und schmettert ebenfalls ein paar Bücher in weitem Bogen über die Böschung.

»Schau, was ich mache!«, brüllt sie in den Wald. »Schau, all deine schönen Bücher! Da hast du sie! Und noch eins! Und noch eins! Erstick daran, du verdammter Bastard!« Husten und Lachen zwängen sich ihre malträtierte Kehle hoch, sodass sie abwechselnd wirft und röchelnd Luft holt.

Ich muss Theo am Kragen seines Wollpullovers festhalten, um ihn daran zu hindern, zu Nika und Jannik nach oben zu laufen und sich an der Show zu beteiligen.

»Aber schau mal, wie lustig das ist!«, beharrt er. »Nika krümmt sich vor Lachen!«

»Geh ins Haus und sieh nach, was Henna macht.«

Das letzte Mal habe ich sie gesehen, als sie voller Faszination Löcher in den Schokokuchen starrte, den ich zum Auskühlen aufs Fensterbrett gestellt habe. Es würde mich nicht wundern, wenn sie mittlerweile in dem Kuchen drinsitzt.

Noch mehr Bücher fliegen aus den Fenstern – jetzt scheinen sie sogar einen Wettbewerb daraus gemacht zu haben. Nachdem Theo für kurze Zeit im Haus verschwunden ist, kommt er mit einer Packung Streichhölzer zurück und versucht die Bücher auf dem Boden in Brand zu stecken. Henna klebt mit dem Gesicht an der Fensterscheibe und grinst mir mit schokoladenverschmiertem Mund entgegen.

Ein Gedanke keimt in meinem Kopf, so verrückt wie wahr: *Ohne Paps versinken wir in Chaos …*

Gegen Abend sind wir endlich mit dem Ausräumen fertig. Viele Bücher landeten tatsächlich im Ofen, andere verfrachteten wir in großen Kisten auf den Dachboden, genau wie die Kleidung und Paps' wenige Habseligkeiten wie eine Uhr und seinen GPS-Empfänger. Bloß sein Werkzeug behalten wir. Als ich einen letzten Blick ins Zimmer werfe, ehe wir es für immer verschließen, rinnt mir eine Träne über die Wange. Der Anblick des leeren Raumes macht mich tatsächlich ein wenig traurig, als hätte ich etwas verloren, das mit der Zeit zu sehr ein Teil von mir geworden ist. Wie ein Faden, den man ganz langsam aus der Naht eines gebrochenen Herzens zieht:

Solange er da war, hat er geschmerzt, doch jetzt gibt es nichts mehr, das die Bruchstücke zusammenhält.

Ich wische schnell die Träne weg, bevor Jannik sie sieht. Ich werde hier keine Genugtuung finden, nur Verwirrung.

Ich verlasse das Zimmer, und Jannik schließt die Tür ab. Wir gehen nach unten und werfen den Schlüssel in den Brunnen. Gemeinsam sehen wir zu, wie er im Wasser versinkt.

Nach dem Abendessen hustet Nika wieder Blut. Das kommt nicht überraschend, da sich ihre Krankheit wohl kaum in Luft auflösen wird, dennoch hatte ich gehofft, die neuen Medikamente würden helfen. Ich habe sie ins Bett gebracht und ihr einen lauwarmen Fencheltee eingeflößt, den sie nach wenigen Minuten unter Atemkrämpfen wieder hochgewürgt hat. Als ich wortlos den Boden neben ihrem Bett aufwische, stößt sie ein kratziges Lachen aus.

»Sieh dich an … musst immer noch am Boden knien … hat sich kaum was verändert, stimmt's?«

»Du solltest dich ausruhen. Morgen geht es dir bestimmt besser.«

»Ach, Ronja. Ronja, Ronja, Ronja.« Sie röchelt, schnappt gequält nach Luft. Nach einem kurzen, aber heftigen Hustenanfall legt sie den Kopf zur Seite und schließt die Augen, als wollte sie sie nie wieder aufmachen. »Ich sterbe«, murmelt sie schwach. »Und ihr seht einfach dabei zu. Seht zu, wie ich … wie ich verrecke …«

»Du wirst nicht sterben, Nika.« Ich lege den Putzlappen weg und fühle ihre Stirn. »Du fühlst dich heiß an. Am besten messen wir mal Fieber.«

»Und dann … werdet ihr mich genauso verscharren wie alle anderen. Überlegt euch schon mal eine gute Stelle. Wehe, ihr begrabt mich neben Paps, denn dann … dann komme ich zurück und … und suche euch heim, bis ihr wahnsinnig werdet.« Sie muss erneut lachen, hält es jedoch nicht lange durch. Ihre Stimme verstummt einfach, als fehle ihr jede Kraft zum Sprechen.

»Hier, heb mal den Arm hoch.« Ich klemme ihr das Fieberthermometer unter die Achsel. »Beweg dich nicht, solange es misst.«

Ihre Augen sind misstrauisch auf mich gerichtet. Vorsichtig tupfe ich Speichel von ihrem Mundwinkel, und immer noch scheint ihr Blick mich zu durchleuchten.

»Du willst doch nur ... du willst dich doch nur drücken«, krächzt sie mit einem kleinen, bösartigen Grinsen.

»Was meinst du?«

»Ach komm. Als wäre es nicht offensichtlich. Du und Jannik.«

Um meinen Hals scheint sich eine Schlinge zuzuziehen. Auf einmal ist es nicht bloß Kälte, die jeden Zentimeter meines Körpers lähmt.

»Was meinst du?«, wiederhole ich ganz ruhig.

»Ihr seid euch den ganzen Tag aus dem Weg gegangen. Da frage ich mich ... was treibt ihr so in der Nacht, wenn ihr euch nicht mal mehr in die Augen sehen könnt? Das wollte ich schon immer wissen. Ihr zwei, ganz allein in eurem Zimmer.« Das Grinsen wird breiter.

Ich hebe ihren Arm an, um das Fieberthermometer wieder hervorzuholen. Trotz meines Schweigens oder gerade deshalb liest sie in mir wie in einem ihrer verdammten Bücher.

»Oh, ich wusste es ... ich wusste es ... ihr zwei Ferkel, ihr.«

»Achtunddreißig sieben. Wir müssen zusehen, dass wir dein Fieber senken. Hier, nimm noch eine Tablette.«

»Nein!« Das Wort kommt aus ihrem Mund geschossen wie ein weiterer Schwall Erbrochenes, tief und voller Zorn. »Ihr werdet mich nicht vergiften, hast du gehört! Ihr werdet mich nicht länger vergiften!«

Sie schlägt mir die Pillenschachtel aus der Hand. Starr vor Schreck schaue ich ihr in die Augen. Es sind die Augen einer Wahnsinnigen, blutunterlaufen und dunkel. Sie ist nur noch Haut und Knochen unter dem Nachthemd, ihr Gesicht ist gräulich und fahl, ein Geist. Mir kommt es vor, als wäre dieser Verfallszustand ganz plötzlich eingetreten und nicht über die quälenden Wochen, die sie schon leidet. Verfault wie eine Frucht.

Ich hebe die Packung vom Boden auf und lege sie zurück auf den Nachttisch. »Soll ich dir sonst etwas bringen? Noch einen Tee oder etwas zu essen?«

»Netter Trick, dich so vor ihm zu verstecken. Schon blöd gelaufen. Kaum ist Paps tot, hast du den nächsten, der dir an die Wäsche will.«

»Okay, das reicht. Du hältst jetzt sofort den Mund, oder ich sorge dafür, dass du diese verdammten Tabletten doch noch schluckst!«

Meine Drohung entlockt ihr bloß ein weiteres leises Kichern. Sie weiß genau, dass sie mich eiskalt erwischt hat.

»Mich würde interessieren«, sinniert sie, »was Paps wohl zu euch beiden gesagt hätte. Oder hat er es am Ende sogar schon gewusst? Habt ihr ihn deshalb um die Ecke gebracht?«

»Wage es nicht«, flüstere ich.

»War bestimmt alles geplant, hm? Dein Verschwinden mit den Kleinen, das war nur ein Vorwand, um ihn von hier wegzulocken. Gar nicht so dumm. Hat es euch viele schlaflose Nächte gekostet? Wenn ihr zwei nachts, nennen wir es, die Köpfe zusammengesteckt habt – habt ihr da Listen geschrieben, wie ihr ihn am besten umbringen könnt? Oder wolltet ihr improvisieren? Eurer Phantasie freien Lauf lassen?« Sie wartet. »Ach herrje. Habe ich da einen Nerv getroffen?«

Noch nie zuvor habe ich den Drang verspürt, sie zu

verletzen – noch nie zuvor war das Dunkle, das Paps in mir hinterlassen hat, so stark. Ich muss mich zügeln, ihr nicht ein Kissen aufs Gesicht zu drücken, meine Hände nicht um ihren dürren Hals zu legen, bis er zwischen meinen Fingern zerbröselt wie Sand. Durch meine Arme läuft ein Zucken. Schnell stehe ich auf, bevor ich es nicht mehr kontrollieren kann.

Nikas Blick hält mich umklammert. Sie mag schwach sein, fast zu schwach zum Atmen, aber hierfür nimmt sie alle Kraft zusammen.

»Du und Jannik, ihr seid wie er. Genau wie er. Feige Mörder.«

Worte … es sind nur Worte, die ihr entkommen, weil die Angst vor dem Tod ihren Verstand vernebelt. Dennoch tun sie weh. Sie treffen eine Stelle ganz tief in mir, die trotz der Jahre der Abhärtung, der Routine und der Gefühllosigkeit einen letzten Rest meiner Seele bewahrt hat. Dieser Rest geht nun in mir zu Bruch, endgültig verloren in der Leere meines Herzens.

»Ruf, wenn du etwas brauchst«, sage ich tonlos. »Ich komme, so schnell ich kann.«

Ich verlasse das Zimmer.

Jannik liegt bäuchlings auf dem Bett und blättert in einem Buch. Mein Auftauchen versetzt ihn in Anspannung, er schreckt auf und sein Gesicht verkrampft sich.

»Was liest du da?«, frage ich, um das Eis zu brechen.

»Hab ich in Paps' Sachen gefunden. Nicht so wichtig.« Er legt das Buch weg und setzt sich auf.

Mit einer Sache hatte Nika recht: Ich habe tatsächlich Zeit geschunden, habe mich vor ihm versteckt, weil ich nicht weiß, wie es mit uns weitergehen soll. Was, wenn er mich wieder zurückweist? Wenn unser Kuss ihm nicht gefallen hat und diese verlegene Ungewissheit niemals endet? Ich fürchte mich so davor, es ein weiteres Mal herauszufordern, doch ich habe keine Wahl. Ich kann nicht die ganze Nacht hier herumstehen.

Ich ziehe mich hinter die Trennwand zurück, um in meine Schlafsachen zu schlüpfen, dabei höre ich, wie er sich unruhig auf dem Bett herumwälzt. Als ich umgezogen wieder hervorkomme, weicht er entschieden meinem Blick aus. Das ist doch verrückt. Der Kuss hätte Barrieren sprengen sollen und nicht weitere aufbauen. Ich setze mich auf mein Bett, um meine Socken auszuziehen. Er liegt auf dem Rücken und starrt vor sich hin, seine Finger trommeln nervös auf der Matratze.

»Alles in Ordnung?«, frage ich vorsichtig.

»Klar.«

»Ich könnte ... ich könnte wieder rüberkommen. Also zu dir. Wenn du willst.«

Noch unbeholfener hätte ich es nicht ausdrücken können. Er sagt einfach nichts. Die Luft füllt sich mit einer stickigen, unangenehmen Hitze. Ich greife nach meiner Decke und ziehe sie über meinen Kopf, würde am liebsten nicht nur mich, sondern die ganze Welt für immer verschwinden lassen – im selben Moment antwortet er: »Okay.«

Zögernd komme ich wieder hervor. »Bist du sicher?«

»Ja.«

Ich husche zu ihm auf die andere Seite, klettere über ihn drüber und lege mich hin. So weit, so gut. Und nun? Wir liegen einen Moment nebeneinander, ohne uns zu rühren. Ich muss etwas tun. Irgendetwas. Ganz langsam strecke ich die Hand nach ihm aus, behalte sie kurz in der Luft und lege sie schließlich auf seine Brust. Ich kann seinen Herzschlag spüren. Er riskiert einen Blick in mein Gesicht, lächelt flüchtig und sieht dann wieder weg.

»Nika hat Fieber«, sage ich. »Nicht hoch, aber trotzdem. Und sie denkt offenbar, dass wir Paps absichtlich umgebracht haben.«

»Aha.«

»Kannst du nicht mal mit ihr reden? Auf dich hört sie.«

»Ja … sicher.«

Ich warte einen Augenblick. »Soll ich die Hand wieder wegnehmen?«

»Nein. Ist schon gut.« Seine Stimme klingt ungewohnt rau, und er schließt die Augen, als müsse er sich stark konzentrieren.

Ich lasse meine Hand sachte über seinen Oberkörper gleiten. Er schluckt hart und spannt sämtliche Muskeln an, lässt mich aber weitermachen. Über seinen Hals zu seiner Schulter und zurück zur Brust. Mit der Fingerspitze ziehe ich die Linie seines Schlüsselbeins nach. Ich rücke näher, bis unsere Körper sich berühren. Sein Atem geht schnell und flach. Er dreht den Kopf zu mir, als wolle er etwas sagen, doch als wir uns anschauen, verschlägt es ihm die Sprache; vielleicht hat er es ja endlich erkannt, die Sehnsucht, die Begierde, die ich einfach nicht unterdrücken kann, und ich möchte ihn so sehr küssen, dass meine Lippen brennen und meine Hände schwitzen, dass ich nicht mehr denken kann, nur fühlen. Das ist alles so schön, dass es mich fast umbringt. Wie im Rausch sauge ich die Gefühle in mich ein, will immer mehr davon, immer mehr.

»Küss mich«, flüstere ich.

Er blinzelt, als würde er zu sich kommen. Mit einer raschen, ja fast panischen Bewegung rückt er so weit von mir weg, dass er um ein Haar aus dem Bett fällt. Ein Schatten huscht über sein Gesicht wie ein allzu klarer Gedanke. Er schüttelt heftig den Kopf.

»Vielleicht solltest du wieder in dein eigenes Bett gehen.«

Dumpf. Alles wird dumpf.

Abgewiesen … erneut.

Ich taumle aus dem Bett und beginne umherzugehen,

planlos, mit all den Fragen in meinem Kopf, die ich ihm am liebsten ins Gesicht brüllen würde: Wieso er nicht stark genug ist, meinen Wunsch nach Nähe zu erwidern. Wieso er uns stattdessen mit dieser Distanz quält, obwohl ihm klar sein muss, dass es uns nur noch mehr auseinanderreißen wird. Wieso er dasitzt und starrt, anstatt zu mir zu kommen und mich festzuhalten, wie wir beide es so sehr wollen.

Nach einem langen Moment fragt Jannik: »Was ist los?«

»Nichts.«

»Ich … ich wollte nicht –«

»Nicht. Lass es.«

Er presst die Lippen aufeinander und schaut mich weiterhin besorgt an. Ich setze mich auf mein Bett, richte mein Kissen und die Decke, dann mein Sweatshirt, alles ganz schnell. Beim Griff nach dem Lichtschalter halte ich inne. Jannik ist blass geworden, er weigert sich, mich anzusehen.

Und da passiert es, ich breche zusammen. Ein heftiger, schmerzhafter Tränenausbruch, den ich die ganze Zeit vor mir hergeschoben habe. Und vielleicht ist es ja nicht bloß wegen Jannik, sondern auch wegen Nika, wegen Paps, wegen meinem ganzen zerstörten Leben. All das lässt sich so schwer auseinanderhalten, wenn alles, was man fühlt, diese Traurigkeit ist. Die leise Ahnung, nie das zu bekommen, was man sich wünscht. Bloß weil man seine Unschuld so früh verlieren musste.

Jannik ist aufgestanden und zu mir gekommen. Offenbar fragt er sich, was er tun soll, und als ich den Kopf an seine Brust lege, zögert er nicht und hält mich fest. So lang und so stark, dass der Druck seiner Arme mir fast die Luft abschnürt.

»Es tut mir leid«, sagt er. Dabei scheint er selbst nicht zu wissen, was er damit meint; ob er es ehrlich sagt oder bloß, um mir etwas zu geben, irgendetwas aus seinem Inneren.

Das zwischen uns, die Distanz, die Scham und das wirbelnde Gefühl des Verlorengehens, ist die einzige Form von Liebe, die uns möglich ist. Kein Sturz ins Bodenlose, kein entfesselter Sturm. Bloß ein Luftzug, der uns ganz sachte streift – alles andere würde unsere zersplitterten Seelen wohl einfach auseinanderwehen.

19

Eisiger Wind braust über den Parkplatz und lässt die Bäume zittern. Aus dem Schulgebäude kommen die ersten Kinder gestürmt. Die Glocke hat eben geläutet, und eine lärmende Schar Volksschüler macht sich in dicken Jacken und mit bunten Schultaschen auf den Weg nach Hause.

Sarah beobachtet das Geschehen von ihrem Auto aus. Der Platz unter den Bäumen ist gut geschützt. Wer nicht aufpasst, bemerkt es kaum, dass ein Fahrzeug im Schatten der Tannen parkt. Ein geduldiger Jäger könnte wohl Stunden an dieser Stelle verbringen, ohne die geringste Aufmerksamkeit zu erregen. Ist das der Platz, an dem das blaue Auto parkte? Jenes Auto, das der kleinen Ronja wichtig genug schien, um es auf einem Bild zu verewigen?

Sarah steigt aus und geht in Richtung Eingang. Unbedacht laufen die Kinder an ihr vorbei, beachten sie gar nicht. Sie bräuchte bloß die Hand auszustrecken und eines zu schnappen, in den Schatten zu zerren, ins Auto und auf Nimmerwiedersehen. Im Trubel würde es niemandem auffallen. Es geht im Grunde so leicht.

Im Lehrerzimmer wartet die Schuldirektorin auf sie, außerdem Frau Brandner, die vor zehn Jahren Ronjas Klasse unterrichtete. Die beiden Frauen begrüßen sie freundlich und bitten sie, Platz zu nehmen. Sarah bleibt lieber stehen.

»Kommt Ihnen dieses Auto bekannt vor?« Sie zeigt den Frauen sowohl Ronjas Zeichnung als auch das Foto von der Tankstelle.

Die Direktorin schüttelt sofort den Kopf, während Frau Brandner sich einen Moment Zeit lässt.

»Bitte erklären Sie mir das alles noch mal kurz«, sagt sie. »Hat man Ronja gefunden?«

»Noch nicht. Aber es gibt Grund zur Annahme, dass es sich um diese junge Frau hier handeln könnte.«

Sie zeigt das zweite Foto. Beide Frauen werfen einen langen, konzentrierten Blick darauf, ehe erneut Ratlosigkeit in ihre Gesichter tritt.

»Ach, ich weiß nicht«, sagt Frau Brandner. »Es ist einfach schon so lange her. Ich habe Ronja ja schon fast nicht mehr in Erinnerung. Bei so vielen Schülern Jahr für Jahr …«

»Das verstehe ich natürlich. Ich möchte Ihnen dennoch ein paar Fragen stellen. Hat Ronja je verängstigt in der Schule gewirkt? Hat sie sich Ihnen oder einer Kollegin vielleicht einmal anvertraut?«

»Lassen Sie mich nachdenken … Nein, eigentlich nicht. Wissen Sie, Ronja war ein sehr stilles Kind, so viel weiß ich noch. Sie hat kaum mit Erwachsenen geredet. Daher war es für alle ja auch so ein Schock, als es hieß, sie sei entführt worden. Sie hat Fremden nicht über den Weg getraut.«

»Vielleicht war es ja gar kein Fremder in ihren Augen. Sie hat dieses Bild hier gemalt. Es sieht fast so aus, als würde sie freiwillig auf das Auto zulaufen. Ist Ihnen jemals ein solches Auto auf dem Hof aufgefallen? Es muss dort öfter gestanden haben. Gleich da unter der Baumgruppe.« Sarah deutet aus dem Fenster, doch der Blick der Frau bleibt auf ihr Gesicht gerichtet.

»Es parken ständig Autos auf unserem Parkplatz«, sagt Frau Brandner. »Auch immer wieder dieselben. Die Wagen der Lehrkräfte oder des Reinigungspersonals.«

»Das meine ich aber nicht. Es muss ein Auto gewesen sein, das dort hinter der Mauerecke geparkt hat. Wenn man aus dem Fenster sieht, erkennt man es kaum.«

»Woher sollte ich dann davon wissen?«

»Vielleicht hat ein anderes Kind ja mal davon erzählt. Fällt Ihnen wirklich gar nichts dazu ein?«

Frau Brandner zuckt auf eine derart abwehrende Art die Schultern, dass in Sarah Wut hochsteigt. »Das ist über zehn Jahre her! Ich habe damals schon alle Fragen beantwortet. Mittlerweile habe ich doch die Hälfte vergessen.«

»Dann versuchen Sie sich zu erinnern! Herrgott noch mal!« Auf einmal bricht es aus Sarah heraus – der Frust, der Zorn, die Anstrengung der letzten Wochen. Am liebsten würde sie dieser verbohrten alten Hexe ihre Waffe über den Schädel ziehen, aber sie kommt im letzten Moment wieder zu sich und reißt sich am Riemen. »Bitte entschuldigen Sie«, presst sie heraus. »Ich möchte einfach nur meine Arbeit machen.«

Die Direktorin meldet sich versöhnlich zu Wort. »Wir würden Ihnen wirklich gerne helfen. Aber ich fürchte, niemandem ist ein solches Auto aufgefallen.«

»Könnten Sie vielleicht Ihre Kollegen fragen? Gibt es noch Lehrkräfte aus der Zeit, als Ronja hier zur Schule ging?«

»Nun ja … schon ein paar.«

»Dann möchte ich bitte mit ihnen reden.«

»Mit allen?«

»Ist das ein Problem?«

Hilflos sieht die Direktorin sie an. Sie greift nach dem Hörer ihres Telefons und zieht die Hand unschlüssig wieder zurück. »Bitte entschuldigen Sie, aber … ich müsste erst nachsehen, wer damals schon an der Schule war. Wir – wir waren auf Ihren Besuch einfach nicht vorbereitet!«

So viel hat Sarah selbst herausbekommen. Langsam wird es mühsam. Sie spürt, dass da etwas lauert, ein Geheimnis, das sich um jeden Preis versteckt halten will. Sie schiebt die Fotos und die Zeichnung zusammen und sieht noch einmal raus zu der Baumgruppe. Sie weiß, dass ihr

Auto dort steht, weil sie es dort geparkt hat – doch von hier aus sieht man bloß das dichte Nadelwerk der Tannen. Das perfekte Versteck.

Es wäre sinnlos, mit weiteren Lehrkräften zu sprechen. Sie möchte wetten, alle hätten die gleichen fragenden Gesichter.

»Gibt es sonst jemanden, mit dem ich reden könnte? Irgendjemand, der mit Ronja zu tun hatte?«

»Haben Sie es schon bei ihrer Familie versucht?«, fragt Frau Brandner süffisant.

»Allerdings. Dort konnte mir niemand etwas zu diesem dunkelblauen Auto sagen.«

»Was ist mit Viktoria Albrecht?«, meint die Direktorin. »War sie nicht Ronjas beste Freundin?«

»Vielmehr einzige Freundin«, verbessert Frau Brandner.

»Laut Berichten kann sie sich an nichts erinnern«, sagt Sarah. Aber es ist richtig, dass sie Viktoria selbst noch einmal befragen könnte.

Die Direktorin scheint ihre Gedanken zu lesen. Mit einem Kopfnicken deutet sie aus der geöffneten Tür. »Viktoria ist seit einem halben Jahr Lehrerin in Ausbildung bei uns. Ich glaube, sie hat heute Nachmittagsbetreuung. Wollen Sie sich kurz mit ihr unterhalten?«

»Sehr gern.« Das ist mal ein interessanter Zufall. »Bitte bringen Sie mich zu ihr.«

Viktoria Albrecht ist eine kleine, zierliche Frau mit brünettem Haar und scheuen Augen, die Sarahs Blick unwillkürlich ausweichen. In den Berichten steht, man habe sie damals mehrmals zu Ronjas Verschwinden befragt. Sie war gerade einmal zehn Jahre alt. Was weiß ein zehnjähriges Kind über die Entführung seiner besten Freundin zu sagen?

Sarah stellt sich vor und wartet geduldig, bis Viktoria die kleine Kindergruppe in die Obhut einer Kollegin übergeben hat. Sie ziehen sich auf den Gang zurück, und Viktoria fragt nervös, worum es gehe.

»Sie waren als Kind mit Ronja Wagner befreundet, ist das richtig?«

»Ja«, antwortet die junge Frau verwirrt. Sie blinzelt und verfällt in ein kurzes, betroffenes Schweigen. »Tut mir leid … ich habe Ronjas Namen schon lange nicht mehr gehört.«

»Vor zehn Jahren ist sie spurlos auf dem Heimweg verschwunden.«

Viktoria nickt steif. »Ich weiß.«

»Waren Sie gut mit ihr befreundet?«

»Wir waren die besten Freundinnen.«

»Was wissen Sie über diese Zeichnung?«

Das Gesicht der jungen Frau wird blass. Sie wagt es kaum, die Zeichnung anzusehen, räuspert sich und wendet sich ab. »Woher haben Sie das?«

»Aus Ronjas Zimmer. Wissen Sie etwas über dieses Auto?«

»Nein.«

»Sie lügen.«

Viktoria schließt die Augen. Wie sie so dasteht, mit steifer Haltung und diesem schneeweißen Gesicht, wirkt sie nicht anders als die Frau von der Tankstelle, komplett verloren, verzweifelt auf der Suche nach Hilfe.

Sarah tritt nahe an sie heran. »Sagen Sie es mir«, bittet sie eindringlich. »Sagen Sie mir, was Sie wissen.«

»Es … es ist so lange her.«

»Versuchen Sie sich zu erinnern. Haben Sie dieses Auto schon einmal gesehen? Dort drüben unter den Tannen?«

Viktoria ringt nach Atem, als wäre ihr das alles plötzlich zu viel. In ihren Augen steht ein flehender Ausdruck.

»Was wissen Sie über dieses Auto?«, wiederholt Sarah hart.

»Nicht viel. Es stand manchmal dort bei den Bäumen. Mir ist es nie wirklich aufgefallen, aber Ronja hat manchmal davon geredet.«

»Was hat sie gesagt?«

»Nichts, nur ... dass es einem Mann gehört, der ab und zu mit ihr redet.«

»Wer war dieser Mann? Hat sie einen Namen gesagt?«

»Nein. Ich – ich hab mich auch nicht wirklich darum gekümmert, verstehen Sie? Ich dachte mir nichts dabei.«

»Wieso haben Sie damals nichts erzählt, als Ronja verschwunden ist?«

In Viktorias Augen erwacht die Panik. Sie ringt mit den Händen, schaut sich hilflos um. »Keine Ahnung«, antwortet sie schwach.

»Man hat Sie damals befragt. Und Ihnen kam nicht in den Sinn, dieses merkwürdige Auto zu erwähnen?«

»Ich weiß!«, ruft sie voller Verzweiflung. »Ich – ich war ein Kind! Ich verstand ja nicht mal, was genau passiert war! Auf einmal hieß es, sie sei weg! Und überall waren Polizisten und stellten mir Fragen! Ich – ich hatte Angst, verstehen Sie?«

»Angst? Wovor denn?«

»Keine Ahnung, einfach vor allem! Irgendwie hatte ich ja gewusst, dass mit diesem Mann im Auto etwas nicht stimmte. Aber ich hatte nie ein Wort gesagt. Nicht zu meinen Eltern, nicht zu Ronja, einfach zu niemandem! Und dann war sie verschwunden und ... ich hatte einfach Angst, dass ich deshalb Probleme kriege!«

»Und deswegen haben Sie lieber gar nichts gesagt?«

»Ja.« Viktoria lehnt sich mit dem Rücken an die Wand. Sie nimmt einen tiefen Atemzug, und ihre Stimme klingt leise und erschöpft. »Ich habe lieber gar nichts gesagt.«

Sarahs Wut erlischt. Manchmal sind es die guten Menschen, die Fehler begehen. Dagegen ist man genauso machtlos wie gegen das Böse.

»Könnte das das Auto von damals sein?« Sie holt die Aufnahme des Lada heraus.

»Ja.« Viktoria ist sich sicher. »So ein Auto war das. Ein dunkelblauer Lada.«

»Und diese junge Frau hier? Kommt sie Ihnen bekannt vor?«

Reglos liegt Viktorias Blick auf der Schwarz-Weiß-Aufnahme. Sie schlägt sich die Hand vor den Mund und flüstert: »Oh mein Gott!«

Sarah zückt ihr Handy. Richter meldet sich sofort. »Wie kommst du mit der Suche nach dem dunklen Lada voran?«, fragt sie.

»Langsam wird es. Es gibt insgesamt siebenundsechzig Fahrzeuge im Suchumkreis, auf die deine Kriterien passen. Das ist immer noch eine Menge, aber zumindest wird es überschaubar.«

»Such konkret nach dunkelblauen Ladas. Wie viele sind das?«

»Moment …« Geräusche im Hintergrund. Leises Rascheln und das Klicken einer Tastatur. »Das sind genau fünfzehn.«

»Wie viele davon gehören Männern mittleren Alters?«

»Alle.«

»Schick mir die Adressen.«

»Alle fünfzehn?«

»Ja, alle fünfzehn!«

Er brummt etwas, das sich wie ein Fluch anhört. »Ich melde mich«, sagt er und legt auf.

Sarah steckt das Handy zurück in ihre Tasche. Aus Viktorias Gesicht ist der letzte Rest Farbe gewichen. Sie schlingt die Arme um ihren Körper, als wäre ihr kalt.

»Halten Sie mich für einen schlechten Menschen?«, fragt sie mit bebender Stimme. »Weil ich geschwiegen habe?«

»Nein. Sie waren ein Kind, das Angst hatte.«

»Ich hätte es später sagen können.« Sie schaut Sarah in die Augen, die Worte klingen tonlos. »Aber ich habe es nie getan. Zehn Jahre. Ist es meine Schuld?«

Wenn es nur so einfach wäre – jemandem die Schuld geben und der Fall ist gelöst. Doch Viktorias Schweigen ist nicht der Grund für die Tragödie, die so viele Leben zerstört hat. Vielleicht sind all die vermissten Kinder noch irgendwo da draußen.

Es wird Zeit, dass Richter ihr die Adressen schickt.

20

Es beginnt zu schneien und hört für zwei Tage nicht mehr auf. Viele Laubbäume tragen noch Blätter, sodass die schneebeladenen Äste teils bis zum Boden herabhängen. Der Wald füllt sich mit Licht, als mit dem Frost auch die Bäche und Quellen zu Eis gefrieren und die wenigen Sonnenstrahlen in alle Richtungen reflektiert werden.

Der Beginn des Winters ist immer sehr friedlich. Die Welt scheint schlafen zu gehen, und wer zurückbleibt, den erwartet eine Zeit der Kälte und Entbehrung, aber auch der Stille und des Glanzes.

Es gibt viel zu tun. Jannik muss die Schneefräse anwerfen, da wir mit den Autos sonst nicht die verschneite Straße hochkommen, und erneut rechne ich fieberhaft die Ausgaben durch, die bis zum Beginn des nächsten Frühjahres noch auf uns zukommen. Nikas Medikamente haben ein riesiges Loch in unser Budget gerissen. Als Paps noch lebte, war das alles kein Problem. Einmal pro Monat fuhr er mit dem Kästchen in die Stadt und brachte es vollgefüllt wieder zurück, ohne ein Wort darüber zu verlieren. Irgendwo muss ein Konto existieren, auf das Paps regelmäßig die Erträge aus dem Jagdgeschäft eingezahlt hat, doch ohne seine Unterschrift kommen wir ohnehin nicht an das Geld heran, so viel weiß selbst ich.

Unsere einzige Chance wäre es, selbst Geld zu verdienen, aber wie? Das, was Paps mir beigebracht hat, geht kaum über das Niveau eines Grundschülers hinaus, und was ich sonst weiß, habe ich mir über die Jahre aus Büchern, Zeitschriften und den wenigen Fernsehsendern, die wir über unsere alte SAT-Schüssel empfangen, selbst zusammengereimt. Wenn ich ehrlich bin, bin ich nicht einmal in handwerklichen Dingen begabt. Und Jannik?

Seine Jagdfertigkeiten sind zwar praktisch für magere Tage, doch Geld verdienen lässt sich damit nicht. Nicht ohne Paps' Hilfe.

Auf meinen vorsichtigen Vorschlag, das Haus nach dem Winter vielleicht doch zu verlassen und uns bei den Behörden zu melden, reagiert er gewohnt abwehrend.

»Alle paar Tage dasselbe. Die würden uns nicht helfen, Ronja, die würden uns alles wegnehmen, und weißt du, warum? Weil wir laut deren System überhaupt nicht existieren. Wir haben noch nicht einmal Nachnamen, wie stellst du dir das vor?«

»Vielleicht würden wir uns daran erinnern, wenn … ich weiß nicht. Wenn wir erst unter Menschen sind. Dann kommen die Erinnerungen vielleicht zurück.«

Doch er schafft es immer wieder, mich von seinem Standpunkt zu überzeugen. *Wir wären nur Arbeit für die. Niemand würde uns ernst nehmen. Die halten uns für Lügner.* Und so weiter. Ihn mag der Hass leiten, den die jahrelange Isolation in ihm geschürt hat, die Enttäuschung, von jenen, denen er entrissen wurde, nicht gerettet worden zu sein – bei mir ist es die Angst, vor allem vor Ausgrenzung und Ekel. Mehr als alles andere sehne ich mich nach einem Leben ohne Furcht vor dem Morgen, doch wie soll das möglich sein in einer Welt, die mich wie ein wildes Tier behandeln würde? Paps hat das immer gesagt. Dass meine Eltern mich nicht wiedererkennen würden und ich allein auf der Straße enden würde, weil niemand mich haben wolle. Es sollte mich einschüchtern, doch er hatte auch recht; wenn ich mich schon nicht mehr an meine Eltern erinnern kann, warum sollten sie es tun? Und ohne festen Platz in der Welt, wozu dann überhaupt dorthin zurückkehren?

Es den Kleinen begreiflich zu machen ist die härteste Herausforderung. Henna ist erst sieben, sie tut, was man ihr sagt, und lässt sich von einer Tafel Schokolade schnell auf andere Gedanken bringen. Theo hingegen ist erfahren im Umgang mit Lügen. Er merkt sofort, wenn er mich mit seinen Fragen in die Enge treibt, und selbst wenn er vom Thema ablässt, spüre ich sein wachsendes Misstrauen.

Eines Abends, als der Schnee sich bereits auf den Fensterbrettern türmt und wir wegen des Wetters nahezu den ganzen Tag in unseren engen vier Wänden verbringen mussten, kommt er mit einem kleinen Bündel zur Tür herein. Seine Nase und Ohren sind von der Kälte rot angelaufen, und er trägt achtlos Schnee mit seinen dicken Moonboots in die Stube. Während er das Bündel aufs Sofa legt und sich wortlos aus Jacke, Mütze und Schal schält, bemerke ich beunruhigt Janniks stirnrunzelnden Blick.

»Solltest du nicht Holz aus dem Schuppen holen?«, fragt er Theo.

»Hab stattdessen das hier gefunden.« Theo setzt sich aufs Sofa und entfaltet das Bündel voller Spannung. »Schaut mal. Sie war unter den Sägespänen versteckt.«

Ein graues Kätzchen, nur noch Haut und Knochen. Henna springt von ihrem Sessel und möchte Theo das Tier aus der Hand reißen.

»Meine Mieze, meine Mieze!«

»Verschwinde, du tust ihr weh!«

»Jannik, Theo will mich nicht die Mieze anschauen lassen!«

»Hier gibt es keine Mieze«, antworte ich, bevor Jannik es tun kann. Wenn ich sein dunkles Gesicht richtig deute, hätte er das weitaus härter geregelt als ich.

Theo und Henna sehen mich erstaunt an, dann drückt Theo das Kätzchen fest an seine Brust.

»Ich will sie aber behalten!«

Die Katze gibt ein wehklagendes Miauen von sich. Ich drehe mich nach Jannik um, der am Tisch sitzt und nachdenkt.

»Nein«, sagt er schließlich.

Und was für ein Nein das ist. Theo ist so überrascht, dass er für gute fünf Sekunden gar nichts tut. Dann stampft er mit dem Fuß auf wie sonst nur Henna.

»Aber sie ist abgemagert und braucht Hilfe! Ich sorge für sie, du brauchst überhaupt nichts tun.«

»Wir wissen nicht, ob sie Krankheiten hat. Außerdem können wir uns kein Haustier leisten.«

»Aber sie braucht nicht viel, ich schwöre es! Du wirst sie gar nicht bemerken.«

»Muss ich laut werden?«

»Du klingst wie Paps!«

Das stimmt. Wir alle, auch Jannik, sind plötzlich wie erstarrt.

»Und wenn wir sie einfach im Schuppen lassen?«, schlage ich einen Kompromiss vor. »Dort ist sie vor der Kälte geschützt, und Theo kann sich um sie kümmern.«

»Jaaa!«, ruft Henna voller Begeisterung. »Eine Mieze im Schuppen, eine Mieze im Schuppen! Darf ich ihr eine Schüssel Milch geben? Darf ich, Jannik, darf ich?« Als er nicht antwortet, wendet sie sich an mich. »Darf ich, Ronja, darf ich?«

»Lieber nur Wasser«, sage ich und gehe mit Henna in die Küche, um ein geeignetes Schälchen zu suchen.

Als wir zurückkommen, hat sich Theo mit dem Kätzchen hinter der Treppe auf den Boden gesetzt und bürstet ihm das Fell mit den Fingerspitzen. Henna stellt ihm die Schale mit Wasser hin, und nach einem kurzen Moment traut sich das Kätzchen hervor und beginnt zu trinken.

»Aber seid vorsichtig«, mahne ich die beiden, die voller Faszination dabei zusehen. »Wenn sie euch beißt oder kratzt, kommt sofort zu uns. Nicht dass sie euch krank macht.« Was das Letzte wäre, was wir gebrauchen können.

Jannik scheint tief in Gedanken versunken zu sein, als

ich mich zu ihm an den Tisch setze. Es wäre lächerlich, ihn zu fragen, was ihm Sorgen bereitet; durch die Mauern dringt Nikas immer schlimmer werdender Husten, und der Wind heult um das Haus wie eine Schar unleidiger Gespenster. Er gibt es nicht zu, doch er weiß genauso wenig, wie es weitergehen soll.

»Wird schon nichts sein«, sage ich. »Die Katze bleibt im Schuppen und Schluss.«

Er starrt an mir vorbei, in seinem Gesicht arbeitet es konzentriert. »Theo hat noch nie zurückgeredet, wenn ich etwas gesagt habe.«

»Er ist angespannt wegen der Kälte. Nimm es nicht so schwer.«

»Er scheint nicht zu verstehen, worum es hier geht. Er kann nicht einfach tun, was er will. Wir sind für ihn verantwortlich, und das hat er zu akzeptieren.«

»Ja ... da hast du natürlich recht.« Mir gefällt die Härte in seiner Stimme nicht, in seinen Augen. Theos Aufsässigkeit ist ein zunehmendes Problem, doch gewiss kein Grund, sich deshalb das Hirn zu zermartern. »Sei nicht böse auf ihn«, bitte ich und berühre seinen Arm.

Er stößt lange und erschöpft die Luft aus, dann dreht er sich zu mir. Er streichelt über mein Gesicht, lächelt müde. Mein Puls schnellt augenblicklich in die Höhe. Ich versichere mich, dass die Kinder uns nicht zuschauen, und beuge mich vorsichtig zu ihm, um ihn zu küssen. Er weicht zurück und nimmt die Hand weg, als wäre ihm erst jetzt bewusst geworden, was er tut.

»Entschuldige«, murmelt er und wendet sich ab.

Ich sehe den Frust in seinem Gesicht, den gleichen Frust, der auch mich irgendwann zerfressen haben wird, wenn die Barrieren in unseren Köpfen nicht überwunden werden. Es sind die quälenden Gedanken, die uns trennen, das leise, aber immerwährende Gefühl des Ekels – Ekel vor Liebe, voreinander, vor der ganzen Welt. Mit jedem Tag in Paps' Gefangenschaft haben wir einen Teil unseres Selbst verloren und seine verdrehte Wirklichkeit angenommen. In dieser Wirklichkeit bedeuten Berührungen Schmutz und Schande, Zärtlichkeit schürt Angst, und Gefühle sind nur Märchen. Nur gemeinsam können wir dieser Welt entfliehen. Doch ihn zu bedrängen nützt uns nichts. Es ist ja nicht so, als hätten wir keine Zeit.

Ich gehe zurück zu den Kindern, die immer noch mit der Katze beschäftigt sind, und bitte Theo, sie wieder in den Schuppen zu bringen.

»Aber dort wird sie erfrieren!«

»Das ist ein Tier«, kommt Janniks Stimme aus der Stube, »die sind es gewohnt, draußen zu sein!«

Ich gehe vor Theo in die Hocke, um weitere Worte von ihm abzuschirmen. »Er ist müde, nimm's ihm nicht übel, Kleiner. Jetzt sei so lieb und bring die Katze zurück. Sie wird es gemütlich haben im Schuppen, das verspreche ich dir.«

»Hm, na gut.«

Theo zieht sich Schuhe und Jacke an und verlässt mit der Katze unterm Arm das Haus. Als er wenige Minuten später ohne die Katze zurückkommt, versucht sich Jannik für seinen harten Tonfall zu entschuldigen. Theo wirft die Tür ins Schloss, dass es knallt, und marschiert nach oben, ohne etwas zu sagen. Jannik steht auf und folgt ihm.

Hanna steht geschockt der Mund offen. »Kriegt Theo jetzt Prügel?«, fragt sie.

Einen Moment lang bleibt mein Herz stehen. Denn ich weiß nicht, wie die Antwort lautet. Dann höre ich zwei verschiedene Zimmertüren knallen und atme erleichtert auf. »Nein, Maus. Wir haben hier nur ein Paradebeispiel männlicher Sturheit.«

»Oh, aha!« Sie kräuselt die Nase und denkt nach. »Was ist ein Paradebeispiel?«

Bevor ich schlafen gehe, schaue ich noch einmal bei den Kleinen vorbei, da mir Theos wütender Abgang doch ein bisschen Sorgen macht. So hat er sich noch nie benommen. Natürlich wird in nächster Zeit mit Reibereien zu rechnen sein, wenn der Wintereinbruch uns vermehrt zwingen wird, im Haus zu bleiben, aber Theo ist besonders heikel. Ich habe ihn beobachtet, habe die Frustration bemerkt, die immer öfter in seinem Blick auftaucht. Der Streit mit Jannik war vielleicht nur der Anfang. Es ist besser, ihn nicht wütend ins Bett zu schicken.

Henna schießt bei meinem Anblick in die Höhe wie ein Kistenclown. »Gibt's eine Gutenachtgeschichte?«

»Nein, heute nicht. Ich will nur kurz mit Theo reden.« Der dreht sich wie aufs Stichwort auf die andere Seite des Bettes. Trotzdem setze ich mich zu ihm und beginne zu reden. »Jannik hat es nicht so gemeint. Natürlich darfst du die Katze behalten. Aber er hat auch recht, du musst vorsichtig sein. Wir können ja wirklich nicht wissen, ob sie krank ist oder Würmer hat.«

Er ignoriert mich, zieht sich sogar die Bettdecke über den Kopf. Auf der anderen Seite springt Henna auf ihrer Matratze auf und ab und singt: »Geschichte, Geschichte, Geschichte!«

»Jedenfalls wollte er sich entschuldigen, und du hast ihm keine Chance gegeben. Das war nicht nett. Aber ich bin mir sicher, er wird dir nicht mehr böse sein, also sei du auch nicht mehr böse auf ihn. Er hat dich sehr lieb, weißt du.«

»Wird er auch mal so werden wie Paps?« Auf mein entsetztes Schweigen kommt er unter der Decke hervor und dreht sich auf meine Seite. »Er sagt uns ständig, was wir tun sollen. Und er lässt uns hier nicht weg. Wie Paps eben.«

»Theo, wer setzt dir solche Flausen in den Kopf?«

»Ist es jetzt wahr oder nicht? Ich will nicht, dass er wie Paps wird. Er soll Jannik bleiben.«

Ich höre die Tränen in seiner Stimme und nehme ihn fest in den Arm. Er wehrt sich nicht, möchte meine Umarmung aber auch nicht erwidern. Ich lasse ihn los und schaue ihm fest in die Augen.

»Jannik wird niemals so werden wie Paps. Von wem hast du diesen Unsinn?«

Er weicht meinem Blick aus. Das ist mir Antwort genug. Nika.

»Okay, jetzt passt gut auf. Ihr beide.« Ich hole Henna auf meinen Schoß und drücke sie an mich. »So etwas wie mit Paps wird nie wieder passieren. Denn wir beschützen euch. Jannik und ich, wir lieben euch über alles und würden niemals zulassen, dass man euch wieder wehtut. Wir sind jetzt frei. Aber wir müssen hierbleiben, bis es dort draußen sicher für uns ist. Das versteht ihr doch, oder?«

Henna nickt, ist jetzt sehr still und ernst geworden. Auch Theo wirkt besänftigt, doch seine Augen funkeln immer noch.

»Ich will nach Hause«, sagt er. »Ich will zu meinen Eltern.«

»Seid ihr jetzt unsere Eltern?« Hennas Blick ist neugierig auf mich gerichtet. »Du und Jannik, seid ihr jetzt Mama und Papa?«

»Nein, Maus. Aber wir haben euch genauso lieb und werden genauso gut für euch sorgen. Okay?«

Henna kichert, als ich ihr einen Kuss auf die Wange gebe, Theo dreht sich weg. Ich streiche über seinen dunklen Lockenkopf und lasse ihn für heute in Ruhe. Ich verstehe ja, wie er sich fühlt: eingesperrt, missverstanden, der einzig Normale unter scheinbar Geisteskranken. So ging es mir auch, als ich hierherkam. Als ich noch so klein und zart war, dass jede Berührung, jedes scharfe Wort mich zerbrechen konnte. Immerzu drehten sich meine Gedanken um Flucht, und dass Jannik es mir ausreden wollte, war mir unbegreiflich. Doch schon damals wusste er mehr als wir alle zusammen, und ich lernte schnell, dass ich niemandem so vertrauen kann wie ihm. Theo wird das auch noch lernen.

Im Nachbarzimmer erwartet mich ein ähnlich griesgrämiges Gesicht, bloß ist dieses nicht unter einer Decke versteckt, sondern zwischen den Seiten des alten Buches. Wie schon die Nächte davor lässt er es dezent unter seinem Kopfkissen verschwinden, als er merkt, dass ich im Raum bin.

»Bist du müde?«, fragt er. »Soll ich das Licht abdrehen?«

»Nein, lass nur.«

Dann herrscht Stille. Ich fühle mich in dieser Stille wie in einer engen Felsspalte eingeklemmt, gewaltsam in die Einsamkeit zurückgedrängt, aus der ich mich befreien wollte. Er sieht mich an, als wäre ich eine Bedrohung, gleichzeitig blitzt in seinen Augen aber auch ein Funke auf, der mich ermutigt, mich neben ihn zu setzen.

»Warst du noch bei den Kleinen?«, will er wissen.

»Ja.«

»Wie groß ist der Schaden?«

»Sicher nicht größer als hier. Du siehst aus, als wolltest du jemanden umbringen.«

»Oh Gott …« Er reibt sich übers Gesicht, schließt die Augen und schweigt.

Ich fasse nach seinen Händen, nehme sie von seinem Gesicht und drehe sein Kinn zu mir. Ganz langsam fahre ich mit der Fingerspitze seine Wange entlang, bis zu seinen Lippen, die sich bei meiner Berührung fest aufeinanderpressen. Ich halte inne.

»Gefällt dir das nicht?«, frage ich scheu.

Er schüttelt den Kopf, wie um sich selbst zu beruhigen, dann blickt er hoch an die Decke. Seine Hände sind so fest ineinander verkeilt, dass die Fingerknöchel weiß hervortreten.

»Entschuldige«, murmelt er.

»Hör auf damit. Hör auf, dich ständig zu entschuldigen. Das bringt uns keinen Schritt weiter.«

»Was willst du dann von mir?«, bricht es aus ihm heraus.

»Ich … ich weiß es doch auch nicht … ich will *dich*.«

»Aber ich bin doch hier! Ich bin immer bei dir!«

»Das stimmt nicht.«

»Was heißt das schon wieder?«

Ich spüre, wie Tränen in mir hochsteigen. Immer diese verdammten Tränen, weil jedes seiner Worte mich so trifft. »Du siehst mich nie wirklich an, wenn du mit mir redest. Du bist mit deinen Gedanken immer woanders, so als ob … als ob du dir wünschen würdest, ich wäre nicht hier. Ständig gibst du mir das Gefühl, einen Fehler zu machen, bloß weil ich bei dir sein will, und ich weiß nicht, was ich noch alles tun muss, damit sich das ändert.« Schnell drehe ich mich weg, starre reglos auf den Boden. Das war zu viel, zu viel der Gefühle.

Ich höre, wie er schnaubt, dieses heikle Thema schon mit Gewalt beenden will, doch dann spüre ich seine Hand auf meiner Schulter. Er dreht mich zurück in seine Richtung, und mit dem Daumen wischt er mir die Tränen weg. Ganz sanft.

»Gib mir einfach Zeit, Ronja. Ich bin nicht so stark wie du, ich … ich kann das nicht. Noch nicht. Wir müssen einfach –«

»Was?«, unterbreche ich ihn. »Warten? Ich will nicht warten.«

Er seufzt. Als wäre die ganze Welt gegen ihn. Sein Widerstand wird alles zwischen uns kaputt machen. Ich habe keine andere Wahl, als es einfach zu riskieren, jetzt und hier. Ich packe sein Gesicht und presse in einer Mischung aus Wut und Verzweiflung meine Lippen auf seine.

Diesmal ist es kein Kuss, sondern ein Beweis – er soll begreifen, dass Intimität nicht wehtut. Dass wir trotz unserer furchtbaren Erfahrungen zusammen sein, uns küssen und berühren können wie alle anderen auch. Absurderweise prallen dabei unsere Nasen aneinander, unsere Zähne, meine Lippen brennen wie nach einem Schlag, und in meinem Kopf sprühen Funken.

Er ist zu überrumpelt, um mich wegzustoßen. Ich bin diejenige, die sich losreißt, und ich scheine ihm damit nicht nur die Worte, sondern auch sämtliche Luft zu nehmen. Er starrt mich an, Überraschung und Zorn haben sein Gesicht rot gefärbt.

»Was sollte das denn?«, braust er auf.

»War es so schlimm?«

»Ich glaub, du hast mir die Nase gebrochen.«

»Na, wenigstens etwas, das ich gebrochen habe! Vielleicht gelingt mir das ja auch mal mit deinem verdammten sturen Willen!«

Er beugt sich leicht vornüber, und sein Körper wird von einem plötzlichen Zittern geschüttelt. Er presst die Augen zusammen, wie um Tränen zurückzuhalten, doch er weint nicht, er lacht. Tatsächlich habe ich ihn nie so laut lachen gehört.

»Mein Gott«, bringt er mühsam hervor. »Du bist … ja irre …«

Mehr schafft er nicht. Er fällt rücklings aufs Bett, hält sich den Arm an die Stirn, als würde der Lachanfall ihn alle Kraft kosten. Er merkt nicht, dass ich die Hände zu Fäusten balle. Dass ich aushole und mit voller Wucht gegen die Wand schlage. Der Hieb raubt ihm die Stimme, und er starrt auf den kleinen Riss in der Wand, als hätte er noch nie so etwas gesehen.

»Das ist nicht lustig«, flüstere ich. Meine Hand pocht. Ich blute nicht, aber es fühlt sich so an.

Das Lachen vergeht ihm. Er setzt sich auf, und sein Gesicht nimmt eine merkwürdige Härte an. Er legt die Hand um meinen Nacken und zieht mich zu sich.

»Du willst Ernst machen? Du glaubst, das ist so leicht? Okay, dann machen wir Ernst.«

Er hält mich fest, und plötzlich küssen wir uns, ein wildes, beinahe schmerzhaftes Kollidieren unserer Körper, die bei der Wucht des Zusammenpralls zu zersplittern scheinen. Da ist keine Zärtlichkeit im Spiel, keine Liebe, nur eine heiß laufende, aufgestaute Begierde, die sich mit einem Schlag entlädt: seine Lippen auf meinen, seine Hände auf meinem Körper, überall, Raserei, Hektik. Ich drücke ihn nieder auf das Bett, er fährt unter mein Shirt, schiebt es hoch, dann zerrt er an meinem Haar. Der Schmerz schreckt mich nicht ab, ist ganz normal für mich. Er fängt an, meinen Hals zu küssen, ich umschlinge ihn mit den Beinen, wir werden immer hastiger, immer drängender, bis wir fast keine Luft mehr bekommen. Ich weiß nicht, wohin das führen wird. Ich weiß nicht, was ich tun soll, also mache ich weiter. Er ist grob, drückt mich gegen die Wand. Ich wehre mich, weil es das Einzige ist, das ich kenne, weil Gewalt unsere Vorstellung von Liebe ist, und mit einem Mal wird alles anders. Die Hitze wird unerträglich, das Herzklopfen reißt mich auseinander. Mir wird übel – wieso wird mir übel? Ich brauche Platz, Platz zum Atmen, Platz für meine Hände, die sich schlagartig vor ihm zurückziehen und nach Halt suchen. In dem Moment, als wären mit den Berührungen meine Gedanken auf ihn übergesprungen, macht auch er sich von mir los. Abrupt weichen wir voreinander zurück und liegen keuchend da, erdrückt von all der Angst, die frisch in uns erwacht ist.

»Verstehst du jetzt, was ich meine?«, fragt er.

Erneut bin ich den Tränen nahe; diesem ungewissen, heulenden Abgrund, in den meine Liebe mich reißt. Ich rücke von ihm weg, bis die gesamte Länge des Bettes uns voneinander trennt, und selbst das scheint nicht genug zu sein, nicht genug Freiraum, nicht genug Luft. Er folgt mir nach, und mein Kopf sinkt erschöpft gegen seine Schulter, sodass ich sein Herz höre, das wie meins rasend schnell in seiner Brust pocht.

»Wir können das ändern«, keuche ich. »Es muss nicht so sein. Paps hat uns nicht völlig zerstört.«

Er schlingt die Arme um mich, so fest er nur kann. Doch ich fühle mich weit entfernt von ihm, wie an ein fremdes, einsames Ufer gespült, und die Distanz zu ihm scheint unüberwindbar.

»Ich hoffe es«, antwortet er leise.

21

Am nächsten Morgen hört es endlich auf zu schneien. Kräftiger Wind hat die Wolkendecke über Nacht auseinandergerissen, sodass der Wald in kühlem Licht erstrahlt.

Jannik steht sehr früh auf und nutzt das schöne Wetter, um sich hinter die Schneefräse zu klemmen und den Weg wieder einigermaßen passierbar zu machen. Er schmeißt auch Theo aus dem Bett, der an Fahrten mit der Schneefräse schon immer seine Freude hatte. Den halben Tag lang hört man nur das entfernte Rattern des Motors, als sie sich Meter für Meter die Straße hochplagen, und da Theo bisher nicht mit finsterem Gesicht in die Stube gestürmt kam und »Ich hasse ihn!« an die Wände gebrüllt hat, nehme ich an, dass sie das Kriegsbeil begraben haben. Die beiden sind sich im Grunde sehr ähnlich: naturbezogen, zäh, lange, harte Arbeit gewohnt. Beide können stundenlang in der Kälte ausharren, ohne müde zu werden, ohne Gesellschaft zu brauchen, und ebendiese Ähnlichkeit, die ureigene Verbundenheit, die schon immer zwischen ihnen bestand, macht den Gedanken, sie könnten einander misstrauen, so lächerlich. Denn wenn selbst die beiden auseinanderdriften, wie einsam wird dann der Rest der Welt?

Fürs Mittagessen kommen sie zurück, beide voller Schnee und aufgeputscht von der Arbeit in der Kälte, und hauen rein, als hätten sie ewig nichts gegessen. Dabei habe ich bloß einen Linseneintopf aus der Dose gekocht, um den sich sonst keiner von beiden so richtig reißt. Danach gibt es zehn Minuten Pause zum Verdauen, dann geht es mit neuen Kräften zurück ans Werk. Es ist schön, wie sehr Theo strahlt; ich kenne ihn bloß als den dunkelhaarigen, schmächtigen Jungen, der bereits so viel erlebt hat, dass man fürchtet, bei seinem Anblick selbst ein paar Jahre zu altern. Doch die Arbeit an der frischen Luft tut ihm gut, gibt ihm das Gefühl, nützlich zu sein, und erinnert ihn daran, wozu er alles fähig ist.

Nachdem er mit Jannik wieder die Straße hoch verschwunden ist, bin ich mit Henna und Nika allein. Henna zu beschäftigen braucht eine Weile, schließlich wird alles nach spätestens einer halben Stunde langweilig, und irgendwann gehen mir schlicht die Ideen aus. Da von Nika keine Hilfe zu erwarten ist und ich ohnehin keine Lust habe, mich mit ihr auseinanderzusetzen, packe ich Henna in Stiefel, dicke Jacke und Mütze und gehe mit ihr nach vorn zum Holzschuppen, um einen Blick auf Theos Katze zu werfen.

Der Schuppen ist für gewöhnlich kein geeigneter Ort für Henna. An den Wänden hängen Äxte, Mistgabeln, Spitzhacken, Sensen und Rechen, und der alte Karren, mit dem Paps erlegte Tiere aus dem Wald schleppte, steht ungesichert herum. Im hinteren Teil des Schuppens stapelt sich das gehackte Holz auf einem riesigen instabilen Haufen, den Henna natürlich sofort hinaufklettern möchte.

»Nein«, sage ich schnell, »sonst ziehst du dir wieder einen Schiefer ein!«

Eine rostige Kreissäge fristet im Dunkel löchriger Planen ein trostloses Dasein. Der Boden ist mit Sägespänen bedeckt, die sich neben einem Schubkarren zu einem kleinen Haufen türmen. Dort schlummert das Kätzchen auf einem Stück alte Filzdecke, das Theo ausgebreitet hat. Vorsichtig gehe ich mit Henna in die Hocke und betrachte unseren neuen Gast von allen Seiten. Eigentlich ist es gar kein Kätzchen, auch wenn es noch so klein und mager ist. Vielmehr glaube ich, dass dieses Tier bereits uralt ist. Die Zähne sind abgeschlagen und schief, das Fell ist borstig und voller Löcher.

Henna streckt den Finger aus und tippt der Katze auf

den Kopf. Doch anstatt aufzuschrecken, öffnet die Katze bloß die Augen, schaut uns an und schiebt die Schnauze zwischen ihre Pfoten, um sich halbherzig zu lecken.

»Ich glaube, sie stirbt bald«, meint Henna.

»Aber nein. Sie ist bestimmt nur erschöpft. Außerdem liegen Katzen doch immer faul herum.«

»Zu Hause hatten wir auch eine Katze.« Sie zögert, fummelt an ihren Nägeln. »Ihr Name war Ally. Sie war weiß und sooo groß!« Sie breitet die Arme aus, so weit sie kann. Dann zögert sie wieder. »Ich vermisse Ally.«

»Ich weiß, Kleines.«

Wir setzen uns neben der Katze auf den Boden und wachen schweigsam über ihren Schlaf. Henna hat sich in ihrem dicken Parka an mich gekuschelt, ihre kurzen Arme versuchen angestrengt, mich zu umklammern. Sie hat zum ersten Mal von ihrem Zuhause erzählt. Ich spüre, wie es uns beide durchströmt, Bilder der Geborgenheit und der Zuflucht, vertraute Gesichter, die dennoch nie greifbar werden. Noch nie fiel es mir so schwer, ihre nach Zuwendung bettelnde Umarmung zu erwidern, noch nie kam ich mir dabei so schmutzig vor. Ich sollte sie loslassen, nicht festhalten. Sie gehört nicht hierher. Niemand von uns gehört hierher.

Etwas Hartes, Kaltes trifft mich unerwartet am Nacken. Gleich darauf wird auch Henna bombardiert, und mit einem schrillen Schrei springen wir auf die Beine.

»Erwischt!«, triumphiert Theo. Er ist eben dabei, einen weiteren Schneeball zu formen, als Jannik ihn am Kragen packt und in einen Schneehaufen katapultiert.

»Schau lieber nach, ob die Schneefräse ordentlich verstaut ist, du Clown.«

»Aber die beiden sind so leichte Ziele!«, ruft Theo, der sich mühsam aus dem Schnee freikämpft. Er ist so weiß, dass er fast nicht von der Umgebung zu unterscheiden ist. Bloß seine roten Wangen verraten ihn.

»So was, da schleicht ihr euch ganz fies an uns heran.« Ich putze Henna und mir den Schnee von der Kleidung und gehe zu den beiden nach draußen. Gerade kann ich mich noch ducken, ehe aus Theos Richtung der nächste Schneeball geflogen kommt.

Jannik nimmt sich die dicke Wollmütze vom Kopf und strubbelt sich durchs Haar. Auch er ist überall mit Schnee bedeckt.

»Wir sind fertig«, verkündet er stolz.

»Der ganze Weg?«

»Der ganze Weg.«

»Und wieder zurück!«, fügt Theo hinzu und stellt sich großspurig neben Jannik.

Ich kämpfe mit einem Grinsen. »Dann bist du sicher hungrig. Komm, ein Kuchen wartet auf dich.«

»Yeah!« Kaum ein Stichwort bringt Theo so zuverlässig zum Strahlen wie »Kuchen«. Er schnappt Henna bei der Hand, reibt ihr noch schnell eine Ladung Schnee ins Gesicht und trägt sie trotz ihres wehleidigen Geplärres den ganzen Weg bis zum Haus huckepack zurück.

»Ich wünschte, es könnte immer so sein«, sagt Jannik leise. Im nächsten Moment verzieht er mürrisch den Mund, als fände er seine eigenen Worte lächerlich. »Und, was habt ihr so gemacht, während wir geschuftet haben?«

»Auf die Katze aufgepasst.«

»Erfolglos, wie ich sehe.«

Verwundert sehe ich mich um. Die Decke auf dem Boden ist leer, doch es führen Spuren über die Sägespäne in Richtung Holzstapel. »Theo hat sie wohl mit seinen Geschossen verjagt.«

Er lächelt.

Auch ich wünschte, es könnte immer so sein. Die Ungezwungenheit zwischen uns, die langen, ehrlichen Blicke, die mich tiefer berühren, als er es mit Händen je könnte. Er ist ein anderer Mensch, wenn er die Möglichkeit bekommt, frei zu sein, seinen eigenen Regeln zu folgen. Es sind einfache Dinge wie das Freischaufeln eines Weges, die ihn glücklich machen, die ihn aus tiefster Seele erfüllen. Wie könnte er jemals in einer Stadt leben, auf engstem Raum und umgeben von Lärm und Beton? Er wäre so unglücklich in der Welt dort draußen. Umso mehr bricht es mir das Herz, ihm erneut jene Frage zu stellen, die er nicht hören möchte.

»Bist du sicher, dass wir das Richtige tun? Sollen wir ihnen wirklich alles wegnehmen, was sie hatten – für das hier?« Ich blicke mich um und sehe nichts als einen Traum, ein einsames Fleckchen Winterland in einer Schneekugel: abgeschirmt und unecht, ein Produkt unserer Phantasie.

Janniks Gesicht ist wieder zu der ernsten Maske geworden, die er sich über die Jahre angeeignet hat. Ihn jetzt noch zu durchschauen ist nahezu unmöglich. Sein Blick wandert über die verschiedenen Werkzeuge an der Wand hinweg, zur Kreissäge und wieder zurück zu mir. »Wir könnten es ja ein bisschen herrichten«, sagt er. »Das Haus und den Schuppen und alles. Dann erinnert es sie vielleicht nicht mehr so sehr an Paps.«

»Ich weiß nicht, ob das ausreichen wird. Sie konnten sich hier nicht so sehr verankern wie du. Sie wollen einfach nur nach Hause.«

»Das hier ist ihr Zuhause. Und sie würden das bestimmt eher begreifen, wenn du nicht ständig auf ihrer Seite wärst!«

Ich habe keine Antwort auf diesen sagenhaften Blödsinn, und zum Glück ist das auch nicht nötig. Jannik setzt sich auf den Boden und stützt mit einem schweren Seufzen den Kopf in die Hände.

»Tut mir leid. Das war unfair.«

Ich setze mich zu ihm und nehme seine Hand, die meinen Druck nach einem kurzen Zögern erwidert.

»Es ist nur ...«, fährt er fort. »Ich kann mich nicht konzentrieren. Da sind so viele Dinge, die ich planen sollte, wegen Geld und Nika und ... Aber kaum bist du da, ist mein Kopf wie leer gefegt. Ich kann dann an nichts anderes denken als ... als an dich und ... was du zu mir gesagt hast. Dass es anders werden könnte zwischen uns, aber ich ... ich weiß nicht, wie, und ... so etwas hatte ich noch nie, und das macht mir Angst.« Sein Blick streift scheu mein Gesicht, scheint zu fragen, ob es mir genauso geht.

»Das Letzte, was ich will, ist, dich unter Druck zu setzen«, antworte ich sanft. Auch wenn ich in Wahrheit brüllen möchte, weil er seine Gefühle offenbar als Hindernis sieht. Auch wenn diese Rücksichtnahme, das quälende Warten, mich irgendwann noch umbringen wird.

Er neigt den Kopf, und auf einmal spüre ich seine Lippen auf meiner Stirn, seine Hand in meinem Haar. Er zieht mich an sich heran, und in einem Moment vollkommenen Friedens gelingt es ihm, mich mit derselben reinen, unerschöpflichen Liebe anzusehen wie ich ihn.

»Vertrau mir, Ronja. Es wird alles gut. Du wirst schon sehen, es wird alles gut.«

Seine Stimme klingt so traurig. Ich schlinge die Arme um ihn und schließe die Augen, während ich sehnsüchtig darauf warte, dass dieser Kummer vergeht. Die Zeit scheint stehen zu bleiben, in unserer Schneekugel, in unserem märchenhaften gläsernen Gefängnis. Und ich frage mich, wie lange es wohl dauern wird, bis die Dunkelheit heraufzieht und wir uns endgültig entscheiden müssen: ob wir fliehen oder wie meine Spinnen unter der Glaskuppel zu Grunde gehen.

»Paps war wieder neben meinem Bett.«

Ich unterbreche meine Näharbeit an Hennas gerissenem Kopfkissenbezug und schaue sie an. Ihr sonst so fröhliches Gesicht ist blass und ernst. Sie schiebt die Beine unter die Bettdecke und kuschelt sich an das nackte Kissen wie an ein lebendiges Wesen.

»Du hast wieder geträumt, Kleines. Hab keine Angst vor Träumen, sie sind nicht echt.«

»Er hat gesagt, das wird uns noch allen leidtun ... und dass er wiederkommen wird. Schon ganz bald!« Sie schnieft ängstlich, kaut auf ihrer Lippe. Meinen Versuch, ihr über den Kopf zu streichen, wehrt sie ab und kriecht noch tiefer unter die Decke.

Ratlos werfe ich einen Blick zu Theo, der im Schneidersitz auf seinem quietschenden Klappbett sitzt und in die steinalten Fix-und-Foxi-Comics vertieft ist, die seit seiner Ankunft sein einziger Lesestoff sind. Meine stumme Bitte, mich ein wenig zu unterstützen, ignoriert er.

Ich gehe ans Fenster und ziehe die Vorhänge zu; vielleicht ist es bloß die Nacht, die Henna so verängstigt. Mir ging es als Kind ja nicht anders. Durch die kleinen, trüben Fensterscheiben wirkt die Dunkelheit wie eine undurchdringliche Masse, die alles Lebendige unter sich erstickt. Als würde man durch das Bullauge eines gesunkenen Schiffes schauen, kilometertief unter dem Meeresspiegel.

Ich lasse mir Zeit mit dem Flicken des Überzugs, erzähle Henna nebenbei die Geschichte von dem vergesslichen Eichhörnchen Fiffi, die sie so gern hört. Als ihr endlich die Augen zufallen, ist es weit nach zehn Uhr. Ich drehe das Licht ab, worauf Theo zur Taschenlampe greift und im Schutz seiner Bettdecke weiterliest, dann gehe ich noch einmal nach unten, um zu überprüfen, ob Tür und Fenster gut verschlossen sind, obwohl Jannik da immer sehr gewissenhaft ist. Henna und ihre gottverdammten Alpträume ... Es ist lächerlich. Paps ist tot, und keine noch so lebhafte Phantasie wird daran etwas ändern.

Ich möchte eben kehrtmachen, da bemerke ich, dass

die Haustür einen Spaltbreit offen steht. Steif umklammere ich die Türklinke und luge vorsichtig nach draußen.

»Oh Gott, hast du mich erschreckt«, stoße ich aus und lasse in einer Mischung aus Erleichterung und Wut die Tür beim Aufmachen gegen die Wand knallen. »Was machst du denn da draußen? Komm rein, du holst dir noch den Tod.«

»Ach, jetzt kümmert dich das auf einmal, ja?« Nika sieht zurück zum Brunnen, dessen kantiger Umriss sich schwarz vom Dunkel der Nacht abhebt. Trotz der Eiseskälte trägt sie bloß ihr langes Nachthemd und ein paar alte Hausschuhe, mit denen sie bis zu den Knöcheln im Schnee steht. Sie sucht nicht einmal den Schutz des Vordaches, der Wind treibt ihr Schneeflocken ins Gesicht.

Schnell mache ich die Tür hinter uns zu, damit die Kälte nicht ins Haus kommt. Mit schlotternden Gliedern stelle ich mich zu ihr und überlege, ob ich ihr meine Strickweste um die Schultern legen soll.

»Mach dir nicht die Mühe«, sagt sie, als ich schon halb aus dem Ärmel geschlüpft bin. »Mir ist nicht kalt.«

»Erzähl das deinen blauen Zehen. Was soll das hier? Willst du dich umbringen?«

»Ich habe nur nachgedacht. Es ist eigentlich sehr schön hier. Wenn man es nüchtern betrachtet, meine ich. So ruhig und sauber. Jetzt, ohne Paps.«

Merkwürdiges Gerede. Ich mache wieder einen Schritt auf die Tür zu. »Komm, gehen wir rein.«

»Sag bloß, du hast Angst vorm schwarzen Mann.«

Sie ist nahe dran, aber nein. Angst habe ich lediglich vor den schwarzen, reglosen Silhouetten der Nadelbäume, deren Spitzen über dem Abhang hochragen wie die Speere einer lauernden Armee. Es ist unheimlich, wie Nika in ihre Richtung starrt – so als würde sie bloß darauf warten, dass die Dunkelheit über uns hereinfällt.

»Komm jetzt. Es ist spät, und mir ist kalt.«

»Dann geh doch rein.«

»Ich lass dich hier doch nicht stehen. Bitte, Nika.«

Sie richtet den Blick nach Norden, wo die Straße liegt. »Jannik hat den Weg geräumt, habe ich gehört?«

»Ja.«

»Gut.«

Der nachdenkliche Klang ihrer Stimme macht mich nervös. Noch einmal bitte ich sie, zurück ins Haus zu kommen. Sie macht einen Schritt nach vorn, und eine merkwürdige Ahnung drängt mich, sie zurückzuhalten, bevor sie ganz plötzlich von einer Klippe stürzt. Ich folge ihr raus in den Schnee, nehme ihre Hand und ziehe sie zurück ins Innere des Hauses.

»So, und jetzt sagst du mir, welcher Teufel dich da eben geritten hat!«, schnauze ich sie an, während ich die Tür zuknalle und doppelt versperre. Den Schlüssel hänge ich nicht wie sonst an den kleinen Haken an der Wand, sondern stecke ihn demonstrativ in meine Hosentasche. »Es hat da draußen weit unter null Grad, willst du mich wahnsinnig machen? Du bist jetzt schon krank genug, und wir alle reißen uns den Arsch auf, damit es dir besser geht!«

Sie setzt ein Grinsen auf, das sich schnell in eine bittere Grimasse verwandelt. »Du bist so scheinheilig, Ronja. Aber das wird dir bald vergehen.«

»Was soll denn das schon wieder heißen?«

Doch sie sagt nichts mehr. Mit erhobenem Kinn steigt sie die Treppe hoch, langsam und ehrwürdig wie eine Königin. Ihre durchnässten Hausschuhe hinterlassen Spuren auf dem Holzboden. Nachdem ein träges Knarren mir verraten hat, dass sie in ihr Zimmer verschwunden ist, nehme ich auch noch sämtliche anderen Schlüssel an mich und verstaue sie sicher in der Schublade meines Nachttisches, was Jannik mit gerunzelter Stirn beobachtet.

»Was machst du da?«, fragt er.

»Nika wird immer komischer. Steht da draußen rum wie ein Baum.«

»Was wird das mit den Schlüsseln?«

»Nur zur Sicherheit, damit sie nicht wieder nach draußen kann. Sonst holt sie am Ende noch der schwarze Mann.«

Für mein paranoides Verhalten hat er bloß ein Augenrollen übrig. Als er aber sieht, dass ich den Hausschlüssel unter mein Kopfkissen legen will, stützt er fragend das Kinn in die Faust. »Übertreibst du jetzt nicht ein bisschen?«

»Sie holt sich den Tod, wenn sie bei diesen Temperaturen spazieren geht!«

»Wieso sollte sie spazieren gehen?«

»Keine Ahnung! Vielleicht steht ja irgendwann Paps neben ihrem Bett und sagt ihr, sie soll mitkommen!«

Er reibt sich geplagt die Augen. »Was?«

Ich bin zu aufgebracht, um zu antworten. In schnellen, wütenden Bewegungen schäle ich mich aus Stiefeln und Hose, ziehe mir die Weste, den Pullover und das Unterhemd über den Kopf und stehe nur noch in Slip und BH da.

»Sie ist irre«, presse ich hervor und kicke meine Kleidung weg. Mir ist eiskalt, und meine Hände zittern. Aufgebracht schleudere ich auch noch den Hausschlüssel in die Schublade. »Den ganzen Tag tut sie nichts, als in Selbstmitleid zu baden. Wie soll sie denn je gesund werden, wenn sie selbst nicht mehr daran glaubt? Da kann sie sich gleich ein Grab schaufeln!«

Die Wut in mir drängt immer weiter nach draußen, jagt mir sogar Tränen in die Augen. Aber vielleicht ist es ja gar keine Wut, sondern einfach nur Angst. Ich halte diese Angst nicht mehr aus. Ich hocke mich auf den Boden und drücke meine eisigen Hände aufs Gesicht, um diesem absurden Tränenschwall Einhalt zu gebieten, den ich noch nicht einmal selbst verstehe. Dass ich bereits am ganzen Körper Gänsehaut habe, merke ich erst, als Jannik mich zu sich ins Bett holt und mit den Händen über meine Arme und Schultern rubbelt, um mich zu wärmen. Dann schlägt er die Bettdecke über uns beide, sodass die Wärme seines Körpers von allen Seiten auf mich einströmt. Seine Nähe beruhigt mich. Mein Zittern lässt nach, und schließlich sind auch die Tränen versiegt. Auf einmal komme ich mir furchtbar armselig vor. Bin ich am Ende doch nicht stark genug für das alles, nicht stark genug für das Leben, für das ich mich entschieden habe?

»Ich will nicht, dass sie stirbt.« Meine Stimme ist schwach, genau wie mein Körper. Alles in mir ist wie erschlagen von dieser Sorge und der nicht enden wollenden Kälte.

Janniks Blick ist genauso warm und zärtlich wie seine Berührung, doch mein Zustand hat ihn in Anspannung versetzt, das spüre ich. »Sie wird nicht sterben«, sagt er.

»Sie muss in ein Krankenhaus. Das weißt du genauso gut wie ich.«

»Und du weißt genauso gut, dass das nicht geht.«

»Und wenn sie doch stirbt? Weil wir ihr nicht mehr helfen konnten?«

»Dann ist es eben so.«

Ich starre ihn an. Seine Kaltblütigkeit überrascht mich immer wieder – er ist wahrhaft schonungslos, wenn er sich etwas in den Kopf gesetzt hat. Insgeheim beneide ich ihn wohl um diese Fähigkeit, denn manchmal scheint sein Herz aus Stein zu sein, und welcher Segen wäre es, keine Gefühle zu haben, zumindest für einen kurzen Moment?

In dieser Nacht gibt es keine Annäherungen, keine verstohlenen Berührungen oder Blicke. Vielmehr ist unser drängendes Aneinanderschmiegen eine Notwendigkeit, wir halten dadurch die Kälte fern und auch das Gefühl des Alleinseins, das ganz plötzlich über mich gekommen ist. Denn egal, wie nahe wir uns sind, wie fest wir uns halten, ich weiß immer noch nicht, ob er mich eines Tages nicht verlassen wird. Ob er eines Tages nicht einfach in den Wald aufbricht und für immer darin verloren geht, wie schon so viele zuvor.

Doch diese Angst wird vergehen, das weiß ich. Sie ist bisher immer vergangen.

22

Es ist ein tiefer, dumpfer Schlaf, der mich gefühlte Jahre in eine seidig-weiche Wolke aus Sorglosigkeit hüllt. Das leise Klingen meines Namens, der unaufhörlich wiederholt wird, ist da nur ein Flüstern irgendwo in der Ferne. Erst als ich ein Tippen auf meiner Schulter spüre, öffne ich die Augen und schaue direkt in Hennas schneeweißes Gesicht.

»Ist was passiert, Kleines?«, frage ich müde.

Sie trägt noch ihr Nachthemd und hat ihr Kopfkissen im Arm. Durch die Fenster fällt das schwache Licht der Morgendämmerung und füllt das Zimmer mit einer träge wachsenden Helligkeit. Hennas Blick wandert verwundert meinen Körper entlang.

»Was macht ihr da? Wieso kuschelt ihr so?«

Erst jetzt wird mir klar, dass Jannik im Schlaf die Arme um mich geschlungen hat. Ich mache mich vorsichtig von ihm los, und er dreht sich leise stöhnend auf die andere Seite.

»Wir haben nur gefroren«, flüstere ich und gehe mit Henna hinüber in mein eigenes Bett. Dort ist es kalt, doch ich tue so, als machte ich es mir gemütlich, und strecke die Arme aus, um sie auf meinen Schoß zu nehmen. Sie steht weiter da und starrt Jannik an.

»Paps hat das auch immer gemacht … wenn er geschlafen hat. Er hat mich ganz festgehalten. Genauso.« Sie verstummt, trotzdem weiß ich, was ihr durch den Kopf geht, ich weiß es ganz genau.

»Das … das ist etwas anderes«, versuche ich zu erklären. »Jannik hat mich nicht … Er und ich, wir … uns gefällt das«, bringe ich den Satz mühsam und mit einem mulmigen Gefühl zu Ende.

Sie antwortet nicht. Ich drehe ihr Gesicht in meine Richtung, möchte nun ganz deutlich werden, doch ein Blick in ihre verwirrten Augen reicht, und ich bringe kein einziges Wort mehr über die Lippen. Sie würde es nicht verstehen. Allein uns in einem Bett liegen zu sehen, eng umschlungen, ruft so schreckliche Erinnerungen in ihr wach, dass sich ihr fragiles Herz mit Panik füllt. Unüberlegtes Gerede über Liebe und Begierde würde sie bloß noch mehr verwirren. Ich stehe auf, reiße die Vorhänge zurück und probiere es mit einem Lächeln, das mir furchtbar missglückt.

»Wieso bist du denn überhaupt schon auf, hm? Die Sonne ist doch noch nicht mal ganz aufgegangen.«

»Nika ist weg«, antwortet sie verunsichert.

Jannik stemmt verschlafen seinen Oberkörper in die Höhe, und Henna weicht einen großen Schritt zurück.

Ich bin mir nicht sicher, ob ich sie richtig verstanden habe. Verdutzt wechsle ich mit Jannik, der mit einem Mal sehr wach wirkt, einen Blick. »Was heißt, Nika ist weg? Du meinst, sie ist nicht in ihrem Zimmer?«

»Nein. Sie ist weggegangen. Sie hat mir gesagt, ich soll's nicht verraten.« Verschämt drückt sie sich das mitgebrachte Kissen an die Brust. »Ich glaube, sie will nach Hause.«

Selten habe ich Jannik so schnell aus dem Bett springen sehen. Sein Haar ist zerwühlt vom Schlaf, und er hat Kissenabdrücke auf den Wangen, doch seine Gedanken sind bereits fokussiert.

»Bist du dir auch ganz sicher?« Ich versuche Henna eine Entwarnung zu entlocken, während Jannik wortlos in seine Kleidung schlüpft und die Schlüssel aus meiner Schublade holt. Alle Schlüssel. Auch die für die Autos.

Henna nickt verstört. »Geht Jannik sie jetzt zurückholen? Kommt sie zur Strafe ins Loch?«

»Was?«, fragen Jannik und ich wie aus einem Mund.

Ich verwundert, er wütend. Henna schweigt und verkriecht sich in eine Ecke.

»Bleib da und rühr dich nicht«, weist Jannik sie an, ehe er mich wie einen Hund hinter sich herpfeift. »Komm schon, Beeilung.«

Ungestüm poltern seine Schritte nach unten, während ich noch damit beschäftigt bin, mich in Hose und Schuhe zu quälen. Tausend Gedanken schießen mir durch den Kopf. Die Haustür war doch verschlossen. Wie konnte sie nach draußen gelangen? Auf dem Weg nach unten fallen mir die Rosenstöcke ein. Von den Fenstern aus müsste man bloß an den Ranken hinabklettern, und schon wäre man in Freiheit. Ich hätte es wissen müssen, als sie gestern nach der freigeschaufelten Straße gefragt hat. Vielleicht hat ein Teil von mir es tatsächlich gewusst, und ich habe es verdrängt, weil ich ihr insgeheim nicht wünsche, dass sie in der modrigen Enge ihres Zimmers den Tod findet. Jetzt wird mir bewusst, wie dumm das war; sofern sie nicht vor Erschöpfung oder Kälte stirbt, wird sie uns alle ans Messer liefern, wenn sie erst die Zivilisation erreicht hat. In ihr schlummert genug Rachsucht dafür, genug unterdrückter Hass. Wir müssen sie aufhalten.

Jannik schiebt bereits den Schnee vom Dach des Lada. Ich stolpere zu ihm nach draußen in die eisige Morgenluft. Mein Herz rast. Ich bin eben zu ihm ins Auto gestiegen, als über uns ein Fenster geöffnet wird. Theo lugt verschlafen aus dem Dunkel des Zimmers. Jannik ruft ihm zu, im Haus zu bleiben und auf Henna aufzupassen, bis wir zurück sind. Theos Gesicht nimmt einen finsteren Ausdruck an – wie mir kommen ihm diese Worte und auch der Tonfall zu bekannt vor.

Während Jannik wendet, durchsuche ich das Handschuhfach nach dem Messer, das Paps dort immer verstaut hatte. Es dauert nicht lange, und es fällt mir buchstäblich in den Schoß.

»Was war das?«, fragt Jannik, der schon auf die Straße zuhält.

»Nichts.« Ich verstecke das Messer unter meinem Sitz. Außerhalb seiner Reichweite.

Hinter einer Kurve holen wir sie schließlich ein. Die Morgensonne hat die letzten Schatten tief in den Wald zurückgedrängt. Es überrascht mich, wie viel Vorsprung sie hatte. Sie trägt einen dicken Mantel und marschiert unbeirrt die kniehohen Schneewechten entlang, die sich am Straßenrand auftürmen. Als Jannik den Motor abstellt, ist es vollkommen still. Sie muss uns kommen gehört haben, doch sie ist nicht in den Wald ausgewichen, um ihre Spuren zu verwischen; auch ihr ist klar, dass man aus diesem Wald womöglich nie wieder herausfindet.

»Bitte lass mich das machen.« Ich halte Jannik zurück, als er aus dem Auto stürmen möchte. Er scheint über meine Bitte nicht begeistert zu sein, lässt sich aber darauf ein. Während er bei der Motorhaube zurückbleibt, schließe ich die letzten Meter zu Nika auf und fasse sie am Arm.

»Nika! Verdammt noch mal, bleib stehen!«

Sie schüttelt mich ab und stapft stur weiter voran. Unter dem dicken Stoff ihres Wollschals dringt ihre Stimme wie aus einem tiefen Loch hervor. »Ich lass mich von euch nicht einsperren! Geht wieder zurück! Verrottet doch in eurem Käfig.«

»Bitte, Nika, jetzt denk doch mal nach! Bei dieser Kälte und ohne Auto kommst du keine zehn Kilometer weit.«

»Das werden wir sehen.«

Ich werfe einen Blick zurück, um sicherzugehen, dass sich Jannik weiterhin aus der Sache heraushält. Sein Gesichtsausdruck zeigt mir, dass er mir nicht mehr viel Zeit gibt.

»Wir können doch zurückfahren und darüber reden! Wir setzen uns hin und werden über eine Lösung nachdenken, ich verspreche es! Vielleicht finden wir ja doch eine Möglichkeit, dich in ein Krankenhaus zu bringen. Nika, warte!«

Es gelingt mir mit Leichtigkeit, sie zu überholen, doch meine ausgestreckten Arme beachtet sie nicht. Sie wechselt schwer keuchend auf die andere Seite und schüttelt heftig den Kopf.

»Ihr wollt doch nur eure eigene Haut retten. Ihr seid so verlogen. Solange ich in meinem finsteren Zimmer vor mich hin rotte, bin ich euch egal, doch kaum dass ihr eure kleine, heile Welt bedroht seht, wollt ihr auf einmal reden!« Sie stößt ein kurzes, trockenes Lachen aus.

Janniks näher kommende Schritte versetzen mich in Panik. Ist meine Zeit schon abgelaufen? Er ist zu wütend, um die Situation vernünftig zu betrachten! Erneut stelle ich mich Nika in den Weg, versuche sie am Weitergehen zu hindern. Da rempelt sie mich mit solcher Wucht beiseite, dass ich gegen einen Baum krache, in den Tiefschnee falle und mich für einen kurzen Moment nicht rühren kann.

Im Hintergrund höre ich, wie Jannik scharf die Luft einzieht vor Zorn. Keine drei Sekunden darauf ist er an mir vorbeigestürmt und hat sich Nika über die Schulter geworfen.

Sie wehrt sich mit allen Mitteln, schreit, beißt und kratzt, doch ihr Widerstand lässt ihn kalt. Ohne ein Wort trägt er sie zurück zum Auto, verfrachtet sie auf den Rücksitz und legt ihr den Sicherheitsgurt an. Bis ich es geschafft habe, meine Glieder mit schmerzverzerrtem Gesicht auf den Beifahrersitz zu wuchten, hat sie bereits dreimal versucht, wieder auszusteigen. Beim vierten Mal rammt Jannik ihr den Ellenbogen ins Gesicht, und sie sackt mit blutender Nase zur Seite.

»Jannik«, rufe ich entsetzt.

Er ist damit beschäftigt, auf der schmalen Straße zu wenden. Nika rührt sich nicht. Der Schlag dürfte ihr das Bewusstsein genommen haben.

Wir rumpeln mit dem Lada zurück Richtung Haus. Immer wieder drehe ich mich um, weil Nikas Bewusstlosigkeit nichts Gutes bedeuten kann. Jannik hält den Blick stur auf die Straße gerichtet. Nachdem er vor der Haustür geparkt hat, hebt er Nika aus dem Auto und trägt sie hoch in ihr Zimmer. Weder ich noch Henna und Theo, die beim Geräusch des Motors aufgeregt nach draußen gelaufen sind, stellen sich ihm in den Weg.

»Wartet hier«, sage ich den beiden.

Mit klopfendem Herzen laufe ich die Treppe hoch und erwische Jannik gerade dabei, wie er Nika in ihr Bett legt. Sehr behutsam jetzt, mit einer tiefen Sorgenfalte zwischen den Brauen.

»Was machen wir mit ihr?«, frage ich. Wenn sie es einmal versucht, wird sie es immer wieder tun.

Jannik sieht nachdenklich auf Nika herab. Dann verschwindet er kurz und kommt mit einem Stück Seil zurück.

Ich traue meinen Augen nicht. Mit aller Kraft stoße ich ihn beiseite und werfe mich schützend auf das Bett. »Nur über meine Leiche!«

»Hast du einen besseren Plan?«

»Du wirst sie nicht fesseln, Jannik. Hast du verstanden? Du wirst sie nicht fesseln!«

Er wirft das Seil weg und rammt seinen rechten Fuß gegen Nikas Kleiderschrank. Einmal, zweimal. Das Holz bekommt einen Sprung, und das ganze Haus scheint unter dem Knacken zu erzittern, auch ich. Dann steht er auf einmal ganz ruhig da, sieht mich an und zuckt mit den Schultern.

»Einer von uns muss es machen. Entweder oder.«

Ich schüttle den Kopf, immer verzweifelter. »Es muss

einen anderen Weg geben … Um Himmels willen, das ist Nika, von der wir hier sprechen!«

»Und sie würde keine Sekunde zögern, das Gleiche mit uns zu machen«, hält er kühl dagegen. »Begreifst du denn nicht, was hier los ist? Sie wird langsam wahnsinnig! Die Krankheit ist ihr ins Gehirn gestiegen. Wenn wir sie nicht ruhigstellen, wird sie uns alle in Gefahr bringen.«

Er bückt sich nach dem Seil, hebt es auf und kommt zu mir. Alles ganz langsam. Seine Augen sind nun weich geworden, drängen mich sanft und ohne Mühe beiseite. Und ich lasse zu, was er mit mir macht, ganz bewusst. Reglos beobachte ich, wie er den Knoten knüpft, fachmännisch und fest – das hat Paps ihm gut beigebracht. Er bindet Nikas Hände über ihrem Kopf zusammen und fixiert das Seil am Bettgestell. Er prüft, ob es fest genug ist. Kalte Schauer jagen in kurzen, heftigen Wellen durch meinen Körper, als ich sie da liegen sehe, bewusstlos ans Bett gefesselt wie eine Geisteskranke. Jannik spürt meine Unruhe und nimmt mich in den Arm. Aus ihm strahlt die Kälte des Winters, ein beißender Hauch, der sich um mich schließt wie eine Faust.

»Vertrau mir«, sagt er. »Wenn wir nicht auf sie aufpassen, wird uns das noch leidtun.«

Ich drücke die Stirn an seine Brust und schließe die Augen. Seine Umarmung ist fest, aber die Kälte wird nicht schwächer. Ich lasse ihn trotzdem nicht los.

21. Oktober

Ich sitze hier in meinem Zimmer, vor mir ein schmutziger alter Schal. Ich habe ihn aus Paps' Höhle. Draußen blitzt und donnert es, ein Höllensturm ohne Ende. Der Schal ist alles, was von dem Mädchen noch übrig war. Ich habe jeden Winkel dieses finsteren, gottverlassenen Lochs durchsucht, doch sie war längst verschwunden. Nur dieser Schal in einer trüben Wasserpfütze.

Paps muss das Mädchen weggeschafft haben. Das bedeutet, dass er über meine Nachforschungen Bescheid weiß.

Ich weiß nicht, was ich tun soll. Es Mama zu sagen wäre sinnlos. Er hat sie zur Gänze unter Kontrolle, und selbst wenn sie mir glauben würde, gegen ihn ist sie machtlos. Ich fasse es nicht, dass ich immer noch auf diesen Schal starre. Ich werde Paps mit meinen Beobachtungen konfrontieren – das alles muss ein Ende haben.

25. Oktober

Schon wieder ein Gewitter. Ich habe das Gefühl, der Donner hört gar nicht mehr auf.

Als ich allein und blutend in diesem Loch lag, schien etwas wie Wetter und Zeit überhaupt keine Bedeutung zu haben. Es hat etwas Höhnisches an sich, den Tag an sich vorbeilaufen zu sehen, während man mitten in stockfinsterer Nacht gefangen ist. Ich schreibe mit der linken Hand, weil ich mit der rechten den Füller nicht halten kann. Ein merkwürdiges Gefühl, so als würde ich Lügen erzählen.

Paps ist noch kein einziges Mal zu mir gekommen, seitdem er mich befreit hat. Mama hat er erzählt, ich wäre auf einem meiner Jagdausflüge gestürzt und hätte mir so die Verletzungen zugezogen. Nur er und ich kennen die Wahrheit: Dass er mich vor drei Tagen noch vor Sonnenaufgang aus dem Bett gezerrt und mir befohlen hat, Mama nichts zu sagen. Dass er zu diesem Zeitpunkt schon wusste, was passieren würde. Dass er mich den Berg hochbrachte und in die Höhle stieß. Er, ein alter Mann. Ich sah es nicht kommen. Ich gebe zu, ihn unterschätzt zu haben.

Es war wohl nur ein Tag, den er mich dort unten ließ, doch die Stunden werden zu Jahren, wenn du in der Dunkelheit mit dir allein bist; wenn du nicht weißt, ob du jemals wieder das Tageslicht erblickst, und jedes Geräusch, jeder kalte Tropfen dir solche Angst macht, dass du mit bloßen Händen versuchst, die Felswand hinaufzuklettern. Du versuchst es, weil du glaubst, sonst zu sterben, und wenn du erneut an der feuchten Wand abrutschst, reißt du dir die Fingernägel ab, und die Kratzspuren bleiben für immer im Gestein zurück, und du glaubst schon, dir blüht das gleiche Schicksal. Eingemauert bis in alle Ewigkeit. Wie mag Fanni das ertragen haben? Vielleicht hat Paps sie ja gar nicht weggeschafft … vielleicht ist sie noch immer dort, zu einem Teil des Berges geworden, unsichtbar.

Es mag Sonnenuntergang gewesen sein, als seine Gestalt über dem Höhleneingang auftauchte. Er ließ mir ein Seil hinab und zog mich zurück an die Oberfläche. Er klopfte mir auf die Schulter, als hätte ich eine Feuerprobe bestanden, und fragte: »Wirst du es dir ab jetzt zweimal überlegen, bevor du deinem Vater hinterherspionierst?«

Mama ist am Boden zerstört. Sie hört nicht auf, um mich herumzutänzeln, seit Paps mit mir nach Hause gekommen ist. Großspurig wie ein Held, der den verlorenen Sohn zurückgebracht hat. Jetzt, da meine Finger verbunden sind, kann ich nicht nach dem Messer greifen, das er in einer gönnerhaften Geste zwischen uns auf den Boden geworfen hat. »Überleg dir gut, was du damit machst, Junge«, sagte er. »Entweder schlitzt du mir die Kehle auf ... oder du stehst um Punkt Mitternacht vor dem Haus und lernst von mir, wie man richtig auf die Jagd geht.«

Es donnert schon wieder. Meine Schrift wird krakelig. Als ich in dem stinkenden Loch lag, umgeben von Schmutz und solcher Stille, dass es nur noch meine Gedanken gab, hatte ich viel Zeit zum Nachdenken. Erstaunlich, zu welch absurden Ergebnissen dich die Todesangst bringt. Oder die Dunkelheit. Denn da war bloß eine Frage, die sich immer wieder wiederholte: Wer war Fanni, dass Paps fast jede Nacht zu ihr hinabstieg?

26. Oktober

Paps hat pünktlich um Mitternacht auf mich gewartet. Zunächst hielt ich großen Abstand, doch als wir in den Wagen einstiegen, legte sich meine Anspannung. Wir fuhren die halbe Nacht, bis wir in die Stadt kamen. Ohne zu reden, aber das war auch nicht nötig. Ich ahnte, was wir vorhatten. Auf dem Parkplatz einer Schule hielten wir an. Paps holte zwei eingepackte Käsebrote heraus. Ich konnte nichts essen, also verputzte er beide. Immer wieder fragte ich, was wir hier machten, obwohl ich es insgeheim schon wusste. Wir warteten. Bis die Sonne aufging und die Schüler auftauchten.

Er muss sie bereits vorher ausgekundschaftet haben. Anders ist die Leichtigkeit, mit der es ihm gelang, einfach nicht möglich.

Er sprach das Mädchen etwas abseits an, geschützt vom Schatten einiger Bäume. Ich saß im Auto und rührte mich nicht. Zu geschockt war ich, aber auch zu fasziniert. Es hat schon etwas Imponierendes an sich, wie er es macht.

So locker, als hätte er viel Übung. Vielleicht hat er das ja auch.

Als er sie zum Auto brachte, war ich kurz davor, auszusteigen und Alarm zu schlagen. Egal wie, einfach wild losbrüllen und hoffen, dass es genügt. Doch dann wurde mir bewusst, dass Paps die Aktion vermutlich sofort abbrechen und mich bestrafen würde, wenn ich dazwischenfunkte. Es war zu spät. Nein, das sind nur Ausflüchte. In Wahrheit hatte ich einfach nicht den Mumm, ihn zu verraten – er kontrolliert mich, genau wie er Mama kontrolliert. Und so nahmen wir die Kleine mit. Ihr Name ist Eva. Sie ist zehn Jahre alt.

Eva lebt jetzt in der Höhle.

Mama darf es niemals erfahren.

23

Ich sitze an Nikas Bett und schaue ihr zu, wie sie atmet; ein schwerfälliges Heben und Senken ihres Brustkorbs, überdeutlich wahrzunehmen in der stickigen Düsternis des Zimmers. Der Regen, der seit Stunden gegen das Dach und die Fensterscheiben prasselt, wird sich bald wieder in große weiße Flocken verwandelt haben. Das Tauwetter ist typisch für November. Nach den heftigen kalten Güssen könnte man die Uhr stellen, und ich frage mich, ob der Rest der Welt auch so trostlos erscheint bei Regen, so in Vergessenheit geraten, wie ein altes Bild, das auf dem Dachboden vermodert.

Ich tupfe Nikas schweißnasse Stirn mit einem feuchten Tuch ab und entferne, nachdem ich einen Blick in ihr schlafendes Gesicht geworfen habe, das Seil um ihre Handgelenke.

Wir haben zwei harte Tage hinter uns. Nikas Fieber ist wieder gestiegen. Sie war über die Art unserer Behandlung natürlich wenig erfreut und versuchte mehrmals, sich vom Bett loszureißen. Zunächst wollte ich die Situation mit Vernunft lösen, indem ich sie freiließ und immerzu auf sie einredete, doch geholfen haben letzten Endes nur die Tabletten. Wir haben ihr wieder die alten gegeben, von denen sie so müde wird. Seitdem wechselt sie zwischen Tiefschlaf und kurzen apathischen Wachphasen hin und her.

Jannik meint, der Schlaf tue ihr gut, denn so strenge sie sich wenigstens nicht zu sehr an. Natürlich hat er damit nicht unrecht, und nach den letzten Tagen verstehe ich auch, warum er keine andere Wahl hatte, als diese äußerste Konsequenz zu ziehen: Nika ist nicht länger fähig, zwischen Richtig und Falsch zu entscheiden. In ihrem Kopf existiert bloß noch der animalische Trieb zur Flucht, und wenn wir den nicht unter Kontrolle halten, könnte sie uns oder sich selbst etwas antun.

Dennoch fällt es mir schwer, sie so zu sehen, leidend, obwohl ich immer wusste, dass es irgendwann dazu kommen wird. Vom Moment ihrer Ankunft an war dieser Tag vorherbestimmt. Paps hätte sie freilassen können, als es anfing, ihr schlechter zu gehen. Doch er behielt sie bei sich und besiegelte so ihr Schicksal.

Es klopft.

»Schläft sie?«, fragt Theo durch den Türspalt.

»Ja. Willst du dich zu ihr setzen?«

»Weiß nicht …« Er drückt sich zögernd ins Zimmer und sieht sich um. Ich merke, dass etwas nicht stimmt. »Jannik ist gemein zu Miezi«, sagt er, noch bevor ich nachfragen kann.

»Meinst du die Katze?« Mal heißt sie Miezi, dann wieder Fellknäuel oder Kralle …

Er nickt und meidet meinen Blick. »Er tut ihr weh. Sag ihm, er soll sie in Ruhe lassen.«

Ich stehe nur unwillig auf, da Theo in letzter Zeit verdächtig viel gegen Jannik vorzubringen hat. Andauernd beschwert er sich, dass Jannik so streng zu ihm ist, ihm Arbeiten aufdrückt oder manchmal auch hart durchgreift, wenn Theo Henna zu sehr ärgert. Es sind Kleinigkeiten, doch das mit der Katze ist neu. Es wird Zeit, dass ich mit Jannik darüber rede. Schließlich muss auch er seinen Teil dazu beitragen, dass unser Zusammenleben funktioniert.

Ich bitte Theo, einstweilen bei Nika zu bleiben, und gehe nach unten vor das Haus.

Jannik sitzt unter dem Vordach vor der Tür und wirft Steine in den Matsch. Das hat er schon als Junge gemacht, wenn es regnete. Er hasst dieses Wetter. Er wird ungenießbar, wenn er ans Haus gefesselt ist, was ihm früher so manche Nacht im Inneren des Berges einbrockte. Seitdem hält er es in engen Räumen noch viel weniger aus als zuvor. Hält er das zwischen uns auch für einen engen Raum? In dem er manövrier- und denkunfähig ist, ohne Luft zum Atmen?

»Hey, was machst du denn hier draußen?« Ich setze mich zu ihm, streiche ihm das Haar aus der Stirn. Es ist feucht, woraus ich schließe, dass er eben erst im Regen war.

»Soll ich es abscheren?«, fragt er.

»Was?«

»Es stört mich. Der Wind treibt es mir ständig ins Gesicht.«

Ich umfasse seinen Arm und drücke einen sanften Kuss auf seine Wange. »Theo sagt, du bist gemein zu seiner Katze?«, frage ich und wechsle damit das Thema.

Er rollt bloß mit den Augen.

»Du solltest mal mit ihm reden. Ich will nicht, dass ihr euch streitet.« Ich lege den Kopf an seine Schulter, streichle über seinen Arm. »Nika schläft übrigens immer noch. Es geht ihr nicht sehr gut, glaube ich. Ihre Atmung wird immer schwerer. Es ist, als … als könnte man ihr regelrecht beim Sterben zusehen.«

»Du machst dir zu viele Gedanken.«

»Hast du gemerkt, wie viel sie in den letzten Tagen abgenommen hat?«

Er zielt auf den umgestülpten Blecheimer, der beim Brunnen im Matsch steht. Er trifft genau. »Was soll das, Ronja? Waren wir uns wegen Nika nicht einig?«

»Doch … waren wir.«

»Na dann.« Er steht auf und beginnt, die geworfenen Steine aufzusammeln. Es sind viele. Er setzt sich zurück auf seinen Platz und bombardiert den Eimer aufs Neue. So fest, dass das Blech Dellen bekommt.

»Was ist das?«, frage ich. »Dieses Geräusch.«

»Nur die Katze.« Und der nächste Treffer.

Ich sehe mich um. Keine Spur von einer Katze. Doch das Geräusch geht weiter, ein elendes, hohes Jammern, das mir tief unter die Haut kriecht. Es kommt … direkt von vorn. Von unter dem Eimer.

»Verdammt noch mal!« Ich springe auf, zu entsetzt zunächst, dann renne ich durch den Regen und reiße den Eimer hoch. Da drin sitzt sie, eingerollt und schlotternd vor Kälte, im feuchten Dreck. »Mein Gott«, stoße ich aus. »Hast du sie … hast du sie da drin eingesperrt? Und mit Steinen beworfen?«

»Sie wollte ins Haus. Ich hab sie nicht gelassen.«

Etwas schnürt mir die Luft ab – ein Grauen ganz tief in mir drin, eisig kalt. Vorsichtig knie ich mich hin, möchte das arme Tier hochheben, wärmen, doch es flitzt zwischen meinen Beinen hindurch und verschwindet zwischen den Büschen am Rand des Abhangs. Ich bezweifle, dass es zurückkommen wird.

Jannik hält immer noch die restlichen Steine in der Hand.

»Schau mich bloß nicht so an«, sagt er. »Das Vieh überträgt doch mindestens zehn Krankheiten.«

»Jannik … was ist bloß los mit dir?«

Er wendet sich ab, fährt sich über den Nacken und den Kopf, als wisse er selbst nicht mehr, was in ihm vorgeht. Während ich zurück unter das Vordach komme, lässt er endlich die Steine fallen.

»Keine Ahnung«, seufzt er. »Die Katze … sie hat mich einfach nur genervt.«

Ich erinnere mich an die verletzte Krähe auf der Straße. An Paps' Kopf im Rucksack. Es ist der Wald, sage ich mir, dieser gottverdammte Wald mit seinen hundert flüsternden Stimmen. Die Stimmen der Toten, der Rachsüchtigen, der heimtückischen Finsternis. Jannik war ihnen von uns allen am längsten ausgesetzt, und an Tagen wie diesen, wenn der Regen alle Farben und Klänge aus der Welt gewaschen hat, fürchte ich, dass er ihr Rufen immer noch hören kann.

Nachdem er mir ins Trockene gefolgt ist, bringe ich ihm ein Glas Wasser. Er setzt sich an den Tisch und schüttet das Wasser hinunter, als stünde er kurz vor dem Verdursten.

»Bitte mach so etwas nie wieder«, sage ich.

Er nickt. »Schon gut.«

Doch das stimmt nicht. Nichts ist hier gut.

In der Nacht schrecke ich auf, weil Nika wieder einen Hustenanfall hat. So stark, dass ich schon glaube, sie würgt jeden Moment ihre Eingeweide hervor. Selbst noch halb im Schlaf, eile ich nach nebenan und versuche, ihr zu helfen, obwohl es nichts gibt, was ich tun kann. Ich halte sie bloß fest, wünsche mir, ihr etwas von meiner Kraft geben zu können, bevor die Hustenattacken ihren geschwächten Körper auseinanderreißen.

Es wird so schlimm, dass auch Jannik aus dem Bett kommt und mit ernstem Gesicht in der Tür steht. Ein zögerliches Türknarren verrät, dass selbst die Kleinen aus dem Schlaf gerissen wurden. Jannik reagiert blitzschnell und macht die Tür zu, bevor sie einen Blick ins Zimmer werfen können.

Als Jannik und ich am nächsten Morgen am Frühstückstisch sitzen, ist dichter Nebel über die Lichtung gezogen. Unter dem feuchten Gewicht der Schwaden scheinen sich die Äste wie Gummi zu biegen, Blätter und Felsen glitzern vom Tau, und der schwere Geruch von Tannenzapfen und Moos mischt sich in die Frische des nahenden Wintereinbruchs. Aus dem Fenster zu sehen ist, wie einen Blick in unsere Zukunft zu werfen: Alles erscheint ungewiss, trübe, längst verlorene Bruchstücke, wie Münzen am Boden eines tiefen Sees.

Nikas Hustenanfall hat die Kleinen so in Sorge versetzt, dass sie die ganze Nacht nicht schlafen konnten.

Jetzt endlich scheinen sie es geschafft zu haben, doch die Stille hat etwas Unheimliches an sich. Da nützt es auch nichts, dass ich mich wie verrückt auf das Brodeln der alten Teekanne konzentriere, die auf dem Herd steht. Dieser totenstille Morgen ist ein Vorbote des Schicksals – denn wenn wir nichts unternehmen, wird es sehr bald für immer so still sein.

Ich nutze die Zeit, solange ich mit ihm allein bin.

»Wir müssen sie in ein Krankenhaus bringen.«

Er hat ein angebissenes Marmeladenbrot vor sich liegen, das er schweigsam betrachtet. Meine Worte scheinen nicht zu ihm durchzudringen; als wäre der Nebel nicht bloß draußen, sondern auch hier bei uns im Haus.

Ich berühre seine Schulter, dann seinen Arm, drücke immer fester zu. »Sie ist keine verseuchte Katze, die du unter einem Eimer verstecken kannst. Wir müssen ihr helfen!«

Er sieht nach draußen wie sonst nur in sein eigenes Spiegelbild – mit dieser schauderhaften Reglosigkeit, die sein Gesicht so hart, so unleserlich macht, dass sein Anblick mir beinahe Angst einjagt.

»Du hast recht«, antwortet er leise.

Ich bin zu überrascht, um etwas zu sagen. Dass er es endlich einsieht … Oh großer Gott, danke.

»Wir sollten das Tauwetter nutzen, solange es anhält.« Seine Stimme klingt nun sehr gefasst. »Am besten fahren wir sofort los.«

»Du meinst das ernst? Wir bringen sie in ein Krankenhaus?« Ich piepse fast vor Aufregung.

Er dreht sich zu mir und lächelt. Ich wusste schon gar nicht mehr, wie sein Lächeln aussieht. Es sieht sehr traurig aus.

»Komm, gehen wir sie aufwecken.«

24

»Aber wenn ich es dir doch sage«, beharrt Sarah, »ich stehe genau vor der Tür. Angerweg 8 in Dimbach. Es sieht nicht so aus, als würde hier jemand wohnen.«

»Das verstehe ich nicht«, dringt Richters Stimme aus dem Handy. »Der letzte Lada ist genau auf diese Adresse angemeldet. Eigentümer Silas Thalhammer.«

»Ist aber niemand da. Und das Haus ist eine Ruine.«

Richter schweigt. Auch Sarah gehen allmählich die Worte aus. Fünfzehn Adressen, vierzehn Fehlschläge. All ihre Hoffnung ruhte auf diesem letzten Versuch. Sie hat eine ganz schöne Wegstrecke auf sich genommen, um hierher zu kommen. Dimbach ist einzig über Güterwege zu erreichen, die sich in engen Kurven von Berg zu Tal schlängeln. Die schmale verschneite Straße brachte ihren Ford beinahe an seine Grenzen. Jetzt steht sie vor dieser verlassenen Baracke, auf deren Dach sich der Schnee türmt, und hat keine Ahnung, wie es weitergehen soll.

Sie marschiert eine Runde um das Haus, obwohl sie das bereits zuvor gemacht hat. Hinter den schmutzigen, zum Teil gesprungenen Fenstern brennt kein Licht. Unter dem Vordach auf der Rückseite stapelt sich Holz – das und die Post, die in Massen im unbeschrifteten Briefkasten neben der Tür steckt, sind die einzigen Anzeichen dafür, dass hier ab und zu Menschen vorbeischauen. Von dem dunkelblauen Lada fehlt jede Spur. Sarah könnte aus der Haut fahren. Überall nur Sackgassen! Sie klemmt sich das Handy ans Ohr und versucht die Tür mit bloßer Gewalt zu öffnen.

»He, was wird das?«, fragt Richter alarmiert. »Du versuchst doch wohl nicht, illegal dort einzusteigen.«

»Hab nur nachgesehen, ob die Tür verschlossen ist.«

»Gibt es sonst irgendeinen Anhaltspunkt? Was sagen die Nachbarn?«

»Wenn es nur welche gäbe.« Sarah sieht sich um. Die Baracke steht mitten im Nirgendwo. Das nächstgelegene Haus liegt am anderen Ende der Straße, die zurück ins Ortszentrum führt. Wo man hinsieht, nichts als verschneite Hügel und Wälder.

»Geh dich mal umsehen«, rät Richter.

»Das hatte ich eben vor.«

»Ich werde noch mal die übrigen vierzehn Personen unter die Lupe nehmen. Vielleicht haben wir ja irgendetwas übersehen.«

»Mach das. Und halte mich auf dem Laufenden.«

»Du mich auch.«

Sie beendet das Gespräch und geht ein Stück die Straße entlang. Es ist kalt. Jeder Schritt auf dem vereisten Untergrund gibt ihr das Gefühl, sich mehr und mehr von der Aufklärung zu entfernen. Eine Bruchbude am Dorfrand, ein Auto, das nicht existiert – soll das alles sein, verflucht? Hier stimmt etwas nicht. Sie erreicht das andere Ende der Straße, wo sich kleine Häuser dicht aneinanderdrängen. Ein Mann quält sich in dicker Jacke durch den Schnee eines Vorgartens.

»Entschuldigen Sie!«, ruft sie und eilt an den Zaun. »Entschuldigen Sie bitte. Könnte ich Sie kurz etwas fragen?«

Sie erreicht das Gartentor, und der alte Mann lüftet seinen Hut.

»Wie kann ich Ihnen helfen, junge Dame?«

»Ich bin auf der Suche nach Silas Thalhammer. Laut meinen Informationen sollte er dort in diesem Haus wohnen, aber da ist niemand.«

»Silas Thalhammer? Der ist schon lange tot. Das Haus dort gehört seinem Sohn.«

»Tatsächlich? Wissen Sie, wo ich ihn finde?«

»Ach, da müssen Sie ein ganz schönes Stückchen fahren. Ist das Ihr Ford dort hinten?« Sarah nickt. »Vergessen Sie's. Mit dem Vehikel schaffen Sie das nie. Der junge Thalhammer wohnt ganz weit draußen im Wald. Ist Jäger, der Bursche.«

»Jäger, sagen Sie.« Sarah dreht sich noch einmal nach der Baracke um. »Und dieses Haus, was ist damit?«

»Soweit ich weiß, benutzt er es nicht.«

»Wohnt er dort draußen allein?«

»Nein, nein«, winkt der Mann ab. »Er wohnt dort mit seinen Kindern.«

»Wie viele hat er denn?«

»Ich glaube, fünf. Zwei Jungen und drei Mädchen.« Sein zuvor noch freundliches Gesicht verzieht sich misstrauisch. »Worum geht es hier denn genau?«

»Mein Name ist Sarah Wiesinger, Kriminaldezernat Linz. Es geht um eine Ermittlung.«

»Sprechen Sie von dem verschwundenen Mädchen?«

»Sie wissen davon?«

»Jeder in der Gegend weiß davon. Ich habe mit dem jungen Thalhammer erst vor ein paar Wochen darüber geredet. Schlimme Sache.«

»Könnten Sie mir bitte die Adresse von Herrn Thalhammer sagen?«

Er stutzt, als hätte sie in einer fremden Sprache gesprochen. »Der hat keine Adresse. Ab und zu kommt er vorbei, um seine Post zu holen, aber wo er genau wohnt, weiß ich nicht. Sein Haus liegt ganz tief im Wald. Ich glaube, das hat überhaupt keine Anschrift.«

»Aber Sie werden mir doch sagen können, wie ich dort hinkomme.«

Er hebt abwehrend die Hände und macht einen Schritt zurück. »Ich weiß nur die Richtung, in die er immer fährt. Aber wie man hinkommt, keine Ahnung.«

Sarah atmet tief durch. Ein Haus in den Wäldern. Ein

Mann mit fünf Kindern, der sich niemals blicken lässt. Das ist fast zu schön, um wahr zu sein.

»Kennen Sie die Thalhammers gut?«, fragt sie weiter.

»Gut wäre übertrieben. Man plaudert eben hier und da.«

»Sie meinten, er hätte Kinder. Kennen Sie ihre Namen?«

»Nicht auswendig, fürchte ich. Der Große heißt Jannik, das weiß ich. Er hilft seinem Vater manchmal beim Verladen des Jagdguts. Die Mädchen ...«

»Heißt eines davon Ronja?«

Er überlegt. »Bin mir jetzt nicht sicher.« Er beobachtet, wie Sarah ihr Handy zückt, und fügt beunruhigt hinzu: »Die Thalhammers sind ganz liebe Menschen. Ich hoffe, sie stecken nicht in Schwierigkeiten?«

Richter meldet sich. »Was gibt's, Sarah?«

»Check bitte mal, ob Silas Thalhammer einen Sohn hat.«

»Warte eine Sekunde.« Er legt den Hörer weg, und eine lange Pause entsteht.

Während Sarah wartet, wird das Gesicht des alten Mannes immer besorgter. »Worum geht es hier denn jetzt genau?«, fragt er.

»Vielen Dank für Ihre Auskunft«, will Sarah ihn abwimmeln. »Ich habe einstweilen keine weiteren Fragen mehr.«

»He, Moment mal! Was soll das alles? Hat der junge Thalhammer Probleme? Warum sagen Sie nichts?«

Die Anspannung treibt Sarahs Puls in die Höhe. Das Chaos in ihrem Kopf weicht Entschlossenheit. Endlich ist Richter wieder am Handy.

»Stimmt, da gibt es einen Silas junior. Alter siebenundfünfzig. Selbe Adresse.«

»Die benutzt er nur als Postfach. Ist er sonst irgendwo gemeldet?«

»Fehlanzeige.«

»Mist.«

»Sarah, was ist los? Hast du was gefunden?«

Ihr Blick liegt auf den Feldern und den verschneiten Bergen am Horizont. In der düsteren Ferne, die mit einem Schlag zu etwas Greifbarem wird, zu einer Spur. Sie marschiert zurück zu ihrem Auto. »Ich glaube, ich weiß, wer unser Entführer ist. Aber ich weiß noch nicht, wo er sich versteckt.«

25

Bevor wir aufbrechen, gehe ich mit Theo noch einmal die Anweisungen für die nächsten Tage durch. Paps mag derjenige gewesen sein, der die beiden entführt hat, doch festgehalten werden sie nun von Jannik und mir, und auch wenn wir es nur zu ihrem Schutz tun, die Polizei würde das mit Sicherheit anders sehen. Darum ist es wichtig, dass wir uns auf Theo verlassen können, sollte es hart auf hart kommen. Auf keinen Fall dürfen er und Henna gefunden werden. Man würde uns für ihr Verschwinden verantwortlich machen. Er versteht das und verspricht mir, sich mit Henna in der kleinen Försterhütte neben der Waldquelle zu verstecken, sobald er merkt, dass fremde Autos kommen. Ich versichere ihm natürlich, dass es nicht so weit kommen wird. Wir werden Nika ins Krankenhaus bringen und so schnell wie möglich zurückkehren. Niemand wird uns auf die Spur kommen. Ich bin so froh, dass Jannik mitkommt; er weiß genau, was zu tun ist, und wird für uns beide Ruhe bewahren.

Während er Nika, die kaum genug Kraft hat, um auf eigenen Beinen zu stehen, zum Auto trägt, drücke ich die Kleinen ganz fest an mich und lasse sie noch einmal den Plan aufsagen.

»Wir bleiben im Haus und verhalten uns ruhig«, wiederholt Theo konzentriert. »Wir lauschen auf verdächtige Geräusche im Wald. Und wenn wir welche hören, gehen wir zur Quelle und verstecken uns so lange, bis Jannik oder du uns abholt.«

»Genau. Ich hab euch ganz, ganz lieb, ihr zwei, ja? Vergesst das nicht.«

Hennas Mund ist fest zusammengepresst, und sie

kämpft tapfer gegen die Tränen. »Warum redest du so? Kommt ihr nicht wieder zurück?«

»Doch, natürlich, Kleines. Wir sehen uns morgen, ganz bestimmt.«

»Und Nika?«

Jetzt muss auch ich eine Träne wegblinzeln. »Die wird nicht wieder zurückkommen.«

»Warum nicht? Ihr bringt sie doch nur zum Arzt.«

»Schon, Maus. Aber der Arzt wird sie bei sich behalten, weil es ihr so schlecht geht. Und wenn sie wieder gesund ist, wird man ihr nicht erlauben, zu uns zurückzukommen.«

»Aber warum?«

»So ist das nun einmal. Vieles funktioniert anders in der Welt da draußen.«

Sie versucht meine Worte zu begreifen, schafft es nicht und beginnt nun tatsächlich zu weinen. Theo nimmt sie in den Arm, weil er merkt, dass mir keine Zeit mehr dafür bleibt. Jannik wartet bereits beim Wagen auf mich. Wir werden den Lada nehmen, der hoffentlich unauffälliger als Paps' monströser Pick-up ist.

»Ich vertraue euch beiden«, sage ich und streiche Theo zum Abschied über den Lockenkopf. »Passt gut aufeinander auf. Wir sind so schnell wie möglich zurück.«

»Können wir uns gar nicht von Nika verabschieden?«, ruft Henna verzweifelt.

Doch Theo hält sie zurück, drückt sie an sich und flüstert ihr sanft etwas zu. Er weiß, was zu tun ist. Ich steige zu Jannik ins Auto, und wir lassen die beiden allein im Nebel zurück.

Wir erreichen unser Ziel am späten Abend. Wir haben uns für die weit entfernte Landesklinik in Rohrbach entschieden, um möglichst viel Abstand zu unserem Zuhause zu halten. Nika ist auf dem Rücksitz eingeschlafen. Ich bin mir nicht sicher, ob sie überhaupt bemerkt hat, was vor sich geht; während der Fahrt sah sie die meiste Zeit schweigsam aus dem Fenster, nur ein einziges Mal murmelte sie schwach die Worte: »Ich habe es euch gesagt.« Vielleicht denkt sie, wir seien auf dem Weg, uns bei den Behörden zu melden. Vielleicht ist ihr dieser letzte winzige Triumph genug, um für immer mit uns abzuschließen. Wie auch immer. Sie wird ihre Freiheit bekommen, wie sie es wollte. Was von jetzt an mit ihr geschieht, steht nicht mehr in unserer Macht.

Jannik stellt den Lada auf dem Parkplatz eines Supermarkts ab, ein gutes Stück von der Klinik entfernt. Das Gebäude ist von hier aus aber bereits gut sichtbar, ein moderner Glaskomplex mit nahezu verschwenderischer Festtagsbeleuchtung, die den Nachthimmel erhellt. Keiner von uns wagt es, auszusteigen. War das wirklich die richtige Entscheidung? Es ist nicht nur riskant, was wir vorhaben, die Welt erschien mir auch niemals zuvor so fremd, so beängstigend. Kein Mensch ist auf der Straße, und dennoch habe ich das Gefühl, von allen Seiten angestarrt zu werden. Auf einmal möchte ich umkehren, raus aus dem künstlichen Licht und zurück ins schützende Dunkel des Waldes.

Janniks ruhige Stimme dämpft meine Panik. »Du hältst dich an den Plan, alles klar? Überlass das Reden mir.«

»Okay.«

Er berührt meine Hand. Auch er ist nervös, doch er ist ein guter Schauspieler; so perfekt, wie er sich an das Leben in der Wildnis angepasst hat, so perfekt kann er den Menschen vormachen, er wäre einer von ihnen, kann lächeln und Konversation führen, als hätte sich plötzlich alles in ihm wieder zusammengefügt, was vor so langer Zeit zerbrochen ist. Er weckt Nika auf und hievt sie vorsichtig von der Rückbank. Dann gehen wir los. Der Weg bis zur Klinik erscheint mir endlos, zwei Straßen müssen wir überqueren, und die vielen Häuser wirken wie Mauern, die sich um uns aufgebaut haben. Mein Herzschlag beginnt sich zu beschleunigen, als wir die Klinik durch den riesigen Glaseingang betreten. Gleich hinter dem Eingang befindet sich ein Empfangsschalter. Die Frau dahinter sieht vom Bildschirm ihres Computers auf und fragt, was passiert sei.

»Wir haben sie am Straßenrand gefunden«, antwortet Jannik. »Es scheint ihr nicht gut zu gehen.«

»Okay, kommen Sie. Wir machen das schon.«

Zwei Pfleger kommen mit einem Krankenbett. Ich versuche mein Gesicht gesenkt zu halten, wie Jannik es mir aufgetragen hat – doch als er Nika auf das Bett legt, kann ich mich nicht zurückhalten und greife nach ihrer Hand. Nicht zum Abschied, sondern um sie um etwas zu bitten: *Verrate uns nicht.* Ihre Augen sind halb geschlossen, ihr Mund bewegt sich unter der Sauerstoffmaske zu flachen, schweren Atemzügen. Sie drückt meine Hand, und kurz ist mir, als wolle sie nicht, dass wir sie hierlassen. Als würde sie mit einem Mal bereuen, uns misstraut zu haben, und könnte endlich begreifen, dass wir zusammengehören und ohne einander hilflos und für immer traurig sind.

Doch es ist nur ein Moment, der so schnell vorüberzieht wie ein Lichtstrahl in der Finsternis. Ich spüre Janniks warnenden Griff auf meinem Arm, lasse sie los und sehe zu, wie die Pfleger sie durch eine Tür auf eine andere Station bringen. Für immer von uns fort.

Wehmut und Erleichterung strömen gleichermaßen auf mich ein und lösen alle Ängste, all den Druck um meine Brust, als würde ich zum ersten Mal seit Jahren tief und ausgiebig durchatmen. Geschafft. Sie ist in Sicherheit. Doch für Melancholie bleibt keine Zeit. Es ist erst zur Hälfte überstanden. Wir haben sie hergebracht und müssen nun so schnell wie möglich verschwinden. Jedes

Augenpaar, das auf uns gerichtet ist, könnte ein Detail zu viel bemerken; meine nervösen Hände, Janniks bemüht beherrschtes Gesicht, unser dichtes Beisammenstehen, als hätten wir etwas zu verbergen. Ich sehe mich um, ob uns irgendjemand beachtet, entdecke eine Frau vom Pflegepersonal, die auf uns zugeeilt kommt, und würde am liebsten schreiend losrennen. Stattdessen nehme ich bloß Janniks Hand, ziehe sanft und murmle, dass wir gehen sollten.

Auch er hat die Frau gesehen. Er schüttelt kaum merklich den Kopf, und natürlich hat er recht; jetzt zu verschwinden wäre zu auffällig.

Sie winkt uns in ihre Richtung. »Dürfte ich Sie beide bitten, kurz mit mir zu kommen? Nur wegen ein paar Fragen.«

Okay. Damit haben wir gerechnet. Keine Panik.

Wir folgen der Frau in einen Aufenthaltsraum, wo sie uns bittet, Platz zu nehmen. Der Raum ist voller Zimmerpflanzen, in der Ecke sprudelt ein künstlicher Zierbrunnen. Viel zu eng und stickig ist es hier. Ich versuche verzweifelt, Ruhe zu bewahren, stillzuhalten, während Jannik in scheinbarer Gelassenheit neben mir sitzt und wartet. Doch schnell fällt mir sein Blick auf, der gewissenhaft jeden Winkel des Raumes abtastet. Auch er fühlt sich gefangen, in die Falle getappt und sucht nach einem Ausweg.

Die Zeit vergeht. Zehn Minuten. Fünfzehn Minuten. Die Schwester lugt in den Raum und bittet uns noch um etwas Geduld. Dreißig Minuten. Vierzig. Es dauert bereits viel zu lange.

»Lass uns einfach gehen«, flüstere ich.

Eine Frau in einem dunklen Hosenanzug kommt herein. Ihr Gesicht ist schmal und ernst. Sie dürfte Ende dreißig sein, doch ihr langes brünettes Haar lässt sie jünger aussehen. Sie lächelt kurz, aber freundlich und gibt uns nacheinander die Hand. Dabei ruht ihr Blick starr auf meinem Gesicht.

»Sarah Wiesinger, Kriminaldezernat.«

Großer Gott, das darf nicht wahr sein.

»Gibt es ein Problem?«, fragt Jannik.

»Wir untersuchen diverse Fälle von Kindesentführung. Ich würde Ihnen gerne ein paar Fragen zu der jungen Frau stellen, die Sie hergebracht haben.«

»Kindesentführung? Wieso, was haben wir damit zu tun?« Meine Stimme klingt viel zu schrill, und ich merke, dass Jannik mich von der Seite wütend anfunkelt.

»Einige Entführungen liegen bereits Jahre zurück, und die junge Frau würde vom Alter her zu mehreren Vermissten passen. Deswegen wäre ich Ihnen sehr verbunden, wenn Sie sich Zeit nehmen, sich mit mir zu unterhalten. Es wird nicht lange dauern. Bitte.« Sie wartet, bis wir uns wieder gesetzt haben. Dann nimmt sie uns gegenüber Platz und breitet eine Mappe mit Formularen auf dem Tisch zwischen uns aus. »Erzählen Sie mir bitte die ganze Geschichte. Wo haben Sie die junge Frau gefunden?«

»Sie saß am Straßenrand. Ein paar Kilometer südlich von Rottenegg.«

Janniks Stimme ist ruhig, die Worte sind perfekt einstudiert. Wiesinger schreibt aufmerksam mit.

»Und Sie haben angehalten, weil Sie dachten, sie braucht Hilfe?«

»Ja. Sie sah ziemlich mitgenommen aus, als wäre sie bereits Tage unterwegs.«

»Hat sie etwas gesagt? Ihren Namen oder woher sie kommt? Oder was passiert ist?«

»Nein. Sie hat nur immer wieder gehustet. Also haben wir sie hergebracht.«

»Waren Sie die Ersten, die sie bemerkt haben?«

»Offenbar. Da war ein Waldstück direkt neben der Straße, vielleicht kam sie von dort.«

»Ein Waldstück.« Sie schreibt etwas auf, doch ich glaube nicht, dass es dem entspricht, was Jannik gesagt hat. Ihr Blick fällt gezielt auf mich. »Hatte sie etwas bei sich? Geld, Ausweis?«

»Nein«, antwortet Jannik, obwohl die Frage an mich ging.

Wiesinger sieht zwischen uns hin und her. »Sind Sie beide ein Paar?«

Er zögert.

»Ja.« Ich lächle und greife nach seiner Hand.

»Wohin waren Sie unterwegs?«

»Wir haben meine Eltern in Großraming besucht und waren auf dem Heimweg«, ergreift nun wieder Jannik das Wort. Doch seine Stimme hat sich verändert, klingt jetzt leicht gepresst. Er räuspert sich, und ich drücke flehend seine Hand.

»Großraming also. Da haben Sie ja schon einen weiten Weg hinter sich. Rottenegg … Wäre Linz da nicht näher gewesen? Dort gibt es doch auch ein Krankenhaus.«

»Wir kamen aus dieser Richtung, wieder umzudrehen hätte Zeit gekostet.«

»Aha.«

Sie schlägt ein Bein über das andere und holt sich die Mappe auf den Schoß. Etwas piepst. Sie kramt ein Handy hervor und liest konzentriert eine Nachricht auf dem Display.

Wie lange soll das hier noch dauern? Ich beginne mit den Knien zu wippen, worauf Jannik mir die Hand auf den Oberschenkel legt, damit ich aufhöre. Sein Gesicht ist nach wie vor erstaunlich ruhig, sodass mir der Angstschweiß ausbricht, als Wiesinger sich abermals auf mich konzentriert – denn in meinem Gesicht ist garantiert mehr zu lesen als in seinem.

»Kommen wir noch mal auf dieses Waldstück zurück. Sie sagen, die junge Frau könnte von dort auf die Straße gekommen sein. Glauben Sie, sie war vor etwas auf der Flucht?«

»Ich weiß nicht«, antwortet Jannik erneut für mich, »könnte sein. Wir haben nur gemerkt, dass sie krank ist, und wollten sichergehen, dass sie in Sicherheit ist.«

»Wie lange sind Sie beide schon ein Paar?«

»Zwei Jahre«, antworte ich, was Wiesinger zum Lächeln bringt.

»Lustig«, meint sie. »Immer, wenn es um Sie beide geht, verschlägt es Ihrem Freund die Sprache.«

Jannik presst den Mund zu einem Strich, zum Glück nur ganz kurz. Seine Hand auf meinem Oberschenkel drückt so kräftig zu, dass ich aufzucke.

»Na schön, ich denke, das war's dann fürs Erste.« Wiesinger schlägt die Mappe zu und steht auf. »Möchten Sie noch warten, bis die Ärzte Bescheid geben, wie es ihr geht?«

»Nein, wir sind sehr müde. Wir würden gerne weiterfahren. Aber wir hoffen, dass es ihr bald besser geht.« Der Hauch eines Lächelns huscht über Janniks Gesicht. Es ist ein wirklich gutes Lächeln, besser, als ich es jemals könnte. Doch es nützt uns nichts.

»Wie heißen Sie beide?«, möchte sie wissen.

Sie wartet auf eine Antwort. Mit beeindruckender Improvisationskunst schüttelt Jannik zwei Namen aus dem Ärmel, doch sie macht keine Anstalten, sie aufzuschreiben. Mein Herzschlag setzt aus. Sie glaubt uns nicht.

»Vielen Dank. Ich werde der jungen Frau gerne ausrichten, dass Sie es waren, die für ihre Rettung verantwortlich sind.«

»Nicht nötig«, winkt Jannik ab. »Aber richten Sie ihr von uns alles Gute aus.«

Sie sieht uns aufmerksam an.

»Können wir jetzt gehen?«, frage ich.

»Natürlich. Bitte entschuldigen Sie, dass ich Sie aufgehalten habe, und nochmals vielen Dank. Die meisten hätten wohl einfach die Rettung oder die Polizei verständigt, aber Sie haben das selbst in die Hand genommen. Respekt.«

Es ist kein festerer Griff nötig, um mir zu verdeutlichen, jetzt verdammt noch mal die Klappe zu halten. Dennoch zerquetscht Jannik mir fast das Knie.

Wir verabschieden uns von Frau Wiesinger und verlassen den Raum. Auf dem Weg zum Ausgang halten wir uns bei den Händen, unsere Schritte sind riesengroß. Endlich wieder unter freiem Himmel saugt Jannik so laut und heftig die Luft ein, als hätte er seit der Verabschiedung von dieser Polizistin keinen Atemzug mehr getan.

»Entschuldigen Sie bitte noch kurz!«

Hohe Absätze klappern auf dem Linoleumboden. Die Glasschiebetüren öffnen sich, und Wiesinger bleibt lächelnd vor uns stehen. Jannik erwidert das Lächeln, obwohl er aussieht, als wolle er in Wahrheit laut losbrüllen.

»Gibt's noch etwas?«

»Tut mir leid, dass ich Sie noch einmal aufhalte. Aber ich wollte wissen, ob Sie wirklich nicht warten wollen. Wäre ich die junge Frau, würde ich gerne die Gelegenheit bekommen, mich bei meinen Rettern zu bedanken. Es dauert bestimmt nicht lange, bis die Ärzte Bescheid geben. Kommen Sie, ich gebe Ihnen einen Kaffee aus.«

»Sehr nett von Ihnen, aber lieber nicht. Wir müssen wirklich zusehen, dass wir nach Hause kommen.«

Wiesinger zuckt mit den Schultern. »Dann will ich Sie nicht aufhalten.«

Er macht sich keine Mühe mehr, den Sorglosen zu spielen, nimmt mich bei der Hand und marschiert los. In seinen Augen spiegelt sich die Straßenbeleuchtung, lässt seinen Blick flackern wie sonst nur, wenn er um jeden Preis seine Gefühle zurückhält. Jeder sieht, dass er nun genauso panisch ist wie ich.

»Wo wollen Sie denn hin? Der Krankenhausparkplatz ist in diese Richtung!«

Wir halten inne, als wir eben die Straße überqueren wollen. Wiesinger deutet auf den Parkplatz zu ihrer Rechten.

»Wir haben dort vorne beim Supermarkt geparkt«, ruft Jannik ihr zu.

»Ach ja? Wieso denn so weit weg? Sind doch genügend freie Plätze hier.«

Mit einem Mal wird sein Gesicht wieder sehr ruhig – so als spüre er, dass sie den Kampf gewonnen hat, und würde eine absurde Erleichterung darüber empfinden. »Als wir gekommen sind, war alles verparkt.«

»Oh. So ein Pech aber auch.«

Sie hält uns nicht mehr auf. Ich muss meine ganze Beherrschung aufbringen, um die letzten Meter bis zum Auto nicht zu rennen. Wortlos steigen wir ein, verlassen den Parkplatz und folgen der Straße in die stockdunkle Nacht zurück, aus der wir gekommen sind. Wir bleiben nicht lange allein in der Finsternis. In der Ferne sind Scheinwerfer hinter uns aufgetaucht. Janniks vermehrte Blicke in den Rückspiegel bestätigen meinen Verdacht.

»Sie folgt uns«, wispere ich.

Er steigt ein bisschen aufs Gas, sodass die Scheinwerfer hinter einer Kurve zurückfallen. In einem Tunnel scheinen sie sich sogar völlig zu verlieren, bis sie auf einer Geraden wie aus dem Nichts wieder auftauchen. Ich starre Jannik an, warte darauf, dass er mir sagt, was zu tun ist. Doch er sagt einfach nichts.

Weil er es nicht weiß.

26

»Komm schon … geh ran, geh ran.« Mit ganzer Kraft umklammert Sarah das Lenkrad, während ihr Blick die Rücklichter des immer schneller werdenden Lada fixiert. Ihr ist klar, dass sie unvorsichtig handelt, doch wenn sie jetzt zögert, ist ihre womöglich einzige Chance für immer dahin. Sie ahnte es, als der Anruf aus dem Krankenhaus kam. Irgendwie hat sie es sofort gewusst. Dann sah sie die beiden da sitzen. Sie erkannte Ronja auf Anhieb – diese verschreckten Augen, das Grauen darin, das keine Worte kennt. Der Junge hat gut geschauspielert. Verraten hat er sich dennoch.

»Richter«, meldet sich eine müde Stimme via Freisprechanlage.

»Ich bin's. Ich bin unterwegs auf der Donauuferautobahn. Ich verfolge einen dunkelblauen Lada mit der Nummer KR 238SZ. Ich wette, das ist der Wagen, der auf Silas Thalhammer zugelassen ist.«

Richter flucht leise. Er ist zu Hause und in seinem Bett. Noch vor einer Stunde hatte sie Ähnliches vor. Sie wollte sich an Markus' Schulter schmiegen und das alles für eine einzige Nacht vergessen. Aber wie heißt es so schön? Das Böse schläft nicht.

»Scheiße, wie spät ist es?«, fragt er.

»Hast du das Nummernschild?«

»Warte … wiederhol noch mal.«

»KR 238SZ!«

Eine kurze Stille. »Okay, ich hab's. Und jetzt alles der Reihe nach. Wo bist du gerade?«

»Ich sitze in meinem Auto und verfolge einen dunkelblauen Lada.«

»Und der Grund?«

»Wir haben Veronika Kessler gefunden.«

Diesmal dauert die Pause länger, und im Hintergrund fällt eine Tür ins Schloss. »Wie bitte?«

»Veronika Kessler. Siebert hat es mir eben bestätigt. Sie wurde von einem jungen Paar ins Krankenhaus Rohrbach gebracht. Aber die sind kein Paar, das schwöre ich dir. Die junge Frau muss Ronja Wagner sein.«

Die Leitung knackst. Gehetzter Atem und das Zuziehen eines Reißverschlusses.

»Sarah«, sagt er nun ganz ernst. »Wo bist du gerade?«

»Ich glaube, ich habe ihn. Sie führen mich zu ihm!«

»Bist du dir sicher?«

»Ja! Setz alles in Bewegung, was du hast! Ich folge ihnen weiter.«

»Sarah, hör mir zu. Was auch immer du vorhast, tu es nicht. Warte, bis wir bei dir sind!«

»Dann verliere ich sie!«

»Wir haben das Kennzeichen.«

»Das wird nur wieder zu dieser Adresse im Nirgendwo führen! Ich bleibe an ihnen dran.«

»Sarah –«

»Ich bin vorsichtig«, versichert sie ihm. »Ich melde mich, wenn ich was Neues habe.«

Sie legt auf, bevor er etwas erwidern kann.

27

Es gibt einen alten Rumpelpfad, der etwa zwei Kilometer vom Haus entfernt in den Wald abzweigt und sich in der Wildnis verliert. Dank der Schneeschmelze vor einigen Tagen können wir im Schutz der Dunkelheit dort parken. Der kurvige Verlauf der Forststraße ermöglicht einen Blick auf die Biegung schräg über uns, wo das fremde Auto schließlich anhält.

Unglaublich, dass sie uns bis hierher gefolgt ist. Doch je tiefer wir sie in die Einöde geführt haben, umso misstrauischer wurde sie wohl. Grell durchstoßen die Scheinwerfer ihres Wagens den nächtlichen Wald. Sekunden, Minuten. Dann geht das Licht aus, und die Stille wird vom Zuknallen einer Autotür erschüttert.

»Was machen wir jetzt?«, flüstere ich, als die Polizistin sich uns nähert. Sie hat eine Taschenlampe in der Hand, leuchtet in unsere Richtung. »Hat sie uns gesehen? Oh Gott, sie hat uns gesehen!«

»Komm. Und bleib bloß ruhig.«

Jannik steigt aus. Ist er wahnsinnig? Ich habe mich kaum aus meinem Gurt befreit, da steht er bereits auf der Straße und redet mit ihr. Ihre Stimmen sind sehr leise, oder das Rauschen meines Blutes dämpft alle Geräusche. Mit donnerndem Puls steige ich aus, taumle durch den Matsch, das Licht der Taschenlampe blendet mich.

»Aber Sie müssen schon zugeben, dass ich meine Gründe habe, Ihnen nicht zu glauben«, antwortet Wiesinger gerade. »Immerhin haben Sie behauptet, Richtung Norden unterwegs zu sein. Und jetzt verfolge ich Sie hierher in diese Wildnis. Wenn Sie hierbei schon gelogen haben, wobei dann noch, frage ich mich.«

Ich habe mich an Janniks Seite gestellt, die kalte Luft

kratzt in meinem Hals. Er und die Frau starren sich an wie zwei Raubtiere, und plötzlich scheint die Welt gealtert zu sein; so als läge bloß noch ein winziger Moment zwischen dem Jetzt und der grauenvollen Zukunft, vor der wir die ganze Zeit weggelaufen sind.

»Es interessiert Sie vielleicht, dass meine Kollegen mich inzwischen darüber informiert haben, wer die junge Frau ist«, ergreift Wiesinger wieder das Wort. »Ihr Name ist Veronika Kessler. Sie wurde vor über acht Jahren als vermisst gemeldet. Aber das wissen Sie beide natürlich, nicht wahr? Sie haben sie nicht am Straßenrand gefunden.«

Jannik antwortet nicht. In mir wird die Verzweiflung immer größer. Wieso erklärt er ihr nicht, was wirklich passiert ist? Wieso lässt er sie ihre Vermutungen anstellen, anstatt ein Mal, ein einziges Mal auf das Verständnis der Menschen zu vertrauen und die Wahrheit zu sagen?

»Ich muss Sie bitten, mit mir zu kommen«, sagt Wiesinger.

»Wieso?«, platze ich heraus. »Was haben wir getan?«

»Das wird sich noch zeigen.«

Janniks Gesicht versteinert. Da ist ein Ausdruck in seinen Augen, der mir nur allzu bekannt vorkommt: der Blick des Jägers und des kompromisslosen Wilden, der alles tut, um seine Familie zu beschützen. Er ist zu schnell, als dass ich ihn aufhalten könnte. Doch vielleicht will ich das auch gar nicht.

Mit einem gezielten Schlag gegen den Kopf setzt er sie außer Gefecht. Ich weiß nicht, wann er den Stein aufgehoben hat. Er muss es getan haben, als ich mit dem Gurt beschäftigt war, gleich nachdem er ausgestiegen ist. Spielt keine Rolle. Die Frau liegt bewusstlos am Boden. Blut rinnt ihr über die Schläfe. Ich wage nicht zu atmen.

»Mach den Kofferraum auf«, befiehlt er mir.

»Was hast du vor?«

Er packt ihren reglosen Körper unter den Achseln und zerrt sie hinüber zu unserem Auto. Er könnte sie mit Leichtigkeit tragen, doch stattdessen schleift er sie durch den Dreck. Wie eine Leiche.

»Kofferraum auf!«, wiederholt er.

Ich gehorche, taste blind nach dem Schloss, weil die Tränen meinen Blick trüben. Ein Poltern wie das Umstürzen eines Baums, dann der Knall, als er den Kofferraum wieder zumacht. Plötzliche Stille. Das Problem scheint sich in Luft aufgelöst zu haben, und ein panisches Lachen breitet sich in mir aus.

Jannik umklammert mein Handgelenk. Erneut grauenvoll schnell. »Reiß dich zusammen!«, faucht er.

»Ja. Du hast recht. Tut mir leid.«

»Wir bringen sie jetzt ins Haus. Und dann überlegen wir, was wir mit ihr machen. Und wir bleiben ruhig. Egal, was passiert, wir bleiben ruhig. Hast du verstanden?«

Ich nicke, nicke einfach bloß. Das läuft aus dem Ruder ... aber es ist schon zu spät. Jetzt ist es endgültig zu spät. Er lässt mich los, um Wiesingers Taschenlampe vom Boden aufzuheben, und auf einmal erinnere ich mich an das Messer unter meinem Sitz. Vielleicht könnte ich ...? Nein, er wäre schneller. Was denke ich da bloß? Ich setze mich ins Auto und warte, bis er kommt.

»Jannik –«

»Vertrau mir.«

»Aber sie –«

»Sei still.«

Ich gehorche.

2. November

Es ist nun eine Woche vergangen, seitdem wir Eva geholt haben. Seitdem Paps Eva geholt hat. Immer noch kann ich nicht glauben, dass ich nur dasaß und es geschehen ließ, während ich die Tage und Wochen zuvor an nichts anderes denken konnte, als seinem Geheimnis auf die Spur zu kommen.

Es muss mit der Nacht in der Höhle zusammenhängen – hat die Dunkelheit mich gebrochen? Unsinn, ich habe keine Angst vor der Dunkelheit. Dennoch bricht mir der Schweiß aus, wenn ich daran denke, noch einmal da hinunterzusteigen, der feuchten Enge des Berges ausgesetzt zu sein, nicht zu wissen, ob gerade Tag oder Nacht herrscht. Paps wusste genau, was er tat. Es war keine Bestrafung für meine Schnüffelei, es war eine Vorbereitung: auf die Nacht, als wir Eva holten. Dunkelheit bricht keine Menschen, sie verändert sie nur. Sie macht sie … dunkler.

3. November

Letzte Nacht war es endlich so weit. Paps hat Eva besucht. Er hat mich lange schmoren lassen, genoss es bestimmt auch, wenn wir beim Essen zusammensaßen und ich vor lauter Gedanken keinen Bissen hinunterbrachte, während er schlemmte wie ein siegreicher Feldherr. Fast schon dachte ich, er hätte sie einfach nur zum Spaß entführt. Um sie dort unten verhungern, erfrieren oder an ihrer eigenen Angst ersticken zu lassen.

Dann, als wäre der Zeitpunkt penibel gewählt, brach er zu ihr auf, und er wollte, dass ich mit ihm komme. Ich weigerte mich. Ich drohte ihm sogar, alles Mama zu erzählen, wenn er Eva nicht auf der Stelle freilässt. Er schüttelte den Kopf und ließ mich stehen. Wann bin ich ein solcher Feigling geworden? Was ist es überhaupt, wovor ich solche Angst habe? Ich bezweifle, dass Paps mich noch einmal in die Höhle werfen wird, solange Eva da drin ist. Es ist diese Ahnung, die mir einfach keine Ruhe lässt – dass es ein Fehler wäre, ihm nicht zu gehorchen.

Falls Mama Lunte gerochen hat, versteckt sie es sehr gut. Sie fragt mich oft nach Dreizack, da ihr aufgefallen ist, dass ich mich seit Tagen nicht mehr mit ihm beschäftigt habe. Und ja, es ist ein Kater. Er erholt sich langsam von seinem harten Leben in der Wildnis, wird fett und faul. Letzte Nacht hielt er mit mir zusammen Wache, als ich am Fenster stand und darauf wartete, Paps' Taschenlampenstrahl in der Dunkelheit aufleuchten zu sehen. Paps muss sich meiner Loyalität wahrlich sehr sicher sein, dass er mich von Eva wissen ließ. Vielleicht war es eine Art Test; vielleicht denkt er, ich wäre genauso wie er, wäre fähig, sein krankes Erbe fortzuführen. Genau, so muss es sein. Er hat mich auf die Probe gestellt. Und nicht etwa durch meine Anwesenheit bei der Entführung, sondern durch mein Schweigen habe ich mich als würdig erwiesen.

12. November

Habe es riskiert, nach Eva zu sehen. Es hätte mir ja doch keine Ruhe gelassen. Ich nutzte Paps' langen Mittagsschlaf und die seltenen Sonnenstunden, die den Wald für kurze Zeit in ein weiß glitzerndes Schmuckkästchen verwandelt haben. Mama erzählte ich, ich würde jagen gehen. Nachdem ich heimlich die Kletterausrüstung aus dem Schuppen genommen hatte, stieg ich auf den Berg und nahm mit Paps' kleiner Gespielin Kontakt auf, um zu sehen, ob es ihr gut geht.

Zunächst funktionierte es nicht so, wie ich wollte. Der Schacht war viel zu dunkel, um sie am Boden zu erkennen, und der Hall meiner eigenen Stimme übertönte ihr schwaches, ängstliches Flüstern. Ich wollte ihr einen Korb mit belegten Broten und etwas Wasser hinunterlassen, doch etwa bei der Hälfte blieb das Seil an einem Felsvorsprung hängen, und die gesamte Ladung kippte nach unten in den Dreck.

Also stieg ich selbst in den Schacht. Ich habe meine Angst überwunden, und allein deshalb sollte sie mir ewig dankbar sein. Ihr Gesicht werde ich nie vergessen. So schön, so voll verrückter Freude, weil sie dachte, ich wäre gekommen, um sie herauszuholen. Für einen kurzen Moment zog ich diese Möglichkeit auch in Betracht. Sie ist so klein und mager, dass ich sie mit Leichtigkeit auf dem Rücken aus der Höhle tragen könnte – doch was würde Paps dann mit mir anstellen?

Nein, ich musste ihr erklären, dass ich sie einstweilen noch nicht befreien könne, worauf sie zu Boden sank und hemmungslos zu weinen anfing. Da versuchte ich, mit ihr zu reden, sagte ihr meinen Namen und erzählte ihr ein wenig übers Jagen, über Mama und auch über Paps. Das war vermutlich nicht sehr klug. Doch als ich sie da hocken sah, mit aufgeschlagenen Knien, im Dreck, schlotternd vor Kälte, wollte ich nicht etwa, dass sie sich besser fühlte, ich wollte einfach bloß unsere Familienehre wiederherstellen, wollte ihr klarmachen, dass wir nicht alle so sind wie Paps und dass selbst er seine guten Seiten hat. Sie hörte mir zu, und ihr jämmerlicher Anblick wurde etwas erträglicher.

Ich versprach ihr auch, am nächsten Tag zurückzukommen. Da griff sie mit ihrer kleinen Hand nach meinem Bein. »Kommt er heute Nacht wieder?«

Ich wusste die Antwort, doch ich brachte sie nicht über die Lippen.

Paps erwischte mich dabei, wie ich die Kletterausrüs-

tung zurück in den Schuppen brachte. Doch anstatt mich zu fragen, wo ich gewesen sei, sagte er nur: »Sie ist gut, was? So weich und geschmeidig. Das hast du bei erwachsenen Frauen nicht. Bei denen ist alles alt und verrostet. Da kann man ja gleich mit einem quietschenden Karren über Geröll fahren. Fühlt sich irgendwie genauso an. Aber solche Mädchen, die sind schon was anderes.«

Ich frage mich, ob das sein Ernst oder reine Provokation war. Denn er muss mir angesehen haben, dass ich eben nicht aus dem gleichen Grund bei Eva war wie er. Erneut hat er mich getestet, und diesmal bin ich durchgefallen. Ich sah es in seinem Blick, als ich auf sein Gerede keine Antwort gab. Die Enttäuschung stand ihm ins Gesicht geschrieben, genau wie der Zorn und der Ekel, einen Sohn großgezogen zu haben, der seinen Erwartungen nicht entspricht. Er ekelt sich vor mir? Ich werde mein Versprechen halten und Eva morgen wieder besuchen. Vielleicht gelingt es mir, ihr Vertrauen zu erwecken und sie aufzupäppeln, wie ich es bei Dreizack geschafft habe. Wäre eine gute Beschäftigung, bis ich weiß, wie es weitergehen soll.

25. November

Die letzten Tage hat es wieder sehr viel geschneit. Ich habe Eva einige Decken und eine Taschenlampe gebracht. Und auch eine Kiste, in der sie alles verstecken kann, wenn Paps sie besuchen kommt. Doch solange es schneit, bleibt er ohnehin lieber zu Hause, bevor er sich die Mühe macht, auf den Berg zu steigen.

Eva nennt ihn den »schwarzen Mann«. Vermutlich, weil es immer dunkel ist, wenn er zu ihr kommt, und weil sie immer die Augen schließt und dann vielleicht nur seine finstere Stimme wahrnimmt.

Ich schaffe es alle paar Tage, ihr einen Besuch abzustatten. Paps versorgt sie mit Essen, Wasser und leert die Eimer für die Notdurft, doch ich bringe ihr immer ein paar Rationen zusätzlich und auch etwas Süßes mit. Jeder Versuch, mich ihr zu nähern, verlief zunächst erfolglos, bis sie eines Tages ganz von selbst zu mir kam und sich an mich kuschelte. Während sie immer dünner wird, nimmt Dreizacks Wohlstandsbauch erschreckende Ausmaße an. Fast ist es, als würden sie eine kosmische Balance halten.

Manchmal erzähle ich Eva von Dreizack, und es fasziniert mich, wie ihre Augen dann leuchten. Sie ist ganz anders als Mädchen ihres Alters. So zart und elegant, mit diesem verborgenen Feuer in sich, das umso heller strahlt, wenn es um uns ganz dunkel ist. Sie wird einmal wunderschön werden. Erst neulich, da habe ich sie zum Abschied ganz fest an mich gedrückt, und als ich spürte, wie ihre schlanken Arme sich um mich legten, war ich plötzlich erregt. Mein Gott, wenn Paps mich jetzt sehen könnte. Er würde sich totlachen.

Niemals würde ich mich Eva so nähern, wie er es tut. Sie ist doch mein Augapfel, mein kleines Mädchen. Sie vertraut mir, und allein ihren ergebenen Blick auf mir zu spüren ist befriedigender als jede körperliche Nähe. Sie ist wie der Schnee, einfach vom Himmel gefallen, hauchzart und doch voller Rauheit. Beim Gedanken, was Paps mit ihr anstellt, wird mir schlecht. Doch es wäre sinnlos, sie zu befreien, wo soll sie denn hin? Dort draußen hat sie niemanden, der sie beschützt, niemanden, der sie so liebt wie ich. Am liebsten wäre es mir, wenn es nur noch uns zwei gäbe. Keine nackten Höhlenwände würden uns dann voneinander trennen. Es muss doch eine Möglichkeit geben!

In der Tat, die gibt es. Paps muss verschwinden.

26. November

Ich habe den letzten Eintrag nun schon zum dritten Mal gelesen. Stets wollte ich ihn umändern oder gleich die ganze Seite herausreißen. Ich kann es nicht. Es ist die Wahrheit, die da steht. Ich bin so verwirrt, mein Kopf tut so weh. Paps darf nicht verschwinden – Mama würde es umbringen! Sie trifft von uns allen die geringste Schuld. Ihr einziges Vergehen ist ihre Naivität, das Ignorieren des Offensichtlichen. Sie würde mich nicht verstehen.

12. Dezember

Es ist etwas passiert. Ich weiß nicht, was, doch Paps redet ständig davon, Eva loszuwerden. Nach Neujahr will er sie aus dem Loch holen, sofern sie lange genug in der Kälte durchhält, und ihr irgendwo in der Wildnis den Gnadenschuss verpassen. Als wäre sie ein krankes Kalb, das nur noch eine Belastung darstellt. Und dabei weiß er genau, wie sehr sie mir ans Herz gewachsen ist. Kennt er denn gar kein Mitgefühl, keine Gnade?

Ich hasse es, so hilflos zu sein – er ist eine Naturgewalt, die man einfach wüten lassen muss, ehe man hinterher die Schäden beseitigt und sich in Demut übt, überlebt zu haben. Arme Eva … Ich kann sie doch nicht einfach im Stich lassen! Was soll ich tun, mein Gott, was soll ich nur tun?

Nachtrag

Und wenn es doch eine Möglichkeit gäbe? Paps zu beseitigen? Wir wären dann alle frei. Ich, Eva und Mama.

Zunächst würde Mama mich hassen, aber irgendwann muss sie es doch begreifen! Ich darf nichts überstürzen. Ich muss zunächst mit Eva darüber reden.

14. Dezember

Paps will es noch vor Silvester erledigen. Er hat vor, ihr die Kehle aufzuschlitzen und sie dann auf dem Berg zu verscharren wie Fanni. Er hat mir alles erzählt. Seinen ganzen perversen Plan. War er immer schon so dumm oder erst, seitdem ich weiß, was er dort oben treibt? Vielleicht hat er sich bei Eva das Gehirn rausgevögelt. Angenommen, ich würde ihm mit der Axt den Schädel spalten, was würde mir da alles entgegenkommen – Worte, Lügen oder doch bloß eine braune ekelhafte Suppe?

Wobei eine Axt zu viel Dreck machen würde. Ein Kissen oder ein Gürtel wären da schon besser. Irgendetwas, das kein Blut fließen lässt. Andererseits wäre eine Axt sehr effektiv und schnell. Oder ein Schlag auf den Kopf …

16. Dezember

Ich habe mit Paps gemeinsam einen Baum für Heiligabend gefällt – ein Prachtexemplar von beinahe zwei Metern Höhe. Mama hat bereits mit den Festtagsvorbereitungen begonnen, das Haus geschmückt und das Christbaumkreuz vom Dachboden geholt. Auch der Karpfen für das Abendessen ist bereits sicher in der Kühltruhe verstaut.

20. Dezember

~~Ich werde es tun.~~
Ich werde es tun.

24. Dezember

Mir bleibt nicht viel Zeit. Mama ist gerade dabei, den Baum aufzuputzen. Ich habe mich in mein Zimmer gestohlen, um Evas Geschenk zu holen. Gleich nach dem Abendessen, wenn Paps sich dem Wein hingeben und Mama mit dem Abwasch beschäftigt sein wird, werde ich zu ihr gehen und es ihr überreichen. Es ist bloß ein Blatt Papier, doch die Worte darauf werden ihr gefallen: morgen Nacht! Da werde ich es tun. Ich werde alle Hindernisse aus dem Weg räumen und sie befreien. Und wir werden endlich alle glücklich sein.

Nachtrag

Mama schläft. Paps sitzt vor dem Fernseher. Er hat mich nicht aus dem Wald zurückkommen gesehen. Hat er Eva etwa schon vergessen? Hat er vergessen, dass sie seit Wochen tapfer der Kälte trotzt, allein und im Dunkeln, mit nichts weiter als der schalen Hoffnung auf einen schnellen Tod?

Er liebt sie nicht einmal. Sie ist nur ein Spielzeug, das er sich geholt hat, als ihm langweilig war. Er widert mich an. Er mag glauben, mich belehrt zu haben, doch in Wahrheit werde ich es sein, der ihm eine Lektion erteilt. Dreizack glaubt nicht an mich. Er kann nur Mäuse fressen und

Fellknäuel ausspeien, er ist genau wie Paps, ein hungriges Vieh ohne Gewissen, ohne Dankbarkeit für meine Liebe. Morgen. Ich weiß schon, wie ich es machen werde – mit der Schaufel. Eva ist es wert.

28. Dezember

Sie ist weg.

Eva

ist

weg!

5. Januar

Wie konnte ich nur so dumm sein? Ihre Augen haben mich perfekt getäuscht. Als ich sie bat, im Wald zu warten, während ich mich um Paps kümmere, gab sie mir ihr Wort. Sie gab mir ihr verfluchtes Wort. Paps wusste, dass man ihr nicht trauen konnte, er wusste alles, denn er war weise, und ich habe ihn betrogen.

Und Mama … Es tut mir so leid. Ob sie mir je verzeihen wird? Ich habe ihr alles erzählt – von Fanni und Eva und dass es vor ihnen womöglich noch viele andere gab. Sie saß lange da und starrte ins Nichts, und als sie mich schließlich ansah, dachte ich für einen Moment, sie hätte Mitleid mit mir.

»Du bist so ein dummer Junge«, sagte sie. »Glück zerstört man nicht, egal, wie falsch es sich anfühlt.«

Wenigstens ist Dreizack noch da. Er lässt mich nicht allein. Er ist eine treue Seele.

19. Januar

Das Haus ist so leer ohne Geräusche. Ohne Paps' harte Schritte und seine tiefe, ruhige Stimme, die hier alles zusammengehalten hat. Ich fühle mich wie unter Wasser, hilflos durch den trüben Tag treibend. Ob Eva noch irgendwo da draußen ist? Vielleicht hat sie es ja gar nicht aus dem Wald herausgeschafft und verrottet jetzt irgendwo in einer Felsspalte oder in einem Bach. Ich hoffe es so sehr. Paps' Schatten verfolgt mich, seitdem ich ihn oben auf dem Hang begraben habe. Er wüsste, was zu tun ist. Zum ersten Mal fühle ich mich richtig allein.

23. Januar

Dreizack ist weg. Seit einer Woche steht seine Futterschüssel unangetastet vor der Haustür. Heute habe ich sie weggeräumt, bevor der Geruch Wildtiere anlockt. Ich weiß nicht, ob er zurückkommen wird. Aber ich warte jeden Tag.

28

Ein dunkler Raum ohne Fenster und ohne Frischluft. Es riecht modrig. Wie tief unter der Erde. Man sieht kaum die Hand vor Augen. Sarah versucht ihre Sinne zu schärfen, um abzuschätzen, was hinter der Tür vor sich geht. Stimmen und Schritte poltern in unregelmäßigen Abständen durch das Haus. Ihre Hände sind hinter dem Rücken gefesselt, in ihrem Mund steckt ein Knebel. Sie hat bereits versucht, sich aus den Fesseln zu befreien, ohne Erfolg. Wer auch immer das getan hat, versteht sein Handwerk. Das Stofftuch in ihrem Mund ist vollgesogen mit ihrem Speichel, die Wunde an ihrer Stirn brennt und pocht. Sie versucht, ganz ruhig zu bleiben. Die Situation kann nur unter Kontrolle gebracht werden, wenn sie versteht, was vor sich geht.

Sie erinnert sich an den Schlag ins Gesicht, der zu plötzlich kam, um ihn abzuwehren. Vielleicht war es auch einfach zu dunkel – und sie sich ihrer Sache zu sicher. Sie hätte warten sollen, bis Richter bei ihr ist, das sieht sie nun ein. Nicht einmal Anfänger wären so leichtsinnig gewesen, die Sache selbst in die Hand zu nehmen. Doch sie war wie manisch, konnte kaum noch klar denken, und nun sitzt sie knietief in der Scheiße. Wenigstens steht jetzt endlich fest, dass sie sich nicht geirrt hat. Ihre Intuition hat sie auf die richtige Fährte geführt. Bleibt zu hoffen, dass Richter und die Kollegen schnell hier sein werden. Bevor sie ausstieg, gab sie ihm via SMS Bescheid, wo sie ist. Es kann nur eine Frage der Zeit sein, bis man sie finden wird …

Erneut lauscht sie in die Stille, die mittlerweile viel zu lange andauert. Sie konnte auch zwei Kinderstimmen herausfiltern: die eines Jungen und die eines Mädchens.

Die schwarzen Steinwände dämpfen jedes Wort zu unverständlichem Gemurmel. Auf der anderen Seite trampelt jemand vorbei, dicht gefolgt von Schritten, die weitaus weniger entschlossen wirken. Das Klirren eines Schlüsselbundes – oder sind das Ketten? Sarah presst sich mit dem Rücken gegen die Wand, versucht hochzukommen, doch da entfernen sich die Schritte wieder, und es ist so still wie auf einem Friedhof.

Sie hat einen Fehler gemacht. Den einen verheerenden Fehler, der oftmals zwischen Leben und Tod entscheidet: Sie hat die beiden unterschätzt. Sie dachte, sie würden sie zum Monster führen. Aber die wahre Bedrohung geht längst von jemand anderem aus.

Sie zerrt an ihren Fesseln. Ihre Beine knicken ein, als sie erneut versucht, sich an der Wand hochzustemmen. Es will nicht funktionieren. Sie muss warten. Geduld haben und bei klarem Verstand bleiben. Nur so wird sie das hier überleben.

29

Wir haben sie in die Räucherkammer gesperrt. Das ist ein kleiner, kalter Raum gegenüber der Eingangstür, ohne Fenster und mit nackten, groben Steinwänden. Bis wir wissen, was wir mit ihr machen sollen, ist das der vernünftigste Ort: Die Finsternis wirkt einschüchternd, und ohne Schlüssel oder Vorschlaghammer geht sie so schnell nirgendwohin. Das alles entspricht einer grauenvollen Logik. Wenn wir uns selbst schützen wollen, müssen wir einen Weg finden, diese Frau davon abzuhalten, uns zu verraten. Ganz gleich, mit welchen Mitteln. Janniks Worte.

Es dauerte Stunden, ihn davon zu überzeugen, dass Schlaf gewiss die beste Methode wäre, um nach der vergangenen Nacht einen klaren Kopf zu bekommen. Er war so überdreht, dass ich kein vernünftiges Wort mit ihm wechseln konnte. Nachdem er Wiesinger in die Räucherkammer gesperrt hatte, stürmte er von einem Raum zum anderen und schmetterte jeden Versuch, ihn zur Ruhe zu bringen, mit einem ruppigen »Sei still« oder »Lass mich nachdenken« ab. Dabei war ich selbst ein einziges Nervenbündel. Bin ich auch jetzt noch. Es ging alles so schnell, ich ließ ihn handeln, und jetzt wünschte ich, ich hätte den Mut besessen und ihn davon abgehalten. Alles, was in diesem Haus bisher geschehen ist, lässt sich erklären, aber das?

Wir halten eine Polizistin gefangen! Genau diese Worte waren es, die ich ihm immer und immer wieder ins Gesicht schrie, während er stur seinen Marsch durch das Haus fortsetzte, als befände er sich auf einem Kreuzzug. Zunächst brüllte er zurück, woraufhin ich ebenfalls zurückbrüllte, was die Kleinen, die überhaupt nicht verstanden, was vor sich ging, dazu brachte, das Schlachtfeld zu räumen und in ihr Zimmer zu verschwinden. Dann verfiel er in eisiges Schweigen, strafte mich mit herablassenden Blicken, als wäre er der Einzige, der die Situation richtig begriffen hat. Schließlich stand er da und schloss die Augen. Ich dachte schon, er wäre im Stehen eingeschlafen, so kaputt sah er aus. Als ich ganz sachte seinen Arm streichelte, kam er blinzelnd zu sich, und ich wusste, dass Erschöpfung und Ratlosigkeit seinen Panzer einen Moment lang verwundbar gemacht hatten. Ich begleitete ihn nach oben in unser Zimmer, wo er aufs Bett gefallen und seitdem nicht wieder aufgestanden ist.

Ich stehe vor der Räucherkammer und drehe den Schlüssel in meinen Händen. Ich habe keine Ahnung, was ich zu ihr sagen soll und ob es überhaupt möglich ist, unsere Situation noch mit Worten zu retten. Doch Janniks Schlaf wird nicht ewig dauern, und wenn er das Ruder erst wieder an sich gerissen hat, werde ich nicht den Mut haben, ihn davon abzubringen, seinen Willen durchzusetzen. Die Zeit läuft mir davon. Mir bleibt keine Wahl. Ich sperre die Tür auf und gehe hinein.

Flackernd springt die Leuchtstoffröhre an, die staubig und voller Spinnweben an der Decke hängt. Sie sitzt an der Wand, mit angezogenen Beinen, ihr langes Haar verbirgt eine Seite ihres Gesichts. Das Blut auf ihrer Schläfe ist mittlerweile getrocknet. Ihr Hosenanzug ist schmutzübersät, der Stoff an den Knien und den Ellenbogen eingerissen. Jannik hat ihr die Hände auf dem Rücken zusammengebunden und sie mit einem Tuch geknebelt. Das Tuch nehme ich ihr ab, die Fesseln lasse ich dran.

»Bitte«, keucht sie, und es klingt wie der Beginn eines Monologes, den sie die ganze Zeit in Gedanken geprobt hat. »Sie müssen das nicht tun. Sie wissen doch selbst, dass Sie sich dadurch nur noch mehr in Schwierigkeiten bringen. Machen Sie mich los und lassen Sie mich gehen, und ich verspreche Ihnen, dass ich alles tun werde, um Ihnen zu helfen.«

»Mir zu helfen?«

Sie wirft einen Blick durch die Tür. »Ich sehe doch, was hier los ist. Sie denken, Sie hätten keine andere Wahl, aber da irren Sie sich! Ich kann Sie vor ihm beschützen.«

»Nein, nein ... so ist das nicht.« Ich habe Mühe, meine Gedanken zu ordnen, den Sinn ihrer Worte zu erfassen. Sie möchte weiterreden, aber ich lasse sie nicht. »Er hält mich hier nicht gefangen. Er ist nicht der Bösewicht.«

»Ronja, hören Sie zu. So heißen Sie doch, oder?«

Ich nicke verstört. Sie muss es gehört haben, als Jannik und ich uns angebrüllt haben. Natürlich hat sie es gehört. Dann muss sie doch verstehen, was hier tatsächlich los ist!

»Ich kann Ihnen helfen«, wiederholt sie eindringlich ihre Worte. »Ihnen und den beiden Kindern – Sie wollen sie doch beschützen.«

»Ja«, flüstere ich. Dann schüttle ich wild den Kopf, straffe die Schultern und recke das Kinn, wie um die erdrückende Schwärze, die mich überkommt, zu durchbrechen. »Hören Sie, das ist alles ein furchtbares Missverständnis! Natürlich war es nicht richtig, Sie herzubringen, aber was hätten wir denn machen sollen? Wir – wir waren in Panik, er war in Panik!«

»Ronja ...«

»Er ist gar nicht so, ich schwöre es! Er ist nur ... er will uns beschützen, verstehen Sie?« Sie will mich unterbrechen, aber ich rede weiter, noch schneller und flehender als bisher. »Das hier ist unser Zuhause. Wir leben gerne hier, und wir wollen einfach nur in Ruhe gelassen werden. Also bitte ich Sie, ich flehe Sie an ... vergessen Sie, was passiert ist. Wir – wir tun niemandem etwas, wir wollen einfach nur allein sein! Bitte, das ist die Wahrheit!«

Ich knie mich zu ihr auf den Boden. Tränen sind mir in die Augen gestiegen, meine Stimme zittert. Wiesingers

Gesicht bleibt unbewegt. Da ist bloß ein Hauch Mitleid in ihren Augen, als sie ein Stück von der Wand wegrückt und den Kopf neigt.

»Das ist nicht wahr. Bitte, Ronja, Sie wissen das doch. Sie wollen wieder nach Hause. Sie haben es nur vergessen. Vertrauen Sie mir.«

»Vertrauen? Wie sollte ich ... Ich weiß nicht, was –«

»Machen Sie mich los, Ronja. Deswegen sind Sie doch hier. Sie wissen, dass das nicht der richtige Weg ist. Machen Sie mich los, und ich bringe Sie vor ihm in Sicherheit.«

»Zum letzten Mal, Sie verstehen das alles komplett falsch!«

»Machen Sie mich los«, wiederholt sie ruhig.

»Wieso hören Sie mir nicht zu? Wieso wollen Sie nicht –«

»Denken Sie an die Kinder! Wollen Sie, dass er mit ihnen das Gleiche macht wie mit mir? Wollen Sie das?«

Langsam werde ich wütend. Kann sie mich nicht verstehen oder will sie nicht? Jannik ist nicht das Monster, im Gegenteil, er hat uns vor dem Monster gerettet! Ich springe auf, zeige mit dem Finger auf sie. »Sie irren sich! Er ist nicht ... er würde nie ...«

»Machen Sie mich los, Ronja, ich bitte Sie! Wenn Sie mich nicht losmachen, wird alles nur noch schlimmer, denn dann machen Sie sich mitschuldig!«

»Hören Sie auf! Hören Sie auf damit!«

»Er hat Sie unter Kontrolle, begreifen Sie denn nicht? Machen Sie mich los!«

Ich weiche zurück und taumle gegen die Wand. Mein ganzer Körper bebt, so stark ist der Drang, auf sie zuzustürzen und ihr das verfluchte Tuch in den Mund zu stopfen, bis sie daran erstickt. Sie begreift, dass sie einen Fehler begangen hat, und wird nun sehr ruhig, spricht sanft und bedacht, als wäre ich ein verschrecktes Kind.

»Ronja. Ronja, sehen Sie mich an. Haben Sie keine

Angst. Ich verstehe Sie. Ich wollte Sie nicht unter Druck setzen. Ich werde mich für Sie einsetzen, das verspreche ich. Seien Sie vernünftig. Das kann alles noch gut ausgehen.«

Lügen, nichts als Lügen, um ihren abgebrühten Plan durchzuziehen. Für sie ist die Lösung so einfach. Nach nur einer Stunde in diesem Raum glaubt sie, alles durchschaut zu haben, die Jahre der Folter und der Unterdrückung, die Angst und die Zerstörungswut, die über uns hinweggefegt ist. Wir wurden dadurch so eng zusammengeschweißt, dass wir alles tun würden, um einander zu beschützen. Alles. Sie glaubt, uns zu verstehen, weil wir in ihre Schablone passen – die Wahrheit ist ihr vollkommen egal.

Ich schiebe ihr das Tuch zurück in den Mund und stolpere aus dem Raum. Ich werfe gerade die Tür ins Schloss, als Theo die Treppe hinunterkommt. Der Schreck lässt mein Herz gefrieren, weil ich ihn im Dunkel des Hauses für Jannik halte. Doch sein dürrer, kleiner Körper presst sich augenblicklich an mich, und ich atme erleichtert durch.

»Was ist das für eine Frau da drin?«, fragt er zögerlich. »Hat Jannik sie entführt? Ist er jetzt wie Paps?«

»Scht, ganz ruhig. Es ist alles gut, Theo, es ist alles gut.«

Ich setze mich mit ihm an den Tisch, schenke uns beiden ein Glas Eistee ein, das keiner von uns anrührt. Aus dem Augenwinkel erblicke ich Henna, die verschreckt auf der Treppe sitzt und uns beobachtet.

»Es … es ist leider etwas passiert«, erkläre ich. »Die Frau dort in der Kammer … sie macht uns für etwas verantwortlich, das wir nicht getan haben. Wir müssen sie erst von der Wahrheit überzeugen, bevor wir sie gehen lassen können.«

»Hält sie Jannik für Paps?«, kommt Hennas Stimme aus dem Hintergrund.

»Ja. So in etwa. Aber keine Angst«, füge ich hinzu, als sie zu mir gelaufen kommt und sich an mich klammert. »Es wird sich alles aufklären. Wir machen das schon. Wir werden ihr alles erklären, und sie darf wieder gehen.«

»Du lügst.« Theos Gesicht ist verzerrt, seine Stimme ist voller Zorn. »Jannik wird ihr etwas antun. Ich weiß es. Er ist wie Paps, er wird ihr etwas antun!«

»Theo, hör auf, so etwas zu sagen!«

»Aber wenn es doch die Wahrheit ist!«

»Schluss damit!«, brülle ich, und er sieht mich entsetzt an. »Du schlägst dir diese Gedanken jetzt sofort aus dem Kopf! Jannik ist nicht wie Paps, und er wird dieser Frau auch nichts antun. Hast du verstanden?«

Er springt so heftig vom Tisch auf, dass sein Stuhl nach hinten kippt. Sein Gesicht ist immer noch wütend, doch nun sehe ich auch Tränen in seinen Augen schimmern. »Du lügst«, sagt er erneut, flüsternd jetzt. Er rennt nach oben und lässt die Tür knallen.

Oh Gott. Es geht nicht mehr. Jeden Moment reißt die Panik mich auseinander.

Henna, die auf meinen Schoß geklettert ist, krallt sich mit beiden Händen in den Stoff meines Pullovers. Das Gewicht ihres kleinen Körpers zerdrückt mich fast.

»Nicht weinen«, flüstere ich, obwohl sie ganz still ist.

Ich stehe am Fenster unseres Zimmers und sehe der Sonne beim Untergehen zu. Es ist lange her, dass ich mir Zeit dafür genommen habe, für dieses magische, aber auch traurige Schauspiel. Wenn es dunkel wird, erwacht der Wald zum Leben, Geräusche werden laut, die man im Schutz der Helligkeit nicht wahrnimmt, hier ein Knacksen im Gebüsch, dort ein Flüstern hinter dem Felsen, und wenn die Kälte sich erst in den Schatten angesammelt hat, leise knarzend wie Eis, versickert das letzte Licht in der schwarzen Masse, aus der die Nacht emporsteigt, und alles, was du tun kannst, ist zu fliehen. Vor dem Ende des Tages, das so endgültig scheint wie das Ende der ganzen Welt.

Ich trete vom Fenster zurück und lehne mich an die Wand, horche gespannt in die Stille. Bevor ich nach oben ging, habe ich Wiesinger noch einmal etwas zu trinken gegeben. Sie versuchte nicht mehr, auf mich einzureden. Ich weiß nicht, wie es weitergehen soll. Ich habe solche Angst.

Ein träges Stöhnen dringt aus dem Bett. Jannik setzt sich auf und streckt alle Glieder. Er trägt noch immer dieselbe Kleidung. Sein Haar ist zerwühlt vom langen Schlaf und fällt ihm ins Gesicht.

»Wie spät ist es?« Er klingt entspannt, fröhlich geradezu. Er muss sehr tief geschlafen haben.

»Kurz vor siebzehn Uhr.«

»Wirklich? Wow.« Er fährt sich gähnend durchs Haar, dann riecht er an seiner Achsel. »Wow«, wiederholt er, nun weniger begeistert.

Ich setze mich zu ihm und streiche mit den Fingerspitzen die Falten seiner Bettdecke glatt. Sein Körper spannt sich an, und sein Gesicht wird sofort ernst. Falls er im Schlaf Ablenkung fand, so ist es jetzt damit vorbei.

»Wir müssen uns etwas überlegen«, beginne ich. »Sie festzuhalten hilft uns auf Dauer nicht.«

»Ich weiß.«

»Sie denkt, dass du uns alle hier festhältst! Wenn wir sie nicht überzeugen können, dann wird sie … dann wird sie …«

»Hey. Ganz ruhig. Beruhige dich, Ronja.«

»Nein. Es ist meine Schuld! Wenn ich dich nicht gedrängt hätte, Nika ins Krankenhaus zu bringen, wäre das alles niemals –«

»Lass es«, unterbricht er mich. Er nimmt mein Gesicht in die Hände und schaut mir fest in die Augen. »Es war meine Entscheidung. Alles. Ich werde das wieder hinbiegen, versprochen. Jetzt beruhige dich bitte.«

Eng sitzen wir beieinander, flüchten uns in Nähe, weil das Offensichtliche droht, uns auseinanderzureißen: *Sie festzuhalten hilft uns auf Dauer nicht.* Was also bleibt uns übrig?

»Du solltest schlafen gehen«, meint er sanft. »Du siehst sehr müde aus.«

Ich schaue ihn an. Er ist mein Beschützer, mein Halt, die ruhige Stimme, die mir seit jeher sagt, was zu tun ist. Und plötzlich wage ich es nicht mehr, ihm zu trauen. Es ist wie ein Schnitt durch die hauchdünnen Fäden, die mich all die Jahre zusammengehalten haben, ein Stoß in die falsche Richtung. Ich schlinge die Arme um ihn, als würde das etwas ändern, als fühlte ich so nicht diese schmerzende Leere in mir, die alles verzehrt, und er hält mich ganz, ganz fest, weil es das Einzige ist, was uns in diesem Moment geblieben ist: die Vorstellung einer Liebe, die so stark ist, dass sich mit ihr alles überwinden lässt.

»Versprich mir, dass du nichts Unüberlegtes tun wirst«, bitte ich ihn.

»Habe ich das je?«

Ich schüttle den Kopf, und er streicht mir zärtlich über die Wange.

»Ich verspreche es«, sagt er.

Erschöpft lehne ich den Kopf an seine Schulter. Als er mich sanft aufs Bett drückt, möchte ich protestieren, doch wie von selbst fallen mir die Augen zu, und ich versinke in der samtigen Schwärze eines tiefen Schlafs.

30

Kleine, sanfte Pfoten auf meinen Schultern. Kitzelige Barthaare, die mich im Gesicht streifen. Ein tiefes, wohliges Schnurren.

Mit einem Stöhnen rolle ich mich auf den Rücken und schaue direkt in zwei schräg stehende Augen, die sich unmittelbar vor meinem Gesicht befinden.

»Haha, du hast dich erschreckt!«

Stolz nimmt Theo die Katze von meinem Bett und drückt sie mit einem breiten Grinsen an seine Brust. Das von den Vorhängen gedämpfte Sonnenlicht malt lauter kleine Sprenkel in sein Gesicht. Als ich mich aufrichte, zieht er die Vorhänge zurück und setzt sich mit der Katze auf Janniks leeres Bett. Selten hat er so munter und zufrieden gewirkt.

»Was ist los? Gibt es etwas zu feiern?«, frage ich gähnend.

»Es hat geschneit! Und Jannik hat mir erlaubt, die Katze zu behalten!«

»So etwas habe ich mir fast gedacht.« Meine Begeisterung hält sich jedoch in Grenzen. So strikt, wie Jannik gegen dieses Tier war, kommt mir seine Meinungsänderung doch sehr merkwürdig vor. »Wo ist Jannik denn?«

»Draußen.«

»Jetzt schon? So früh am Morgen?«

»Was redest du? Es ist fast Mittag. Du hast verschlafen.« Er liebkost das graue Fellknäuel, das unter dem Druck seiner Umarmung protestierend mauzt.

Mittag? Ich springe so schnell aus dem Bett, dass mir schwindlig wird. Meine Beine reißen die Bettdecke zu Boden, mein leerer Magen rebelliert gegen das zu rasche Aufstehen. Wie kann es schon Mittag sein? Ich muss erschöpfter gewesen sein, als ich dachte. Wieso hat Jannik mich nicht geweckt?

Jeans, Pulli, Schuhe, für mehr bleibt keine Zeit. Das Bad muss warten. Ohne einen Blick in den Spiegel zu werfen, laufe ich nach unten, durch die Stube und zur Räucherkammer, deren Tür nicht mehr verschlossen ist. Beim Öffnen strömt Licht in die Dunkelheit und entblößt das Innere des Raumes. Eine grauenvolle Kälte kriecht mir den Rücken hoch, legt sich wie zwei eisige Hände um meinen Hals und drückt zu. Da sind nur schwarze Wände – die Polizistin ist nicht mehr da.

Ich stürze hinaus ins Sonnenlicht und kollidiere mit einem großen, unüberwindbaren Hindernis. Der Zusammenprall lässt mich laut aufschreien. Etwas schnappt nach mir, instinktiv reiße ich die Arme in die Luft, und eine fremde Kraft schüttelt mich durch. Erst als ich die tiefe, vertraute Stimme höre, wird mir klar, dass es bloß Jannik ist, der verwirrt meine um sich schlagenden Hände festhält.

»Ronja! He, Ronja! Was soll das? Halt still, ich bin's nur.«

Ich erstarre, blicke in sein Gesicht. Er wirkt verwundert, setzt aber ein Lächeln auf.

»Wo ist sie?« Die Worte kommen schleppend, stauen sich in meiner Kehle und brechen dann ungehindert hervor. »Wo ist die Polizistin? Die Kammer ist leer, wo ist die Polizistin?«

»Ganz ruhig, Ronja. Es ist alles gut. Sie ist weg, ich habe sie gehen lassen.«

»Was?«

Er lässt meine Hände nicht los. Er lässt sie einfach nicht los. »Es war die einzige Möglichkeit. Ich habe lange mit ihr geredet. Keine Ahnung, ob sie mir geglaubt hat, aber sie hat es zumindest behauptet. Sie meinte, sie wird uns nicht verraten. Wir werden es ja sehen.«

Der Druck seines Griffs nimmt ab, als er spürt, dass

ich mich entspanne. Schließlich weicht er ein paar Schritte zurück, und ich wische mir schniefend über die Nase und den Mund. Die kalte Luft macht meine Glieder ganz schwer. Ich setze mich vor die Haustür, stütze die Stirn in eine Hand und schweige.

»Ronja, was hast du denn?«

»Du … du hast sie gehen lassen?« Es klingt noch absurder, wenn ich es wiederhole – vielleicht auch, weil meine Stimme so schwach und zittrig ist, dass die Hälfte der Worte sich in Luft auflöst.

»Das ist es doch, was du wolltest. Oder nicht? Du wolltest, dass ich mich um das Problem kümmere.«

»Ja … schon.«

Meine eigenen Gedanken bereiten mir Schwindel. Ich lege den Kopf auf die Knie und versuche das alles zu verarbeiten. Seine Worte, die leere Kammer, Theos überraschend gute Laune – die einzelnen Teile wollen einfach nicht zusammenpassen.

Irgendetwas stimmt nicht.

Ich schaue hoch, weil die Kopfschmerzen in der kauernden Position noch schlimmer werden. Janniks Gestalt verdunkelt die Sonne, die kalt und grell zwischen den Bäumen hindurchdringt. Sein Lächeln ist verschwunden.

»Wie hast du sie denn überzeugen können? Ich meine … was hast du zu ihr gesagt?«

»Ich weiß nicht. Einfach die Wahrheit.« Er macht eine hilflose Geste mit der Hand, die ich noch nie bei ihm gesehen habe.

»Und sie hat dir geglaubt?«

Er schweigt kurz, und ein Schatten huscht über sein Gesicht.

»Wie gesagt«, antwortet er sehr ruhig, »ich weiß es nicht. Aber sie ist in ihr Auto gestiegen und weggefahren, und bis vor wenigen Minuten war ich darüber noch sehr froh.«

Seine dunklen Augen lassen nicht von mir ab. Deutlich sehe ich den Ärger darin, den meine panische Fragerei in ihm auslöst, aber auch etwas anderes, etwas viel Tieferes, das seinen Panzer durchbricht und für einen kurzen Moment nach außen strahlt. Es sind nur feine Risse an der Oberfläche, doch es scheint ... als hätte er Angst.

Ich lasse den Kopf hängen, weil er sich taub und viel zu schwer anfühlt. Ich will nicht an Jannik zweifeln. An ihm zu zweifeln bedeutet, alles verloren gehen zu lassen, woran ich je geglaubt habe.

»Es tut mir leid«, sage ich. »Ich wollte nicht ... Ich bin auch froh, dass sich die Sache geklärt hat.«

Er geht aus der Sonne, sodass die Helligkeit mit einem Mal überall zu sein scheint. Als er sich zu mir setzt, rinnt eine verirrte Träne meine Wange hinunter, ich spüre seine Lippen auf meiner Stirn, und die Angst zermalmt quälend langsam mein Herz. Die Angst, dass er mich belügt, die Angst vor der Wahrheit. Ich weine, wie ich noch nie in seiner Gegenwart geweint habe, laut und ohne Ende.

»Ist ja gut«, meint er und hält mich noch fester. »Es ist vorbei. Ab jetzt wird alles gut.«

Ich höre die Freude in seiner Stimme, die Rührung, weil er meine Tränen für ein Zeichen der Erleichterung hält. Doch die Wahrheit ist anders und ganz simpel.

Ich glaube ihm nicht.

Den Nachmittag bringe ich irgendwie herum, spiele mit Theo Matador, bürste mit Henna die Katze und rühre aus übrig gebliebenen Zutaten einen Kuchenteig zusammen. Die Kinder scheinen meine Anspannung nicht zu bemerken. Seit dem Morgen spielen sie mit der Katze, und ich glaube, genau das war Janniks Plan. Er wusste, dass er sie ablenken muss, solange er beschäftigt ist. Bloß womit beschäftigt? Gehen lassen hat er Wiesinger garantiert nicht. Sie wäre doch längst mit der Polizei zurückgekommen. Vermutlich hat er es vor Sonnenaufgang getan, als ich noch fest schlief. Vielleicht hat er tatsächlich mit ihr geredet, hat sie zu überzeugen versucht, doch er wird nicht weit gekommen sein und ist zu Plan B übergegangen.

Es gibt nur eine Möglichkeit, die Wahrheit herauszufinden.

»Bleibst du ein bisschen bei den Kleinen? Ich brauche mal eine Auszeit.«

Jannik steigt von der Leiter, die er neben der Haustür an die Außenmauer gelehnt hat, um die Regenrinne von Schnee und Eiszapfen zu befreien. Sein Gesicht ist von der Kälte gerötet, aber er grinst. Wie so oft heute.

»Sicher. Magst du dich hinlegen?«

»Ich dachte eher an einen Spaziergang.«

Ich suche nach einem Anzeichen von Nervosität in seinem verdächtig fröhlichen Gesicht. Er zieht sich die Handschuhe aus und trägt die Leiter zurück in den Geräteschuppen.

»Wie du willst«, ruft er über die Schulter zurück.

Ich warte, bis er zurückkommt. Er soll mir in die Augen sehen, wenn er mir diese eine Frage beantwortet. »Denkst du, dass diese Polizistin zurückkommen wird?«

»Aber nein. Mach dir keine Gedanken deswegen.«

Er klingt so ehrlich. Weil er sich seiner Worte so sicher ist.

Während er in die Stube geht und die Kinder mit dem Vorschlag überrascht, den noch warmen Kuchen anzuschneiden, schlüpfe ich in Jacke, Schal und Mütze und verabschiede mich für meinen Spaziergang.

»Kann ich mitkommen?«, ruft Henna aus, doch Jannik sichert sich ihre Aufmerksamkeit, indem er mit dem Kuchenmesser auf den Teller klopft und »Wer will das erste Stück?« fragt.

Das geht zu einfach. Ich überlege, im Haus zu bleiben

und zu glauben, was auch immer er mir erzählt. Wäre das nicht der Traum, dem ich all die Zeit nachgehangen habe? In Freiheit zu leben, mit ihm an meiner Seite? Aber dann gehe ich doch los.

Es ist einer dieser Abende, an denen der Wald wie verzaubert wirkt. Zwischen den Bäumen ist es still, und kein Lüftchen regt sich, das die tiefgrauen Wolken, die den Himmel verdunkeln, davonwehen könnte. Der Mond ist noch nicht aufgegangen. Frisch gefallener Schnee bedeckt den Boden und die Äste, selbst in der Luft hat er sich festgesetzt, sodass es aussieht, als ziehe glitzernder Nebel vorbei, der alles zu einem abstrakten Gemälde verwischt, zu einer Illusion.

Ich weiß nicht, ob ich das Richtige tue. Ich sehe mich um. Niemand ist bei mir, selbst mein Mut hat mich verlassen. Ich folge der vereisten Straße bis zu der Weggabelung, wo eine Kurve höher Wiesingers Auto stand. Bereits von Weitem wird klar, dass es nicht mehr dort ist. Das reicht mir nicht. Ich gehe weiter. Die Reifenspuren im Schnee sind frisch. Sie verlaufen ein Stück die Straße zurück und folgen dem Trampelpfad, an dessen Kreuzung wir im Lada auf Wiesinger gewartet haben. Die falsche Richtung. Die falsche Richtung.

Je tiefer die Spuren mich in die Wildnis führen, umso lauter klopft mein Herz. Ein Feld aus vereisten Bäumen drängt mich hinaus aus dem Wald und auf eine einsame Lichtung, auf der ich noch nie zuvor gewesen bin. Der rauchige Geruch des Winters wabert wie Geisterschwaden über das Feld. In meinem Kopf beginnt es zu pochen. Hier verlieren sich die Spuren unter dem frischen Schnee. Die Bäume zerschneiden das letzte Licht zu roten, dünnen Fetzen, die langsam zu Boden sinken und schließlich darin verschwinden.

Doch ein Lichtstrahl entkommt. Er irrt in der Luft umher, über verschneite Felsen und zerspringt an etwas

Glänzendem, das sich beim Näherkommen als die vereiste Oberfläche eines kleinen Sees entpuppt.

Nackte Birken drängen sich am Ufer wie Verdurstende, die um Wasser flehen. Ihre vom Schnee niedergedrückten Äste strecken sich gequält nach der Wasseroberfläche, sodass ihr Schatten den See verdunkelt. Da ist nur dieser Lichtstrahl, der unaufhaltsam über das Eis tanzt.

Ich trete nahe ans Ufer. Der Lichtstrahl wird von etwas reflektiert, das sich unter der Wasseroberfläche befindet.

Ich greife nach einem der Äste, um mich so weit wie möglich über den Rand zu beugen. Bis zur Mitte ist das Eis gebrochen. Unter den Schollen schwimmt etwas – zu groß für ein Tier oder einen Menschen. Da sind Zahlen. Ein Nummernschild.

Ich spüre eine Erschütterung tief in meinem Inneren. Etwas in mir ist kaputtgegangen.

Für immer.

Mein Vertrauen.

31

»Ronja, schau mal!« Schokoladenverschmierte Zähne grinsen in meine Richtung. »Ich bin ein Zombie! Wuah!«

»Bitte geh mit Henna nach oben, Theo. Ich will mit Jannik allein sprechen.«

Es muss etwas in meiner Stimme liegen, das sofort zu ihnen durchdringt; etwas, das sie nicht von mir gewohnt sind. Ohne ein Wort der Widerrede stehen sie von ihren Stühlen auf, nehmen sich bei den Händen und laufen die Treppe hoch, als wäre ein Feuer ausgebrochen. Flammen wären mir jetzt gar nicht so unrecht. Eine Katastrophe, ein Erdbeben oder Paps, der plötzlich in der Tür steht und uns alle umbringt. Irgendwas, das mich davon abhält, dieses Gespräch zu führen.

Ich warte auf das Zufallen der Zimmertür, ehe ich sehr vorsichtig zu Jannik an den Tisch trete. Die drei haben den halben Kuchen verputzt. Die schmutzigen Teller sind übereinandergestapelt, und Jannik steht auf, um sie in die Küche zu bringen.

»War es ein schöner Spaziergang?«

Ich habe das Gefühl zu ersticken – an all den Worten, die ich mir vorgenommen habe und die ich jetzt nicht über die Lippen bringe, weil sie zu sehr wehtun. An meiner tiefen, unerschütterlichen, dummen Liebe und an der Brutalität, mit der er auf dieser Liebe herumtrampelt. Es zieht mich nach unten, auf den Grund des Sees, dessen stiller, geisterhafter Anblick wie ein Alptraum durch meinen Kopf spukt. Gleich werde ich keine Luft mehr bekommen, werde dort unten ertrinken, und die Wahrheit wird mit mir sterben, wenn ich sie jetzt nicht herauslasse.

Jannik kommt aus der Küche zurück und lehnt sich mit der Schulter gegen den Türrahmen.

»Stimmt etwas nicht?«

»Wo ist sie?« Es ist die einzige Frage, die von Bedeutung ist.

Sein Gesicht bleibt ganz ruhig. Bloß seine Augen verengen sich leicht. »Weg. Das habe ich dir doch gesagt.«

»Wo hast du sie hingebracht?«

Ich werde lauter, aber nicht selbstsicherer. Ein Teil von mir möchte ihm immer noch vertrauen; möchte glauben, dass er zu all den Dingen, die er seit Paps' Tod getan hat, nicht fähig ist. Von ganzem Herzen möchte ich das glauben.

»Ich verstehe nicht, was du meinst. Ich habe sie nirgendwo hingebracht.«

»Ich habe das Auto gefunden, Jannik. Du warst nicht gründlich genug.«

Er nimmt die Schulter vom Türrahmen. Es ist die einzige Bewegung an ihm. Seine Augen sind so dunkel, dass ich nicht erkenne, ob er mich direkt ansieht oder einfach durch mich hindurch, weil seine Gedanken bereits nach einer Lösung suchen. Habe ich es kommen sehen? Oder habe ich bewusst die Augen davor verschlossen, mich in den Wirren meiner verrückten Gefühlswelt versteckt, während sich der einzige Mensch, dem ich nahe sein wollte, immer weiter von mir entfernt hat?

»Wo ist sie, Jannik?« Meine Stimme zerschmettert die Ruhe in seinem Gesicht, und er schluckt hart.

»Ronja …«, beginnt er und bricht dann ab.

»Ist sie noch hier?« Ich gehe ein paar Schritte auf die Treppe zu, werfe einen Blick an die Decke. »Hast du sie auf dem Dachboden versteckt? Oder im Holzschuppen? Nein, das wäre dir zu riskant. Man könnte sie hören. Hast du … hast du sie umgebracht?«

Er schüttelt den Kopf.

»Was hast du dann mit ihr gemacht?« Ich brülle die Worte heraus, kann zusehen, wie sie an seiner Miene abprallen, die wieder eine eherne Härte angenommen hat. Mich packt eine solche Wut. Ich marschiere auf ihn zu und drücke ihn an die Wand, beginne mit den Fäusten auf seine Brust einzuschlagen, will ihn brechen, irgendwie. Zwecklos. Meine Kraft strömt aus mir heraus, als würde ich am ganzen Körper bluten, und scheint stattdessen auf ihn überzugehen, scheint ihn noch stärker und unnachgiebiger zu machen. Ich höre auf und ziehe mich auf die andere Seite des Raumes zurück, weil ich nichts anderes mehr kann als zu schluchzen.

»Wo ist sie?«, rufe ich noch einmal.

»Dort, wo sie uns nicht mehr schaden kann. Begreif das doch. Wenn ich sie freigelassen hätte, hätte sie uns nie wieder in Ruhe gelassen. Ich musste etwas unternehmen.«

Der Boden knarrt unter seinen Schritten, dann steht er vor mir. Nackte Entschlossenheit versteinert sein Gesicht, lässt es um Jahre älter wirken. Stand er genauso vor ihr wie jetzt vor mir, mit dieser tödlichen Überzeugung, das Richtige zu tun?

»Jannik, bitte. Sag mir, wo sie ist. Sag mir endlich, wo sie ist!«

»Na, wo wohl?«

Ich weiche ihm aus, taumle zur Tür. Das Grauen raubt mir den Atem. Wieso habe ich nicht selbst daran gedacht? Weil es zu grausam wäre, zu sehr ... Paps.

Er folgt mir, drängt mich zur Seite und stemmt den Arm zwischen mich und den Ausgang.

»Denk nicht einmal daran.«

»Jannik ... du bist ja wahnsinnig! Wir müssen sie holen. Geh mir aus dem Weg.«

Er versetzt mir einen Stoß gegen die Brust. Nicht fest, aber überraschend genug, dass ich gegen die Wand krache. Sein Blick ist nun pures schwarzes Eis.

»Nein«, sagt er.

»Verdammt noch mal, was ist denn nur los mit dir! Hast du vergessen, wie es dort oben ist? Willst du wie Paps werden?«

»Ich will uns beschützen«, hält er dagegen, mit der gleichen sturen Ruhe, die ihn schon die ganze Zeit umgibt wie ein undurchdringlicher Schutzwall. Ohne mich aus den Augen zu lassen, greift er nach der Tür, sperrt ab und steckt den Hausschlüssel ein. »Du musst mir jetzt vertrauen, Ronja. Dort oben macht sie uns wenigstens keine Probleme.«

»Und wenn sie beginnen, nach ihr zu suchen?«, brülle ich. »Was dann?«

»Sie werden sie nicht finden. Niemand wird sie finden, denn uns hat auch niemand gefunden.«

Die Worte ziehen mir den Boden unter den Füßen weg. Diese erdrückenden, so furchtbar wahren Worte. Wer einmal hierherkommt, der wird hilflos in den Abgrund gezerrt, dahin, wo die Wurzeln der Bäume enden, wo sich das Blut sammelt, das von der Erde aufgesogen wurde, wo es nur noch das Vergessen gibt, ins tiefe schwarze Herz dieses Gefängnisses. Ist es das, was dieser Wald macht, die Menschen einfach zu verschlucken? Ich möchte nicht länger ein Teil davon sein, möchte nicht zulassen, dass erneut jemand hier verschwindet, so wie es uns einst ergangen ist. Ich muss ihn zur Vernunft bringen, sonst wird sein blinder Beschützerinstinkt uns noch alle in Gefahr bringen.

»Das ist doch Wahnsinn. Ich fahr jetzt rauf und hol sie.« Ich schiebe ihn beiseite, greife nach der Türklinke. »Gib mir den Schlüssel.«

»Ronja, lass das.«

»Gib mir den Schlüssel!«

»Ich sagte Nein!«

Er packt mich an den Schultern und schleudert mich zu Boden. In meinen Ohren hallt ein Klingeln, während ich mit der Zunge ungläubig die Innenseite meines Mundes und meine Lippen abtaste. Ich schmecke Blut. Im selben Moment explodiert der Schmerz in meinem Kiefer, und ich stoße ein langes, elendes Heulen aus.

»Siehst du, wozu du mich gebracht hast? Jetzt reiß dich gefälligst zusammen! Und hör auf zu flennen!«

Wie Steinschläge poltern seine Schritte über den Boden. Überall liegen Scherben – ich muss gegen den Spiegel gestürzt sein. Als ich mühsam den Kopf hebe, hat er die Arme im Nacken verschränkt und murmelt irgendetwas vor sich hin. Der Eisengeschmack in meinem Mund bringt mich zum Würgen, und ich speie blutigen Speichel auf den Boden. Die Tür ... ich muss zu dieser Tür!

»Ronja?«

Die unsichere Stimme lässt uns beide erstarren. Theo steht auf der Treppe und sieht mit blassem Gesicht zwischen uns hin und her. Obwohl mir jeder Knochen wehtut, kämpfe ich mich auf die Beine, für ihn muss ich das tun. Ich muss stark wirken, damit er sich nicht fürchtet.

»Geh zurück nach oben«, befiehlt Jannik.

Theos Blick sucht unruhig nach einer Erklärung. Ich sehe, wie seine Hand sich an das Treppengeländer krallt, mit aller Kraft.

»Wieso hast du Ronja wehgetan?«, fragt er Jannik.

»Bitte, Theo«, sage nun auch ich, »geh zurück nach oben. Sofort!«

»Nein!« Er kommt den Treppenansatz herunter und stellt sich schützend vor mich. »Lass sie in Ruhe!«

»Theo ...« Ich umfasse seine Schultern, möchte ihn wegschieben, doch er ist stark – stärker, als ich dachte.

In Janniks Augen blitzt es zornig, und über meinen Körper breitet sich Gänsehaut aus. Er packt Theo am Kragen seines Pullis, will ihn beiseitestellen wie einen Sack. Theo tritt nach ihm, und da schlägt Jannik plötzlich zu. Er trifft Theo im Gesicht, der Junge dreht sich wie ein Kreisel und knallt mit vollem Gewicht gegen die Wand.

Schon sehe ich Theo am Boden liegen, weil sein kleiner Körper Janniks Wut nicht gewachsen ist. Doch zu meiner Überraschung bleibt er aufrecht stehen. Blut rinnt ihm aus der Nase, seine Beine zittern, aber er bleibt aufrecht stehen. Dieser tapfere, sture Dummkopf.

Jannik starrt an sich hinab, als verstünde er sich selbst nicht mehr. Sein Gesicht ist kreidebleich.

»Es … es tut mir leid«, stößt er aus. »Theo, ich wollte nicht –«

Theo rennt los und rammt seinen Körper mit voller Wucht gegen Jannik. Der Zusammenprall ist so heftig, dass sie beide durch die Tür zur Stube krachen. Staub wirbelt auf, und in einem Haufen aus Schutt und Sperrholz sehe ich Theos wütende Fäuste fliegen.

Ich reagiere wie ferngesteuert. Ich umklammere Theo von hinten und zerre ihn von Jannik weg. Er zappelt und windet sich in meinen Armen, versucht sich brüllend loszureißen, während Jannik vom Boden aufspringt und sich in einer Mischung aus Wut und Entsetzen über das Gesicht und durchs Haar fährt.

»Schluss damit!«, brüllt er, und Theo erstarrt. Wie eine Puppe hängt er in meinen Armen, nur seine Augen, die bleiben angriffslustig.

Die morsche Holztür hat es in grobe Splitter zerrissen. Jannik hebt einen davon auf und schleudert ihn gegen die Wand. Dann weicht auf einmal alle Anspannung aus seinem Körper. Er sinkt auf die Knie und atmet durch. Sein Gesicht verschwindet hinter einem Schwung staubigen Haars, als er mit einem kraftlosen Stöhnen den Kopf hängen lässt. Ich nutze meine Chance und renne mit Theo nach oben. Ich stoße ihn zu Henna ins Zimmer, schleudere die Tür zu und stürme nach nebenan, werfe mich aufs Bett und drücke das Gesicht in mein

Kissen, um jedes noch so leise Schluchzen zu unterdrücken.

Es mag eine Stunde vergehen, in der sich nichts im Haus regt.

Schließlich höre ich bedachte Schritte auf der Treppe.

Die Tür öffnet sich ganz vorsichtig. Doch noch wagt Jannik sich nicht herein. Er steht da und sieht mich an, so hilflos wie damals, als er mit dem Messer in der Hand auf Paps' toten Körper starrte.

»Geht es Theo gut?«, bricht er zögernd das Schweigen.

Ich weiß nicht, ob ich stark genug bin, um jetzt mit ihm zu reden. Die Tränen sind versiegt, doch in meinem Inneren schreie ich. Wieso muss er es mir so schwer machen? Es könnte alles so einfach sein ... wäre er nur derjenige, den ich so verzweifelt in ihm sehen will.

»Ich hab die Beherrschung verloren. Ich wollte dir nicht wehtun. Das weißt du doch, oder?«

Ich nicke, weigere mich aber, ihn anzusehen. Er schließt die Tür hinter sich und kommt langsam auf mich zu. Ich versuche mich nicht zu bewegen, obwohl mit jedem Schritt, den er sich mir nähert, die Angst in mir wächst. Ich hoffe, dass er bei seinem Bett stehen bleiben wird, doch er wartet nur kurz, dann will er sich zu mir setzen. Ich springe auf und weiche bis zum Fenster zurück.

Er hebt beide Hände. »Ganz ruhig. Ich werde dir nichts tun.«

»Hast du das auch zu ihr gesagt?«, bricht es aus mir heraus. Hemmungslos, wild schreiend, dann ganz leise, gelähmt vor Entsetzen. »Als du sie aus der Räucherkammer geholt hast ... bist du da vor ihr gestanden und hast ihr gesagt, dass du ihr nichts tun wirst? Hast du es so gemacht?«

Er atmet tief und schwerfällig ein, schüttelt den Kopf. »Es war nötig, Ronja. Wenn du dich erst beruhigt hast, wirst du das verstehen. Es ging nicht anders.«

»Du hättest sie gehen lassen können!«

»Nein. Das hätte ich nicht.«

Ich suche die Reue in seiner Stimme und erkenne nur wieder diese kalte Überzeugung. Ich fühle mich so ausgelaugt, des Kämpfens und Schreiens müde. Ich lasse zu, dass er näher kommt. Vorsichtig streckt er die Hand nach mir aus, fährt mit dem Daumen über meine aufgeplatzte Lippe; ein zärtliches »Es tut mir leid«, das ich wie einen Atemhauch auf meiner Haut spüre.

»Versprich mir … versprich mir, dass wir sie holen fahren«, flüstere ich, während sein Daumen immer weiter wandert, über mein Kinn und meinen Hals hinab, in einer brennend heißen Linie.

»Vergiss sie doch einfach. Sie ist weg.«

»Nein … wir müssen sie holen fahren … gleich morgen … versprich es mir …«

Ich verliere den Faden. Er hat begonnen, mich zu küssen, federleichte, zarte Berührungen seiner Lippen, auf meinem ganzen Gesicht. Er hält mich fest, sodass ich nicht von ihm wegkomme. Seine Hände berühren meinen Bauch, gleiten langsam über meine Hüfte und meinen Rücken entlang, fahren unter den Stoff meines Pullis.

Ich kann nicht denken. Jetzt nicht mehr. Seine Nähe ist wie ein schweres, warmes Tuch, das alles in mir erstickt, das die Welt aussperrt, bis es nur noch uns beide gibt. So war es schon immer. Wir zwei so dicht aneinander, mein Herzschlag, der immer schneller wird, das Gefühl seiner Hände auf meiner Haut, zuerst sanft, dann fest und drängend. Ich umschlinge seinen Hals, und er drückt mich gegen die Wand, und plötzlich küssen wir uns so wild, dass mir schwindlig wird. Mein Herz stockt, und ich spüre, wie sich alles um uns zu drehen beginnt, wie im Inneren eines Strudels, der uns aus dem Hier und Jetzt schleudert.

Er öffnet den Knopf meiner Jeans, fährt unter den

Bund, schiebt sie nach unten. Schwer und heiß presst sich sein Gewicht gegen mich, raubt mir jeden Spielraum. Auf einmal geht alles ganz schnell. Ich schlüpfe aus meinen Schuhen, der Boden ist eiskalt. Mein Atem geht flach, vermischt sich mit kleinen, keuchenden Lauten, die ich nicht kontrollieren kann. Das ist alles so gut, dass ich es kaum noch aushalte.

Nein, das ist nicht gut. Was tun wir da? Ich drehe den Kopf weg, doch er küsst mich weiter, umfasst meinen Hals. Ich beginne lauter zu stöhnen, presse mein Gesicht in seinen Nacken, während in meinem Inneren die Hitze ausbricht. Er lässt mich los, um mir die Hose ganz nach unten zu ziehen, ich zerre an seinem Haar, damit er mich ansieht.

»Warte«, keuche ich, doch es klingt halbherzig.

Er macht weiter, umfasst mein Hinterteil und hebt mich hoch. Wie von selbst schlinge ich meine Beine um ihn, küsse seinen Mund, sein Gesicht, zerre an seinem Pulli. Seine Hand fasst unter meinen Slip. Das ist Wahnsinn – wir müssen aufhören, aufhören, sonst …

»Jannik …«

»Nicht«, sagt er dicht an meinem Ohr. »Sag jetzt nichts.«

Ich lasse ihn meinen Pulli ausziehen, strecke die Arme in die Höhe, und er tastet nach dem Verschluss meines BHs. Die Hitze bringt uns beide zum Schwitzen, wir keuchen, jeder Muskel in seinem Körper ist nun angespannt. Durch den dünnen Stoff meines Slips spüre ich, wie er sich an mich drückt; es reißt mich auseinander, schleudert mich durch die Zeit, zurück zu jenem Tag, an dem alles seinen Anfang nahm, vor so vielen Jahren. *Sei froh, dass du noch so klein bist, Kätzchen. Wenn du erst mal erwachsen bist, können deine Triebe dich kontrollieren. Und schon bist du ein Opfer deiner selbst.*

Ich reiße die Augen auf. Hinter all dem Herzklopfen,

dem Wollen und dem Wahn erwacht ein scheußlicher Gedanke, der unaufhörlich in meinen Ohren widerhallt: *Das ist ein Trick!*

»Stopp. Jannik, hör auf.«

Er hört nicht auf. Er. Hört. Nicht. Auf!

»Stopp!«

Ich schreie das Wort heraus. Jannik weicht zurück, und ich sehe ihn an.

»Du ... du machst das absichtlich. Du willst mich nur ablenken!«

Seine Augen sind still und reglos auf mich gerichtet. Er schweigt. Er steht hier vor mir und schweigt.

»Streite es doch wenigstens ab!«, kreische ich.

Er bückt sich nach meiner Kleidung. »Zieh dich wieder an.«

Unsere Blicke krachen aneinander. Mein Innerstes erzittert, dennoch rühre ich mich nicht. Dann, plötzlich, reiße ich die Kleidung an mich, laufe hinter die Trennwand und beginne, mich mit zittrigen, eiskalten Händen anzuziehen. Tränen brennen in meinen Augen, aber ich lasse sie nicht laufen. Ich darf nicht weinen, nicht jetzt. Nie wieder. Im Hintergrund höre ich, wie er sich aufs Bett setzt. Er ist so lange still, dass es mir vorkommt, als würden Jahre an uns vorbeiziehen und wir wären nun alt und schwach, in diesem Moment gefangen, bis wir sterben.

Ich komme zögernd hervor. Mein Blick stolpert durch den Raum und bleibt am schwach erleuchteten Rechteck des Fensters hängen. Frischluft. Ich brauche Frischluft. Wie irre reiße ich das Fenster auf und atme, atme, atme. Ich höre, dass er sich bewegt, und drehe mich um, in der absurden Hoffnung, dass die Zeit sich nicht beschleunigt hat, sondern zurückgedreht wurde und wir wieder Kinder sind, Kinder, die einander vertrauen.

Er ist zur Tür gegangen.

»Ich werde jetzt nach unten gehen«, sagt er. »Wehe, du unternimmst irgendetwas, um aus dem Haus zu kommen. Ich warne dich, Ronja.«

Ich gebe ihm keine Antwort. Es ist ein merkwürdiges Gefühl, wenn man aufhört, jemanden zu lieben. Fast ein bisschen so, als fände man nach einer langen Irrfahrt zurück nach Hause. Zurück zu sich selbst.

Er lässt mich allein.

Diesmal werde ich ihm nicht gehorchen.

21. August

Es ist seltsam, nach all den Jahren zurück nach Hause zu kommen. Verändert hat sich kaum etwas, bloß die Rosen sind gewachsen und überwuchern nun die Fenster. Ich habe Mama bereits angeboten, die Ranken ein wenig zu stutzen, doch sie möchte nichts davon wissen. Sie und ihre Rosen.

Ich habe mein altes Zimmer bezogen, in dem seit meinem Fortgehen niemand gewesen zu sein scheint. Meine Bücher stehen nach wie vor im Regal, und die kleine Glasschale auf dem Nachttisch ist gefüllt mit alten Pfefferminzbonbons. Allerdings ist es auch blitzsauber, Mama muss also zumindest an der Instandhaltung des Zimmers interessiert gewesen sein.

Es erstaunt mich, wie fleißig sie hier alles in Schuss gehalten hat während meiner langen Abwesenheit. Natürlich knarren die Türen mittlerweile etwas lauter als früher, und die Generatoren haben vermutlich schon vor Monaten den Geist aufgegeben, doch im Großen und Ganzen ist das Haus in tadellosem Zustand. Schade eigentlich. Ich hatte gehofft, mehr tun zu können, Reparaturarbeiten hätten mich vielleicht abgelenkt. So bleibt mir nur das Warten. Mama sagt, solange sie fit genug ist, um mir etwas zu essen zu kochen, brauche ich mir keine Sorgen zu machen. Dabei ist sie doch keinem von uns eine Hilfe, wenn sie sich unnötig belastet. Wenigstens umsorgen lassen könnte sie sich, für die wenige Zeit, die ihr noch bleibt. Das schulde ich ihr.

25. August

Wie ich vermutet habe, sind die Generatoren nicht mehr zu gebrauchen. Ich habe neue besorgt und bei dieser

Gelegenheit auch gleich Paps' Wagen unter die Lupe genommen. Seit Mama nicht mehr fahren kann, steht der alte Kübel im Geräteschuppen und setzt zufrieden Rost an. Allein mit einem Ölwechsel ist die Sache nicht getan, doch vielleicht lässt sich am Getriebe noch etwas retten. Ich werde auch die Sitzbezüge wechseln und das Teil mal richtig sauber machen, dann stinkt es im Inneren hoffentlich nicht mehr so nach totem Tier.

3. September

Heute war ich oben bei der Höhle. Gespenstisch, wie wenig sich auch hier verändert hat. Als ich mit der Taschenlampe in den stockdunklen Schacht hinableuchtete, kam es mir vor, als leuchtete ich einen Teil meines Inneren aus. In meiner Erinnerung war die Höhle kleiner, doch das ist nur logisch – schließlich habe ich selbst eine Nacht lang dort unten im Dreck gekauert. Na, Paps, wie geht's dir? Ist es heiß in der Hölle? Bestimmt heißer als hier, darauf möchte ich wetten.

Beim Abendessen fragte ich Mama vorsichtig, ob sie denn irgendwann bei Paps' Grab gewesen sei. Sie schüttelte nur den Kopf. In dem Moment wünschte ich, er säße noch bei uns am Tisch, meinetwegen umringt von den Geistern all der Mädchen, die er dort oben krepieren ließ. Hauptsache, sie würde wieder lächeln. Wie sehr sie ihn geliebt haben muss … Aber vielleicht war es gar keine Liebe, sondern einfach bloß Gewohnheit. Menschen gewöhnen sich an die merkwürdigsten Dinge, sogar an die Einsamkeit.

Nach Evas Verschwinden dachte ich, allein zu sein würde mich umbringen, doch in Wahrheit war es genau das, was ich brauchte. Alleinsein – selbst das Wort beruhigt mich schon. Wie hätte ich wissen können, dass Mama an genau diesem Alleinsein zugrunde gehen würde? Anstatt ihre Freiheit zu genießen, ist sie in ihrem Käfig geblieben und hat begonnen, langsam an ihrem gebrochenen Herzen zu verenden.

Nun ja, was soll's, jetzt bin ich ja da. Zu spät, aber ich bin da.

19. September

Ich habe den Kampf gegen die Rosen aufgenommen. Natürlich könnte ich warten, bis der Herbst kommt, doch Mama soll die wenigen Male, die sie noch die Augen aufschlägt, die Sonne durchs Fenster scheinen sehen. Ich bin noch vor Morgengrauen ans Werk gegangen, damit sie mich nicht davon abhalten konnte. Das Geräusch der Heckenschere riss sie aus dem Schlaf, und sie brüllte mit aller Kraft, dass mich der Teufel holen soll, wenn ich noch einen einzigen Ast abschneide.

Sie redet oft vom Teufel in letzter Zeit. Von Sünde und Strafe für unsere Taten et cetera. Ich frage mich, ob Paps ihr auch schon einmal im Traum erschienen ist. Mit Hörnern und flammendem Dreizack. Neulich brachte mich das auf eine merkwürdige Überlegung: Wenn Paps tatsächlich der Teufel war – wovon ich nicht ausgehe, aber rein hypothetisch –, so bin ich des Teufels Sohn, und einer solchen Blutlinie entkommt man nicht so leicht. Darüber habe ich schon mehrmals nachgedacht. Hier sind überall seine Spuren verteilt. Nur ein unüberlegter Schritt und ich begebe mich erneut auf den falschen Weg. Doch war es tatsächlich falsch, was ich getan habe? Ich vermisse ihn nicht. Das habe ich nie. Ich bereue nicht einmal, wie ich es getan habe. Er war ein brutaler Mann, der einen brutalen

Sohn großgezogen hat, und so fand er eben ein brutales Ende. Das ist wohl Schicksal.

26. September

Mama ist gestürzt und hat sich am Knöchel verletzt. Ich sagte ihr doch, sie solle nicht allein in den Gemüsegarten gehen. Zumindest habe ich jetzt einen Grund, das Kochen für sie zu übernehmen, nachdem sie es ohne Hilfe nicht einmal die Treppe hinunterschafft.

Ich habe mich an einem Auflauf versucht, doch das Ergebnis war bestenfalls zweitklassig. Möglicherweise habe ich meine Kochkünste ja überschätzt. Wenigstens den Wagen konnte ich auf Vordermann bringen. Der Motor gurgelt zwar wie ein verstopfter Abfluss, doch immerhin läuft er wieder.

Ich habe mir überlegt, das Haus ein wenig umzurüsten, sobald Mama tot ist. Den Dachboden könnte ich entrümpeln und ein Zimmer daraus machen, das Bad braucht einen neuen Boiler, und das Elternschlafzimmer würde sich gut als Bastlerstube eignen. So viele Möglichkeiten stehen mir plötzlich offen. Als ich damals von hier fortging, fühlte ich mich wie an eine Wand gedrängt, erstickt von all der Stille und Mamas vorwurfsvollen Blicken. Sie war es, die mich schlussendlich vertrieben hat, weil sie nicht fähig war, mir zu verzeihen. Doch ich möchte ihr nicht länger vorhalten, dass sie es schlicht und einfach nicht besser wusste. Wir waren ja beide seine Opfer. Beim Gedanken, dass sie bald nicht mehr da sein wird, war mir zunächst mulmig zumute, doch mittlerweile sehe ich ihrem Tod positiv entgegen. Es wird meine Chance sein, das alles hier zu verändern, einen Neuanfang zu wagen, wenn man so will. Mit so viel Platz lässt sich eine Menge anfangen.

Man muss nur tief in sich gehen und herausfinden, was man braucht, dann erledigt sich der Rest wie von selbst.

11. Oktober

Mama geht es schlechter. Sie schläft fast nur noch, und wenn sie wach ist, redet sie seltsame Dinge. Es wird jetzt nicht mehr lange dauern. Ich habe sie gefragt, ob ich sie ins Krankenhaus bringen soll, doch sie möchte lieber hierbleiben, bei mir.

»Aber im Krankenhaus wäre ich doch auch bei dir«, meinte ich daraufhin. »Ich würde dich nicht allein lassen.«

Sie schloss die Augen, und kurz dachte ich, sie würde sie nicht wieder aufmachen. Dann griff sie nach meiner Hand.

»Wieso hast du die Kinder nicht mitgebracht?«, fragte sie schwach.

»Mama, das hatten wir doch neulich schon. Ich habe keine Kinder.«

»Das ist nicht gerecht … nicht gerecht. Du kannst mir doch nicht verbieten, sie ein letztes Mal zu sehen. Ich hab sie so lieb, so lieb …«

»Mama, hör mir zu. Du phantasierst …«

Sie schlief ein und ließ mich mit einem bizarren Gedanken zurück: Nach allem, was ich ihr genommen habe, bin ich es ihr da nicht schuldig, ihr am Ende etwas zurückzugeben, selbst wenn es eine Lüge ist?

Seit einigen Tagen schon denke ich darüber nach. Es wäre verrückt. Und gefährlich obendrein. Doch ich weiß, wie es geht, und viel Zeit habe ich nicht. Es wäre für Mama. Sie hat es verdient.

13. Oktober

Alle Vorbereitungen sind getroffen. Bleibt zu hoffen, dass Mama lange genug durchhält.

»Du willst weg?«, fragte sie, als ich ihr vorhin Gute Nacht sagte. »Wohin willst du denn? Lass mich nicht allein.«

»Ich lass dich nicht allein. Ich fahre nur die Kinder holen.«

Und wenn es noch einen Funken Zweifel gab, so ist er in diesem Moment erloschen. Denn Mama begann zu strahlen. »Ach, mein Junge ... mein lieber, guter Junge ...«

Morgen früh ist Abfahrt. Ich werde mich beeilen müssen, und vielleicht wird es das Letzte sein, das ich für meine Mutter tun kann. Aber sie wird ihren Abschied bekommen.

15. Oktober

Mama ist über Nacht gestorben. Ich hatte es geahnt, als ich gestern Abend in ihre Augen sah. Sie war bereit gewesen. Dem Jungen hatte ich gesagt, er solle sich zu ihr legen und einfach nur mit ihr reden, wenn möglich, ohne zu heulen. Doch im Endeffekt war es ganz gut, dass er weinte. So dachte sie, dass er bloß ihretwegen traurig wäre, und versuchte ihn zu trösten.

»Du musst jetzt tapfer sein, mein Kleiner«, säuselte sie ihm ins Ohr. »Nicht weinen. Oma hat dich lieb. Nicht weinen.«

Vielleicht wusste sie im tiefsten Inneren, dass es eine Show war. Ein gestohlenes Kind für ein falsches Happy End. Sie schlief mit einem Lächeln ein, und als ich sie heute Morgen fand, lag der Junge immer noch bei ihr und hielt sie fest. Er half mir auch, sie neben Paps auf dem Berg zu begraben. Tapferer kleiner Bursche. Nichtsdestotrotz muss er verschwinden. Zurückbringen kann ich ihn nicht mehr, es steht zu viel auf dem Spiel. Wie also werde ich ihn am besten los?

18. Oktober

Wollte Jannik im Wald aussetzen, doch solange es hell und warm ist, sind seine Überlebenschancen zu hoch. Muss ich tatsächlich bis zum Winter warten, ehe ich mich seiner entledigen kann? Bis mir eine Lösung eingefallen ist, soll er sich gefälligst etwas nützlich machen. Ich habe ihm gezeigt, wie man Holz hackt, und lasse ihn das Geschirr spülen. Zum Glück ist er still und lässt sich von ein paar scharfen Worten leicht einschüchtern. Er lernt auch sehr schnell, was unser Zusammenleben bestimmt erleichtern wird.

31. Oktober

Erster Schnee. Jannik ist begeistert. Er hat meinen alten Holzschlitten im Geräteschuppen gefunden und sich heimlich damit davongestohlen. Zuerst dachte ich, er wäre weggelaufen, doch als ich ihn suchen ging, fand ich ihn unweit entfernt einen Hügel hinabrodeln.

Das war nicht geplant, nichts von all dem. Ich hätte ihn längst loswerden sollen. Je länger ich ihn bei mir behalte, umso höher wird das Risiko, dass ich mich an ihn gewöhne.

Überhaupt, wie soll er Respekt vor mir haben, wenn ich

ihm so vieles durchgehen lasse? Rodeln? Er muss lernen, dass das hier kein Urlaub ist.

Wie bringt man einem Kind Gehorsam bei? Totalen, blinden Gehorsam?

Paps würde sagen: Indem man es bricht.

32

Sarah wacht auf. Ihr Atem und ein monotones Tropfen sind alles, was sie hört.

Durch ihren Kopf jagt ein entsetzlicher Schmerz – ein kurzer, heftiger Stich, der als dumpfes Pochen in ihrem Verstand widerhallt. Sie öffnet die Augen und sieht nichts als Schwärze. Nein, das stimmt nicht. Da ist eine Wand. Feuchtes Gestein, das von allen Seiten auf sie eindrückt. Sie liegt auf der Seite, kann ihre Beine nicht bewegen. Sie sind zwischen irgendetwas eingeklemmt. Ihre Kleidung ist vollgesogen von dem kalten Wasser, das hier überall aus dem Stein sickert und sich in Pfützen am Boden sammelt. Sie versucht aufzustehen. Es gelingt ihr nicht. Ihrem Körper fehlt jede Kraft.

Erinnerungsfetzen flackern hinter ihren Lidern. Eine Tür, die sich öffnet. Eine Stimme, die mit ihr spricht. Sie antwortet. Sie muss das Falsche gesagt haben. Hände packen sie und zerren sie hoch. Sie will sich wehren, doch sie ist gefesselt. Eine Faust trifft sie im Gesicht, und das Bild zerfällt.

Sie stützt sich ein Stück hoch. Das Gewicht ihres erschlafften Körpers arbeitet gegen sie. Ihr erster Griff gilt ihrer Waffe, die sie nicht mehr bei sich hat, dann sucht sie in ihrer Hosentasche nach ihrem Handy. Es ist nicht da. Mit der Hand tastet sie sich am feuchten Stein entlang, sucht nach einer Stelle, an der sie sich hochziehen kann. Immer noch spielt ihr Körper nicht mit. Der Schmerz hinter ihren Schläfen wird stärker.

Weit oben entdeckt sie eine Öffnung im Fels – es gibt also einen Weg nach draußen. Keuchend wuchtet sie ihren Körper ein Stück von der Steinwand weg, sodass sie endlich ihre Beine aus dem engen Spalt, in dem sie lagen, herausziehen kann. Ihre Hosenbeine sind von den schroffen Felskanten zerfetzt, unter dem Stoff schimmert Blut. Ihr Verstand rast. Sie versucht sich zu erinnern, ob er irgendetwas gesagt hat; wohin er sie bringt, was er mit ihr vorhat. Dabei ist klar, was das hier ist. Ihre letzte Ruhestätte. Ein Grab tief unter der Erde. Erneut finden ihre Hände den feuchten Fels. Für einen Klimmzug ist sie zu schwach. Sie probiert es dennoch, zieht sich ein Stück hoch und fällt mit ihrem gesamten Gewicht zurück auf den Boden. Blut tropft von ihrer Stirn ins Wasser. Die Ränder ihres Gesichtsfelds flackern. Nein, sie darf jetzt nicht das Bewusstsein verlieren. Sie muss wach bleiben, bevor sie in dieser Kälte erfriert. Sie muss zu dieser Öffnung. Sie muss …

Ein Bild aus längst vergangener Zeit streift schwach ihr Bewusstsein: Markus, der ein Baby im Arm hält. Es ist so klein. So hilflos. Es war einmal ein Teil von ihr, aber nun ist es bloß noch ein lebloser Klumpen Fleisch. Die winzigen Lider werden für immer geschlossen bleiben, ohne jemals das Tageslicht erblickt zu haben. Markus sagt ihr sanft, sie solle nicht traurig sein, sie würden es wieder versuchen. Doch da wusste er noch nicht, dass es eine zweite Chance nicht geben würde. Alles, was sie hatte, ist mit diesem kleinen leblosen Körper verloren gegangen.

Sie will dorthin, wo ihre Tochter jetzt ist. Sie will nicht mehr kämpfen, nicht mehr jagen, ewig auf der Suche nach Erlösung. Sie will den Frieden, den sie sich so verdient hat. Sie schließt die Augen.

33

Der restliche Abend zieht farb- und klanglos an mir vorbei. Es gibt nur mich und diese vier Wände, die jedes Geräusch in sich aufsaugen und als betäubende Stille wieder ausstoßen.

Irgendwann kommt Henna aus dem Zimmer und geht vorsichtig zu Jannik nach unten, weil sie vermutlich Hunger hat oder noch ein bisschen fernsehen will. Von Theo höre ich nichts.

Ich frage mich, was Jannik gerade macht; ob er wie ich der Verzweiflung nahe ist oder ganz gelassen mit Henna vor dem Fernseher sitzt, während diese Frau eingepfercht zwischen kalten Felswänden um ihr Leben bangt, seinetwegen. Doch vielleicht war es die ganze Zeit so vorherbestimmt – von dem Moment an, als er Paps das Messer in die Brust stieß, oder sogar schon viel früher. Er tut, was er für richtig hält, mit erbarmungsloser Entschlossenheit.

Der Fernseher wird ausgeschaltet. Auf der Treppe knarren Schritte. Dumpf dringt seine Stimme durch die Wand, als er Henna ins Bett bringt und sich noch einmal bei Theo entschuldigt, der seit dem Vorfall in der Stube keinen Mucks von sich gegeben hat. Auch jetzt bleibt er stumm. Jannik kommt zu mir ins Zimmer. Eingemummelt in die Decke liege ich mit abgewandtem Gesicht da und lausche konzentriert seinen Bewegungen, während ich so tue, als würde ich schlafen.

Er bemüht sich, leise zu sein, schaltet auch kein Licht ein und kommt mit bedachten Schritten in meine Richtung. Etwas klickt in der Stille, als er nun doch die kleine Nachttischlampe zwischen unseren Betten anmacht. Dann höre ich minutenlang überhaupt nichts mehr. Mir wird klar, dass er vor meinem Bett steht und mich ansieht.

Mein Puls beginnt zu rasen. Mit aller Gewalt versuche ich mein Gesicht ruhig zu halten, die Finger klamm ins Laken gekrallt, in Gedanken die Sekunden zählend. Immer noch kein Geräusch.

Dann seufzt er leise und entfernt sich von mir. Das Quietschen seines Bettes und das Rascheln von Kleidung. Ich spüre, dass er mich immer noch beobachtet. Das ist eine Falle – ich soll mich in Sicherheit wähnen und die Augen aufmachen. Ich halte sie geschlossen. Wieder ein langer Moment der Stille, gefolgt vom leisen Klick der Nachttischlampe. Es wird dunkel im Zimmer. Die nächtlichen Geräusche verstärken sich, das sanfte Heulen des Windes, das Nagen der Holzwürmer im Gebälk, Janniks regelmäßiger Atem. Ich kenne ihn zu gut, um auf seine Reglosigkeit zu vertrauen.

Mit fünfzehn verbrachte er einen ganzen Tag in ein und derselben Position, lauernd in der verwinkelten Krone eines Baums, mit nichts weiter als einem Gewehr, seiner Kleidung und dem unbedingten Drang, bis zum Abend etwas geschossen zu haben. Als der Rehbock schließlich vorbeikam, hatte die Kälte beinahe jeden Tropfen Blut aus Janniks Körper gesaugt. Er erzählte mir, es sei ein Glückstreffer gewesen, da er in den Fingern kaum noch Gefühl hatte. Doch wir beide wissen, dass etwas wie Glück nicht existiert. Nicht hier. Er ist einfach gut im Töten. Paps meinte einmal, man müsse dafür nicht viel tun, nur stillhalten. Und warten.

Auch ich warte. Das leise Pfeifen seiner Nasenlöcher wird mir verraten, wenn er eingeschlafen ist. Es dauert lange, quälend lange. Sein Atem beginnt zu rasseln, und ich öffne die Augen und wage mich ganz vorsichtig aus dem Bett.

Der Schlüssel ist in seiner Hosentasche. Er hat sie über die Lehne des Stuhls neben dem Fenster gehängt. Ein leichtes Spiel – das Verlassen des Zimmers ist das Problem. Sein Schlaf wird nicht allzu tief sein, nachdem er so lange gebraucht hat, um einzuschlafen. Ich schleiche mich zur Tür, jeder Schritt ein Knarren, so furchtbar laut. Er regt sich, murmelt vor sich hin. Ich bin bereits auf dem Flur. Zur Sicherheit bleibe ich stehen und warte so lange, bis seine Atmung sich wieder beruhigt hat.

Jetzt zur Treppe. Das wird heikel. In der Dunkelheit übersehe ich die letzte Stufe, obwohl ich dieses Haus in- und auswendig kenne. Ich rutsche aus, stolpere über die Kante und knalle mit den Füßen auf den ächzenden Holzboden. Der Lärm wirkt ohrenbetäubend in der Stille. Atemlos warte ich auf ein Geräusch im oberen Stock, auf Schritte, die sich im Eiltempo auf mich zubewegen. Alles ruhig. Mein Herzschlag droht meine Brust zu sprengen. Aus dem zerbrochenen Spiegel lösen sich locker sitzende Splitter. Die restlichen Scherben hat er weggeräumt, dennoch muss ich aufpassen, wohin ich trete.

Jacke, Handschuhe, Stiefel – was noch? Die Taschenlampe, schnell. Den Rest werde ich im Schuppen finden. Mit dem Schlüssel öffne ich die Tür, am ganzen Körper zittere ich. Ein eisig kalter Schwall bläst mir aus der Dunkelheit entgegen. Ohne Licht, das aus den Fenstern strahlt, ist die Nacht undurchdringlich. Den Weg bis zum Schuppen muss ich mit der Taschenlampe ausleuchten.

Frisch gefallener Schnee bedeckt den vereisten Boden. Dicke Flocken werden vom Wind hin und her getrieben. Die schwere Tür des Geräteschuppens klemmt seit Jahren. Ich stemme mein Knie dagegen und drücke, bis mir Arme und Beine brennen. Ein Spalt öffnet sich, gerade groß genug, um durchzuschlüpfen. Karabiner, Seil, Haken. Ich verstaue alles im Rucksack, den ich mir auf den Rücken schnalle, dann eile ich zurück nach draußen und werfe einen Blick zu den Fenstern. Alles dunkel. Doch er wäre wohl kaum so dumm und würde mich vorwarnen, indem er das Licht einschaltet. Ich muss mich beeilen.

An den Autos vorbei, über die Schranke und steil den Hang hinauf. Die Sohlen meiner Stiefel knarzen auf dem frischen Schnee. Es ist ein weiter Weg bis zum Sonnentor. Mit dem Auto dauert es bloß zehn Minuten, doch zu Fuß und bei dieser Wetterlage werde ich mindestens das Dreifache der Zeit benötigen. Jede Minute zählt – wer weiß, in welchem Zustand sich die Polizistin befindet. Sie wird sich bestimmt gewehrt haben. Falls er sie verletzt hat, wird es schwer, sie vom Berg runter und in ein Krankenhaus zu bringen, ohne dass er es merkt.

Ich verlasse die Straße und bahne mir meinen Weg durch den Wald. Es wird steiler, der Schnee tiefer. Vereiste Nadeln glitzern im Mondlicht wie die Zähne lauernder Raubtiere. In der dicken Jacke bricht mir trotz der Kälte der Schweiß aus. Ich bekomme unter dem Schal kaum noch Luft. Unruhig tanzt der Strahl meiner Taschenlampe durch das Unterholz, als meine Schritte wackliger werden – *Geh weiter! Nicht schlappmachen. Du kennst den Weg.*

Ich komme an der alten Mühle vorbei. Im Schatten des Schneedachs blecken die vernagelten Fenster wie die Augen eines Erfrorenen hervor, von oben bis unten mit Eis überzogen. Ich muss eine Pause machen. Mein Atem kommt stoßweise und bildet kleine Wolken vor meinem Gesicht. In meiner Brust sticht die Luft wie Nadeln.

Äste brechen unter schnellen, tölpelhaften Schritten. Erschrocken wirble ich herum. Das ist nicht Jannik, zu laut. Im Licht meiner Taschenlampe zeichnet sich eine Gestalt ab, die ruckartig stehen bleibt und die Hände hebt. Dunkle Locken quellen unter der Wollmütze hervor. Die Augen über dem hochgewickelten Schal funkeln mutig, aber auch voller Starrsinn.

Mir fällt nichts anderes ein als: »Du Idiot.«

Theo keucht vom anstrengenden Aufstieg. Er muss alle Kräfte mobilisiert haben, um mit seinen dünnen Beinen in so kurzer Zeit zu mir aufzuholen.

»Ich helfe dir«, sagt er.

»Nein, du gehst sofort wieder zurück! Wenn er merkt, dass du weg bist –«

»Du kannst sie unmöglich allein aus dem Loch holen! Du brauchst meine Hilfe.«

»Aber du bist mir keine Hilfe, wenn Jannik uns deinetwegen –«

»Ich hab meine Spuren verwischt, siehst du?« Er zeigt mir den Tannenwedel in seiner Hand und deutet damit den Hang hinunter. »Er weiß nicht, dass ich dir gefolgt bin. Er schläft tief und fest. Du brauchst mich, ich geh nicht wieder zurück.«

Mein Blick richtet sich hoch zum Berg, der riesig und ehrwürdig im heulenden Wind schlummert. Es bleibt keine Zeit, um mit Theo zu diskutieren. Selbst wenn ich ihn zurückschicke, kann ich nicht darauf vertrauen, dass er mir nicht trotzdem weiter folgt. Ich habe keine Wahl – außerdem hat er recht: Wenn es um die Höhle geht, kann ich jede Hilfe gebrauchen.

»Na schön, dann komm. Wir müssen uns beeilen.«

Am Ende des Pfades beginnt das letzte Drittel des Aufstiegs, das man nur zu Fuß bewältigen kann. Von jetzt an wird es hart. Der Wind ist gegen uns, und im tiefen Schnee scheinen wir mit jedem Schritt vorwärts drei Schritte zurück zu machen. Die Batterie der Taschenlampe geht zur Neige. Grobkörnige Schneeflocken peitschen uns von allen Seiten ins Gesicht. Theo ist bereits ein Stück zurückgefallen, aber er kämpft wacker gegen den Sturm an. Auch ich bin am Ende meiner Kräfte. Erschöpft bleibe ich stehen. Wir sollten längst da sein – gehen wir im Kreis?

»Ich … ich glaube, wir haben uns –«

»Da vorne!« Theo verlässt den Pfad und steuert auf die dunklen Umrisse der Felswand zu, die mitten aus dem Nichts ragt. Am Fuß der Felswand befindet sich ein verschneites Brett, das Theo zur Seite zu schieben versucht. »Komm schon!«, ruft er mir zu.

Seine Gestalt droht im Schneegestöber zu verschwinden. Schnell schließe ich zu ihm auf und helfe ihm beim Anheben des Bretts. Tatsächlich. Die hohe Schneedecke hat der Umgebung eine völlig andere Form gegeben. Das letzte Mal haben wir Paps' enthauptete Leiche durch den Dreck gezerrt, und wie ein Schatten kommt die Erinnerung aus den vielen dunklen Ritzen gekrochen, sodass ich kurz nichts anderes wahrnehme als diesen tiefen Abgrund, in dem meine Kindheit, meine Träume, ja selbst mein Verstand vor so langer Zeit verschollen sind.

Theos aufgeregte Stimme dringt nur bruchstückhaft zu mir durch. »Komm, schnell ... musst da reinleuchten ... noch am Leben!«

Ich knie mich hin und halte die Taschenlampe in den Schacht. »Hallo?«

Schnee rieselt in die Dunkelheit. Etwas regt sich im flackernden Lichtstrahl. Arme strecken sich nach mir aus, dann taucht plötzlich ein Gesicht auf. Sie blinzelt gegen die Helligkeit, Blut verkrustet ihre Stirn. Sie scheint kaum noch bei Kräften zu sein. Ich nehme den Rucksack ab und hole die Ausrüstung hervor. »Keine Angst«, rufe ich nach unten, während ich in den Gurt steige. »Wir holen Sie hier raus! Ich bin gleich da!«

Die Worte verlieren sich im Sturmwind. Mit der dicken Jacke passe ich nicht in den Gurt, also ziehe ich sie aus. Sofort durchdringt die Kälte meinen Wollpulli, doch ich nehme auch noch den Schal ab, um mich im Schacht nicht damit zu verheddern. Während ich Theo das restliche Seil in die Hand drücke, dringt aus der Tiefe eine schwache Stimme empor: »Seien Sie ... seien Sie vorsichtig ...«

»Bin gleich da! Durchhalten!«

Theo befestigt das andere Ende des Seils am Stamm eines in der Nacht zitternden Baumes. Schnell kommt er zurück und leuchtet für mich in den Schacht, da ich beide Hände zum Klettern brauche. An der Kante zum Abgrund klebt Eis – ich muss in der Tat sehr vorsichtig sein. Ich beginne an der breitesten Stelle und hangle mich zügig nach rechts, um schnellstmöglich zu der vertrauten Route zurückzukehren. An einer Felskante rutsche ich aus. Gerade noch rechtzeitig finden meine Füße ein Trittloch, sodass ich einen Absturz verhindern kann.

Eis und Steinbrocken fallen auf mich herab. Ich ziehe den Kopf ein und höre, wie Wiesinger laut aufkeucht.

»Alles okay?«, ruft Theo.

»Ja, alles gut! Aber ich glaube, sie hat was von dem Steinschlag abbekommen! Sie rührt sich nicht mehr.«

Ängstliches Schweigen.

Beeilung.

Den letzten Meter springe ich. Ich lande knapp neben ihr, zerre ihren Oberkörper hoch und klatsche ihr die flache Hand ins Gesicht. Sie kommt stöhnend zu sich. Aus ihren Augen ist jede Kraft gewichen.

»Durchhalten«, keuche ich. Ich drehe mich um und lege mir ihre Arme um den Hals, damit sie sich festklammern kann. Dann packe ich ihre Beine und hebe sie huckepack hoch. Sie auf dem Rücken zu tragen wird hart, denn sie wiegt um einiges mehr als Paps' zu Tode gerittene Spielzeugpuppen. Normalerweise würde Jannik an der Kante stehen und mich zurück nach oben ziehen. Meine Hände schwitzen. Schluss jetzt, ich schaffe das. Ich muss es schaffen – ich beginne zu klettern.

Weit komme ich nicht. Ihr Gewicht zerrt mich nach unten, sie ist einfach zu schwer.

»Zieh!«, befehle ich Theo. Nichts passiert. Erschrocken stelle ich fest, dass er nicht länger an der Einstiegskante steht. »Theo«, wiederhole ich.

Mein Körper droht unter der Anstrengung zusammenzubrechen. Ich presse mich an den kalten Fels, verkeile die Finger darin, bis sie schmerzen, während Wiesingers Gewicht schwerer und schwerer wird.

»Theo!«, brülle ich.

Ein heftiger Ruck, so unerwartet, dass ich aufzucke. Unter lautem Scheuern befördert das Seil uns nach oben. Ich kenne nur einen, der das kann, der genügend Kraft und Übung dafür hat – und das ist nicht Theo.

Er ist Jäger … er weiß, wie man sich anschleicht.

Ich stemme die Beine gegen den Fels, so fest es nur geht. Vergebens. Eine gewaltige Wucht reißt mir den Halt unter den Füßen weg, und die Polizistin und ich werden zurück an die Oberfläche gezogen.

Arme packen mich und zerren mich vom Einstieg weg. Starke Arme. Arme, die so etwas schon sehr oft gemacht haben. Mit dem Gesicht voran lande ich im Schnee. Wind und Kälte drücken mir die Augen zu. Kurz wird alles schwarz. In meinen Ohren rauscht es; jemand brüllt mir mit voller Lautstärke meinen Namen ins Ohr, während grobe Hände nach dem Seil greifen, es von meinem Gurt lösen und die bewusstlose Frau von mir herunterreißen. Endlich von dem schweren Gewicht befreit zu sein lässt mich durchatmen. Ich kauere im Schnee, weil ich nicht stark genug bin, um aufzustehen, nicht stark genug für die Wahrheit.

Im dunstigen Schneegestöber zeichnen sich die Umrisse einer großen Gestalt ab, die geübt das Seil einholt und im Rucksack verstaut. Daneben ragt eine Axt senkrecht aus dem Schnee. Wiesinger liegt keine drei Meter von mir entfernt, regungslos. Ihre Hände sind hinter ihrem Rücken gefesselt. Panisch suchen meine Augen nach Theo und entdecken ihn hinter dem Baum. Er schlingt die Arme um den Stamm und weint. Blut rinnt ihm aus der Nase und tropft auf seinen Schal.

»Jannik, nicht!« Verzweifelt kämpfe ich mich hoch. Ich muss brüllen, damit meine Stimme zu ihm durchdringt, muss brüllen, damit er zu Verstand kommt. »Hör auf damit! Wir dürfen sie nicht hierlassen ... Es muss einen anderen Weg geben!«

Er lässt den Rucksack fallen. Der Sturm verwischt sein Gesicht zu einer dunklen Fläche, um die sein Haar wie schwarzes Feuer tanzt. Er wirkt übermächtig in diesem Moment und gleichzeitig zum ersten Mal real, so als hätte der Wind seine Fassade durchbrochen und er stünde nun vor mir als derjenige, der er wirklich ist: ein dunkler Riese ohne Gesicht, ohne Gewissen. Stur den Regeln des Waldes folgend.

»Ich habe dich gebeten, es sein zu lassen, Ronja. Ich habe dir gesagt, dass ich alles im Griff habe! Wieso hörst du nicht auf mich?«

»Weil es Wahnsinn ist, Jannik. Verstehst du, was ich sage? Du bist wahnsinnig!«

Er legt den Kopf in den Nacken, als wollte er laut loslachen, doch alles, was ich höre, ist ein Schrei. Ein Schrei, so bitter, so unsagbar hoffnungslos, dass der Klang mir die Haut vom Körper reißt, das Herz aus meiner Brust. Er verstummt, und in seinem Gesicht ist nur noch Verzweiflung, die gleiche Verzweiflung, die schon immer da war und die er all die Jahre so gut vor mir verborgen hat.

»Ich will uns doch nur beschützen, Ronja. Wieso verstehst du das nicht?«

»Das ist nicht der richtige Weg! Das ist, was Paps tun würde!«

Er macht einen Schritt auf die Polizistin zu, und ich hoffe schon, dass er sie vom Seil befreien und hochheben wird. Doch er stellt sich bloß vor sie.

»Ich werde sie jetzt wieder da reinwerfen. Wenn du mich aufhalten willst, dann versuche es. Aber ich würde es dir nicht raten.«

Tödliche Entschlossenheit. Sie steht in seinen Augen, durchdringt ihn wie sein eigenes Blut.

Es kann nun keine Worte mehr geben, keine Gefühle, um das Kommende aufzuhalten. Es ist Bestimmung; er will es so, und ich bin machtlos, dagegen anzukämpfen. Ich werde verlieren. Ich weiß es. Doch ich muss es versuchen.

Ich stürze mich in den Schnee, werfe mich auf die Frau, die ich so sehr beschützen möchte. Vielleicht sogar mit meinem Leben. Meine Hände ertasten das Seil, um sie zu befreien, irgendwie, damit sie selbst um ihr Leben kämpfen kann. Doch er ist schneller, viel schneller, als ich es je sein könnte. Er packt mich am Nacken und schleudert mich zurück, und der Aufprall lässt mich Sterne sehen. Ich rolle zur Seite, krieche vorwärts, ohne Orientierung. Der Schneefall verwischt alles zu dunklen Schemen. Jannik hievt sich die Frau über die Schulter, trägt sie zurück zum Höhleneingang.

»Nicht!«, schreie ich.

Da kommt Theo angerannt, schnaufend wie eine Lokomotive. Er rammt Jannik von der Seite und bringt ihn zu Fall. Dass es so leicht geht, hätte ich nicht für möglich gehalten. Auch Theo wirkt überrascht; während Jannik sich fluchend aus der Schneedecke freikämpft, steht der Junge da, als wüsste er nicht, wie es weitergehen soll. Ich rapple mich auf, um zu ihm zu gelangen – alles andere ist jetzt unwichtig. Nur ihm darf nichts passieren, nur ihm nicht.

Ich habe ihn fast erreicht, da trifft mich ein Schneeball im Gesicht. So lächerlich und doch so effektiv. Denn für den Bruchteil einer Sekunde bin ich blind. Die Schritte, die sich mir mit Wahnsinnstempo nähern, kann ich nicht lokalisieren. Und so kommt der Schlag. Ich falle in die Tiefe.

Dunkelheit fängt mich auf.

34

Der Schnee drückt Sarah ins Gesicht. Sie dreht den Kopf und blinzelt gegen den Wind an, entdeckt eine Gestalt, die sich über einen reglosen Körper beugt. Ronja liegt bewusstlos am Boden. Jannik hebt sie hoch und trägt sie ein Stück den Hang hinunter, bettet sie im Schutz eines Felsens in eine Nische, ganz behutsam, ehe er mit riesigen Schritten zu Sarah zurückkommt. Sarah spürt, wie jemand an ihren Fesseln zerrt – kleine, zittrige Hände, die kaum wissen, was sie tun. Doch ihnen gelingt, wozu sie selbst keine Kraft mehr hat: Das Seil löst sich, und ihre Arme sind wieder frei.

»Laufen Sie weg!«, kreischt der Junge.

Ein Schatten taucht hinter dem Jungen auf. Jannik reißt Theo am Kragen zurück, sodass er mehrere Meter weit nach hinten taumelt und hinfällt. Sarah fokussiert die Axt, die neben ihr in den Schnee gerammt wurde. Jannik greift danach und beginnt Äste von einem Baum zu schlagen. Die Stimme des Jungen hallt verzweifelt durch den Sturm.

»Was hast du vor?«

»Halt den Mund, Theo. Bleib dort stehen, ich warne dich!«

»Was machst du da? Wieso hackst du die ganzen Äste ab?«

»Zum Verbarrikadieren der Höhle. Notfalls stopfe ich den ganzen Schacht damit voll! Sie kommt da jetzt wieder rein, und danach holt keiner von euch sie wieder raus!«

»Aber sie lebt doch noch! Lass die Frau in Ruhe!«

»Sei still, zum Teufel!«

Der Junge beginnt zu weinen.

»Ronja …«, schluchzt er. »Was hast du mit ihr gemacht? Wieso rührt sie sich nicht?«

»Ich schwöre dir, Theo, noch ein Wort, und ich ziehe dir die Axt über den Schädel!«

Eine Ladung Holz landet in Sarahs Gesicht. Sie wendet sich ab, schnappt gequält nach Luft, riecht den Winter, den Schnee, ihre eigene Angst. Jannik hackt weiter. Große, sperrige Äste, die er der Reihe nach zum Höhleneingang schleppt. Er macht Ernst. Er wird sie wieder da hineinwerfen und mit Schutt überhäufen. So viel Schutt, bis sie sich nicht mehr rühren wird. Der Schmerz in ihrem Kopf droht sie zurück in die Bewusstlosigkeit zu reißen. Sarah atmet. Sie atmet um ihr Leben und findet schließlich die Kraft, sich auf die Knie aufzurichten. Sie weiß nicht, woher diese Kraft kommt. Es spielt auch keine Rolle. Sie muss Jannik überwältigen. Bevor dem Jungen etwas passiert.

Der Stiel der Axt trifft sie im Gesicht, bevor sie aufstehen kann. Sie taumelt, kracht gegen einen Baum, aus ihrer Nase schießt Blut. Jannik steht vor ihr. Der Schneesturm verwischt ihn zu einem dunklen Schatten, der kaum noch menschlich wirkt. Instinktiv tastet Sarah nach ihrer Waffe. Sie findet nichts. Sie ist komplett wehrlos. Der Schmerz betäubt ihre Sinne. Ein grober Griff an ihrem Nacken, der sie vornüber in den Schnee katapultiert.

»Liegen bleiben!«, brüllt die Stimme.

»Jannik!« Auf einmal steht der Junge vor ihr. »Hör auf damit! Bitte tu ihr nichts!«

»Theo, ich sage es zum letzten Mal! Geh zur Seite!«

»Lassen … lassen Sie den Jungen in Ruhe …« Brüchige Worte, und sie spuckt Blut. Der Boden scheint sich unter ihrem Körper zu drehen. Sie kämpft sich hoch, während die Axt weiter Äste aus dem Baum schlägt. Das Bild vor ihren Augen wird unscharf. Sie tastet umher, will den Jungen finden, um ihn hinter sich zu ziehen, um ihn zu beschützen, koste es, was es wolle. Da trifft sie plötzlich ein Stoß. Ein kleiner, wild brüllender Körper wirft sich mit aller Kraft gegen ihren und bringt sie aus dem Gleichgewicht.

»Laufen Sie weg!«, schreit der Junge.

»Theo! Bist du wahnsinnig?«

Sie stolpert nach hinten. Ihre Füße verlieren den Halt. Eine Kante, ein Abhang, der steil nach hinten abfällt – nein! Aber es ist zu spät. Sie fällt. Ein Aufprall, der die Wucht ihres Sturzes verdoppelt. Ihr Körper gerät ins Rollen, hilflos kullert sie hinab, immer weiter den Hang hinunter. Immer tiefer in die Schwärze. Verzweifelt suchen ihre Hände nach Halt. Sie finden keinen. Nur harten Schnee und Steine, die gegen ihre Körper prallen und den letzten Rest Leben aus ihr herausprügeln. Die Welt rotiert. Die Gestalt und der Junge verschwinden in der Ferne. Der tiefe Schnee fängt Sarah auf. Und alles wird dumpf und schwarz.

Es ist still geworden. Vom Himmel fallen die Flocken wie Asche. Sarah blinzelt. Sie liegt auf dem Rücken im Schnee, und sie atmet. Sie ist am Leben. In Gedanken sieht sie Markus' Gesicht. Er sagt ihr, sie solle aufstehen. So wie damals, als sie aus dem Krankenhaus kam und sich für Tage im Schlafzimmer eingesperrt hat. Er sagt ihr, dass alles gut wird. Dass sie stark ist. Sie müsse nur aufstehen. Also steht sie auf.

Eine zarte Schneeschicht bedeckt ihre Kleidung, ihr Haar, ihr eiskaltes Gesicht. Sie fährt sich über die Wangen, konzentriert sich auf den Herzschlag tief in ihrer Brust, auf das rhythmische Pochen, das frisches, heißes Blut durch ihren Körper pumpt und neue Kräfte in ihr weckt. Ihre Augen suchen nach Spuren im Schnee. Alles ist verschwunden. Die Gestalt, der Junge, der Abhang, ja selbst die Nacht. Zwischen den Bäumen glitzern die ersten Streifen Tageslicht. Sie ist am Leben.

Sie beginnt zu marschieren. Sie weiß nicht, ob es die richtige Richtung ist, doch sie wird nicht stehen bleiben. Das Licht zeigt ihr den Weg. Zurück in die Freiheit. Zurück nach Hause.

Sie wird wieder hierher zurückkommen.

Aber nicht allein.

35

Stille. Alles schwarz.

Nein, da ist ein Tropfen. Ich höre es deutlich. Es kommt aus dieser Richtung. Ich kann mich nicht bewegen. Irgendetwas hält mich am Boden fest, ein Gewicht auf meinem Rücken. Sind das Felsbrocken? Hat er mich lebendig begraben?

Ich versuche ruhig und leise zu atmen. Ich bin nicht unter der Erde, auch wenn die Schwärze und die kalte Luft sich so anfühlen. Es ist nur dunkel, nichts weiter. Und da ist auch kein Gewicht. Das ist bloß Einbildung. Ganz ruhig.

Vorsichtig taste ich über den Boden, der mit altem Filz oder Ähnlichem ausgelegt zu sein scheint – daher das Kratzen auf meiner Wange. Ich hebe den Kopf und merke, dass ich ausgestreckt auf dem Bauch liege. So viel Platz hätte ich in der Höhle nicht. Außerdem sehe ich keinen Ausstieg, die Finsternis ist überall.

Okay. Ruhe bewahren. Ich kenne diesen rauchigen Geruch, und ich kenne auch dieses Tropfen. Es kommt von der Regenrinne schräg unter dem Dach, und ich sehe deshalb nichts, weil dieser Raum als einziger im Haus keine Fenster hat. Ich bin in der Räucherkammer. Das bedeutet, dass Jannik mich zurück nach Hause gebracht hat, nachdem er mich auf dem Berg bewusstlos schlug. Wie viel Zeit ist seitdem vergangen? Ich muss hier raus. Auf der Stelle.

Auf allen vieren krieche ich vorwärts, tappe blind durch die Dunkelheit, bis meine Hände den Ritz unter der Tür ertastet haben. Ein kalter Luftzug streicht von draußen über meine Finger. Sie sind aufgescheuert und blutig unter den Nägeln. Als hätte ich an etwas gekratzt.

Wie wild um mein Leben gekratzt. An den Türscharnieren ziehe ich mich hoch, finde die Türklinke und rüttle daran. Abgeschlossen. Ich beginne mit den Fäusten gegen das Holz zu hämmern. Staub löst sich aus den Türbalken und rieselt auf mich herab.

»Jannik! Lass mich raus! Lass mich auf der Stelle raus! Jannik!«

Schritte auf der anderen Seite. Hastige, harte Schritte, die unmittelbar an der Tür vorbeistampfen. Sofort werde ich still und weiche zurück. Doch die Tür bleibt verschlossen. Dumpf dringen nun auch andere Geräusche durch die Wand, das Knallen von Schranktüren und ein merkwürdiges Poltern, als würden schwere Gegenstände verschoben. Vorsichtig lege ich ein Ohr an die Tür. Das sind eindeutig Janniks Schritte; er ist unruhig, geht immer wieder nach draußen und kommt noch eiliger zurück. Das Poltern hat aufgehört, aber dafür scheint er nun etwas in der Hand zu haben. Etwas Schweres, Metallisches, das er über den Boden schleifen lässt. Die Axt oder … eine Schaufel.

Die ganze Tür erbebt, so heftig ramme ich meine Schulter dagegen.

»Jannik!« Ich brülle nicht länger, ich flehe. Als Antwort nur Geräusche, die sich mit dem Klang meiner Stimme immer weiter vom Haus entfernen.

Es ist nun wieder ganz still. Selbst das Tropfen hat aufgehört.

Ich hocke mich auf den Boden, ziehe die Beine an und lausche angestrengt durch die Wand. Ich warte, dass die Schritte zurückkommen. Vergeblich.

Ein schmaler Lichtstrahl zerschneidet die Schwärze – da ist ein Spalt, der plötzlich zwischen der Tür und der Wand entstanden ist. Schon das Klirren des Schlüssels und das leise Knarren hätten mich darauf aufmerksam machen sollen, doch ich hockte weiter in der Dunkelheit, wartete auf Hände, die mich packten, auf Erklärungen, die ausblieben. Jetzt ist dieser schmale Strahl Licht das einzig Lebendige um mich, ein schwacher Hauch von Wärme, der in der Finsternis zu verenden droht. Ich muss hier raus, bevor es mir genauso ergeht.

Ich stehe auf und greife mit beiden Händen nach der Freiheit.

Es verwundert mich, wie leicht es geht; wie geschmeidig das Tageslicht die Dunkelheit verdrängt, wenn es erst genug Platz hat, um sich auszubreiten. Es fließt an mir vorbei, als wäre es ganz einfach, bloß das Öffnen einer Tür. Es dauert einen Moment, ehe meine Augen sich daran gewöhnt haben.

Es ist still. Gespenstisch still. Die Haustür steht weit offen, der Morgen wirkt friedlich und kalt. Eine Bewegung im Augenwinkel lässt mich herumwirbeln. Henna sitzt vor der zertrümmerten Stubentür, mit dem Schlüssel in der Hand. Sie scheint nicht verletzt zu sein. Ihr Gesicht ist so still wie das Haus, und auf einmal weiß ich, warum diese Stille so unheimlich ist: Sie ist bloß noch der Rest von etwas, die zersplitterten Scherben nach einem schrecklichen Sturm. Hennas Gesicht ist nicht so still, weil sie ruhig ist – es ist still, weil ein riesiges Entsetzen alles Lebendige aus ihr herausgerissen hat.

»Wo ist Jannik?«, frage ich.

Sie deutet auf die offene Haustür.

Sonnenlicht fällt in die stickige Düsternis. Ich trete nach draußen vors Haus. Blauer Himmel erstreckt sich über den Wipfeln wie eine schützende Glaskuppel. Es riecht nach frischem Schnee und dem saftigen Harz der Nadelbäume, die sich rauschend im Wind biegen. Der Sonnenaufgang ist noch nicht lange her; ein Hauch von Gold spiegelt sich im Licht, das sich in den Eiszapfen bricht, die in einer langen Reihe von der Dachrinne tropfen.

Ich entdecke ihn vor dem Geräteschuppen. Er sitzt mit dem Rücken an das Tor gelehnt, die Arme auf die angezogenen Knie gestützt. Schneeflocken glitzern in seinem Haar, das sich leicht im Wind bewegt. Sonst rührt sich nichts an ihm, und so wirkt er wie eine Statue, die seit Ewigkeiten an dieser Stelle steht. Von der Welt vergessen und allein mit sich selbst.

Ich zögere. Atme die kalte, rauchige Morgenluft. Beim Blick nach oben bemerke ich, dass die Fensterläden verschlossen sind – wollte er das Haus in Dunkelheit ersticken? Uns die Luft zum Atmen nehmen, das Licht zum Hoffen, damit wir alle endlich das Gleiche fühlen wie er? Während ich näher komme, halte ich Ausschau nach Theo oder der Polizistin. Er sieht mich kommen, dreht sich aber nicht in meine Richtung. Selbst als ich mit etwas Abstand vor ihm stehen bleibe, löst er sich nicht aus seiner Erstarrung.

»Wo ist Theo?« Meine Frage kommt stockend.

Er lässt den Hinterkopf gegen das Tor fallen. Merkwürdig kraftlos, als hätte allein die versteinernde Stille ihm Halt gegeben.

Zum ersten Mal sehe ich die Schaufel, die neben ihm an der Hausmauer lehnt. Der Sparten ist voll frischer Erde.

»Jannik … was hast du getan?«

Er hat die Hand an seine Stirn gelegt, als wäre er ungeheuer müde. Seine Augen schimmern im blassen Licht – weil er schon die ganze Zeit weint.

»Ich wollte das nicht.«

Seine Worte gefrieren an der kalten Luft, fallen zu Boden und zerspringen wie Glas. Oder es ist mein Herz, das zerspringt. Jetzt und für immer.

Ich beginne mich im Kreis zu drehen, lauthals Theos Namen zu rufen. Meine verzweifelte Stimme lässt Vögel aus den Baumwipfeln aufsteigen, doch Antwort bekomme ich keine. Denn Theo ist nicht hier.

»Lass das«, sagt Jannik, als ich nicht aufhöre zu rufen. »Sei still. Hör auf damit!«

Ich verstumme. Er ringt nach Luft, drückt die Hände an seinen Kopf, als würden die Gedanken darin ihm den Verstand rauben. Es dauert lange, bis er weiterspricht. Seine Stimme zittert jetzt ein wenig.

»Ich wollte gerade … ich war außer mir, weil er sie hatte entkommen lassen. Ich wollte ihr nach, aber … er hat einfach nicht auf mich gehört! Ich – ich wollte ihn gar nicht … aber er hat nicht aufgehört zu schreien und … da hab ich ihn … mit der Axt …«

Er bricht ab. Sein Gesicht ist blass und ausdruckslos, nur in seinen Augen, da ist der Schmerz so groß, dass ich ihn kaum noch ansehen kann.

Die Schaufel an der Mauer. Die dunklen, vereisten Klumpen an der Spitze.

»Du hast ihn umgebracht«, sage ich.

Er schluckt. »Ich wollte uns beschützen. Das ist alles, was ich wollte.«

Ich krümme mich und taumle gegen die Mauer. Es ist keine Angst und auch kein Zorn, nur Gewissheit. Sie ringt mich nieder, und ich kämpfe nicht länger dagegen an. Ein bisschen ist es sogar, wie frei zu sein – befreit von der qualvollen Bürde, Hoffnung zu empfinden.

Die Zeit scheint stehen zu bleiben. Oder sie zerrinnt zwischen meinen Fingern. Es spielt keine Rolle mehr. Der Gedanke an morgen erscheint mir lächerlich, an einen neuen Tag, der alles möglich macht. Das alles liegt tief in mir begraben, unter den Trümmern einer Liebe, die einfach nicht stark genug war.

Während die Sonne geruhsam ihre Wanderung über den Himmel fortsetzt, werden die Schatten immer größer, und mit dem Aufziehen neuer Wolken beginnt es wieder zu schneien.

Jannik hat den Kopf zu mir gedreht. Es scheint eine

Ewigkeit zu vergehen, in der wir einfach nur dasitzen und uns ansehen. Dann sagt er: »Hilfst du mir, das Haus niederzubrennen?«

Ich zögere nicht.

Diesmal nicht.

36

Wenn es brennt, muss es gut brennen. Wir benutzen das Benzin aus dem Schuppen, das Paps für die Autos und die Schneefräse eingelagert hatte. Fünf volle Kanister. Auch die Gasflaschen. Wenn es brennt, muss es gut brennen.

Während Jannik mit den Kanistern durch die Räume geht, packe ich das Nötigste in ein paar Taschen: Kleidung, Wasserflaschen, etwas zu essen und ein paar Spielsachen für Henna. Keine Autoschlüssel, keine Zeichnungen und keine Schatulle. Das alles wird hierbleiben und brennen, so wie ein Fieber Erinnerungen aus dem Verstand brennt. Bloß Theos Comics und seine wenigen Sachen stecke ich ein. Die Spielzeugautos und den Matador-Baukasten. Die Einzelteile musste ich zusammenklauben, weil sie immer noch im Zimmer am Boden standen – eine Stadt, die niemals fertig geworden ist. Einfach aus dem Leben gefegt, wie er. Bei Paps' Geldkästchen bin ich unschlüssig; Jannik wird nicht vorhaben, irgendwohin zu gehen, wo Geld von Bedeutung ist. Trotzdem verstecke ich das Kästchen ganz unten in der Tasche, und es gibt mir Sicherheit, wenn auch keine Hoffnung.

»Hast du alles?« Er steht in der Tür, den letzten Kanister in der Hand.

Ich sehe mich noch einmal in unserem Zimmer um. Wir lassen nichts zurück, das wir vermissen würden. An den klobigen alten Möbeln habe ich mir nachts bloß die Zehen gestoßen, und die Mauern, die uns ein Leben lang Schutz vor Wind und Wetter boten, halten nichts als Schreie und böse Erinnerungen gefangen. Das alles ist der Alptraum, der die Nächte so schwarz und die Kälte so erbittert gemacht hat. Es wird Zeit, es hinter uns zu lassen.

»Ja. Legen wir los.«

Voll beladen mit den Taschen gehen wir nach draußen, wo Henna am Waldrand bereits auf uns wartet. In ihrem dicken rosafarbenen Parka sieht sie aus wie eine einsame Christbaumkugel, genauso zerbrechlich. Seit ich sie heute Morgen vor der Tür sitzen sah, hat sie kein Wort mehr gesagt. Nun hat der Wald also auch sie zum Schweigen gebracht, ein letztes Mal hat er sich die Seele eines Kindes geholt. Ein letztes Mal.

Jannik holt das Feuerzeug aus der Jackentasche. Der aggressive Benzingeruch des Hauses durchzieht die Luft und ätzt sich bei jedem Atemzug durch meine Kehle. Doch es ist ein angenehmes Gefühl, wie das Ausmerzen einer Krankheit. Zitternd tanzt das Flämmchen des Zippos im Wind, und fast möchte ich lachen, dass etwas so Kleines dieses riesige Monster für immer zerstören soll.

»Tu es«, sage ich.

Er wirft das Feuerzeug in die weit geöffnete Tür. Und was mit einem Funken beginnt, wird schnell zu einem gigantischen, grell leuchtenden Feuerwerk.

Das Haus brennt bis tief in die Nacht hinein. Zu dritt stehen wir im Schutz der Bäume und sehen zu, wie es in den Flammen auseinanderbricht, wie Balken verkohlen, Vorhänge verglühen, wie Fensterscheiben bersten und die Jahre verstummen wie der letzte kraftlose Schrei eines Sterbenden. Funken tanzen in der Luft und lassen den Himmel leuchten. Es ist wunderschön. Die klarste, heilendste Wärme ist die der Erlösung.

»Was ist das?« Ich deute auf das alte Buch in Janniks Hand. Er hält es umklammert, seit wir hier stehen. »Ist das nicht das Buch, das du in Paps' Sachen gefunden hast?«

»Ja.«

»Wieso hast du es mitgenommen?«

Er zeigt es mir, und ich schlage die Seite auf, die er als Letztes gelesen hat. Es sind handschriftliche Tagebucheinträge. Die Seite endet mit:

Wie bringt man einem Kind Gehorsam bei? Totalen, blinden Gehorsam?
Paps würde sagen: Indem man es bricht.

Ich gebe Jannik das Buch zurück. »Das ist Paps' Tagebuch, nicht wahr?«

Er holt aus und schleudert das Buch ins Feuer.

In diesem Moment sehe ich Paps' Schatten in seinem Fenster. Er hämmert gegen die Scheiben, versucht ein allerletztes Mal, seinem Schicksal zu entkommen, doch die Flammen sind stärker, und so verschlingen sie ihn, und das Haus erstrahlt in einem funkelnden Lichtermeer, sodass es für einen Augenblick aussieht, als wäre es ein flammendes Tor. Ein Tor zur Sonne.

37

Die alte Försterhütte bei der Quelle sieht noch genauso aus wie damals, als ich vor sieben oder acht Jahren einmal dort übernachtet habe. Ich war weggelaufen, nachdem Paps mit Nika nach Hause gekommen war. Natürlich hatte ich meine Flucht überhaupt nicht durchdacht. Nach wenigen Stunden allein im Wald bekam ich solche Angst, dass ich mich wieder auf den Rückweg machte, obwohl mir klar war, welche Strafe mir zu Hause blühen würde. Ein Sturm zog auf. Ich schaffte es bis zu dieser Hütte, in der ich mich versteckte, bis der nächste Morgen graute.

Bei Sonnenaufgang stand Jannik in der Tür. Durchnässt bis auf die Knochen. Er habe mich die ganze Nacht gesucht, sagte er. Die ganze Nacht.

Glasklar erinnere ich mich an die Erleichterung in seinem von Zweigen und Kälte zerschundenen Gesicht, an die unschuldige Freude, mich gefunden zu haben, bevor Paps mich in die Finger bekam. Er war mir nachgegangen, weil er wusste, dass ich einen Fehler begangen hatte, und er brachte mich so schnell zurück, dass Paps nie von meinem Fluchtversuch erfuhr. Manchmal glaube ich, dass mich vor Fehlern zu bewahren seit jeher seine einzige Aufgabe ist.

Viel Zeit hat seitdem an der Hütte genagt. Die kleinen Fenster sind von Eiskrusten überzogen, das spitz zulaufende Dach mit dem winzigen Schornstein ächzt unter dem Gewicht der Schneedecke. Unter dem Stein neben der Tür liegt noch immer der Schlüssel. Keine Ahnung, wer ihn einst dort hingelegt hat. Während Jannik mit Henna ins schützende Innere geht, bleibe ich vor der Hütte stehen und schaue mich um.

Dieser Ort scheint einer unwirklichen Vergangenheit entsprungen zu sein; aus dem Mund des geschnitzten Waldgeistes, der am Kopf eines kleinen Holzbrunnens neben dem Eingang steht, fällt ein gefrorener Wasserstrahl, als wäre die Kälte hier ganz plötzlich gekommen, inmitten eines schönen Sommertages, und hätte von einer Sekunde auf die andere alles zu Eis erstarren lassen. Aus dem Wald glaube ich die Vögel singen zu hören, obwohl mein eigener Atem das einzige Geräusch weit und breit ist. Es sind die Möglichkeiten, die diesen Ort lebendig machen – der Anflug von Zukunft, der wie Nebel von der glitzernden Eisschicht aufsteigt. Eine Zukunft im Inneren der Schneekugel.

Aussichtslos. Ein Todesurteil. Wie die Spinnen im Glas.

In der Hütte scheint ein flackerndes Licht auf, als Jannik Feuer im Kamin macht. Ich gehe hinein und sehe ihn am Boden knien, den Blick konzentriert auf die schwache Glut gerichtet, als wollte er das Feuer mit der Kraft seiner Gedanken am Leben erhalten. Henna hat sich bereits einen der beiden Schlafsäcke ausgesucht, die Jannik am Boden ausgebreitet hat, und rollt sich darin zu einer Kugel. Ein leises Miauen dringt aus dem Inneren des Schlafsacks hervor. Die Katze, sie ist uns gefolgt. Oder sie war schon hier und hat auf uns gewartet. Der uralte Geist des Waldes scheint uns einfach nicht loslassen zu wollen.

Ich setze mich zu Jannik an den Kamin, und gemeinsam schauen wir ins Feuer.

Es gibt eine Frage, die ich ihm stellen sollte, auf die er schon die ganze Zeit wartet. Doch ich sage nichts, und auch er bleibt schweigsam. Die unausgesprochenen Worte zerfallen in der knisternden Stille des Feuers zu Asche, die langsam von der Zeit verweht wird.

In dieser Nacht finde ich keinen Schlaf. Ich denke an einen Traum, den ich einmal vor sehr langer Zeit hatte. Es war ein Traum von meinen Eltern. Wir saßen unter den Ebereschen beim Holzschuppen, es war Herbst, und die Äste bogen sich unter dem Gewicht dicker roter Vogelbeeren. Es war so warm. Ich konnte das Gras zwischen meinen Fingern spüren, roch den Rauch eines Grills nicht weit entfernt. All das wirkte so echt, dass ich selbst jetzt noch glaube, dass es gar kein Traum war, sondern eine Erinnerung; die letzte Erinnerung, ehe mein Leben mit Paps begann.

Das ist natürlich lächerlich. Unmöglich bin ich mit meinen Eltern je hier gewesen. Dass ich die Erinnerungen an mein Zuhause mit Bildern von der Lichtung vermische, kann nur bedeuten, dass mein Verstand verzweifelt versucht haben muss, die Lücken zu füllen, und so entstand diese absurde Kulisse aus Gold und Rot, aus warmem Herbstwind und lachenden fremden Gesichtern. Weder Wahrheit noch Lüge.

Aus Janniks Richtung dringt ein Rascheln. Er ist schon seit einer Weile wach, doch er hat noch nichts zu mir gesagt. Die Glut des Kamins lässt sein Gesicht aufflackern, und ich sehe in seine dunklen, nachdenklichen Augen.

»Kannst du nicht schlafen?«, fragt er.

»Ich habe geträumt.«

»Wovon?«

»Von Vogelbeeren. Riesengroßen Vogelbeeren.« Und ich träume auch jetzt, denn ich sehe sein Lächeln, wie es niemals war: offen und voller Hoffnung.

»Klingt nach einem Stückchen Heimat«, meint er.

»Ja. Das finde ich auch.«

Er streckt den Arm aus, und ich greife nach seiner Hand.

So verharren wir einige Zeit, zwischen uns nur ein Atemhauch und dennoch so viel mehr. Es sind Welten, die uns voneinander trennen, seine Welt und meine Welt. Womöglich ist der Traum der einzige Ort, wo wir zueinanderfinden könnten – doch es ist dumm, an Träumen festzuhalten. Sie werden einfach nicht wahr.

38

Es ist sehr früh am Morgen. Henna ist müde und schlüpft nur widerstrebend in die Ärmel ihrer Jacke. Ich binde ihr den Schal um und setze ihr die Mütze auf, dann kneife ich liebevoll in ihre Wange, weil sie so niedlich aussieht. Einen Moment lang warte ich auf die Zahnlücke, die sie so stolz beim Grinsen zeigt. Ihr Mund bleibt stumm und traurig. Als sich hinter mir die Tür öffnet, gebe ich ihr einen sanften Stoß.

»Warte dort vorne auf mich, Kleines. Bei der Tanne. Ich komm gleich nach.«

Ich sehe zu, wie sie mit ihren viel zu großen Gummistiefeln durch den Schnee stapft. Ich sollte ihr nicht die Möglichkeit nehmen, sich zu verabschieden, doch ich bin nicht sicher, ob sie es kann. Ob ich es denn überhaupt kann.

Er legt mir die Hand auf die Schulter, und ich drehe mich zögernd zu ihm um. In der Eile hat er sich nicht einmal eine Jacke angezogen. Sein schwarzer, hochgekrempelter Pulli ist viel zu dünn und zerknittert vom Schlaf. Gänsehaut überzieht seine Arme, und ich spüre deutlich, wie sein Griff fester wird.

»Du willst gehen?«, fragt er, ganz atemlos. »Wohin denn?«

»Spielt keine Rolle. Weg von hier.«

»Aber du weißt doch gar nicht, was da draußen ist. Du wirst dich verirren ohne mich!«

Das habe ich bereits. In seiner Welt, die nicht meine ist, die niemals meine sein wird.

»Lass mich los, Jannik.«

Die Worte kommen heftig und schnell, weil es keinen anderen Weg gibt, nur diesen. Ich ducke mich unter seinem Griff weg, doch da packt er mich am Handgelenk. Sehr fest.

»Geh nicht«, bittet er.

Meine Tränen beginnen zu laufen. So weit habe ich es ohne sie geschafft, und jetzt fürchte ich, dass sie niemals wieder aufhören.

»Das geht nicht«, flüstere ich.

»Doch. Wir können zusammen sein, wir alle drei. Ich beschütze uns, ich sorge für uns, ich ...« Seine Stimme versagt.

Es ist diese Illusion, die er lebt; wie Wellen, die über den Strand jagen, verwischt er seine Taten, weil er nicht sehen will, wohin die Spuren im Sand ihn unweigerlich führen. Ich könnte mit ihm diese Illusion leben, für eine gewisse Zeit wäre das möglich, doch es wird immer etwas Dunkles in ihm geben, und weder Liebe noch Geduld werden daran etwas ändern.

Meine Tränen versiegen. »Lass mich los«, wiederhole ich.

»Warte ...«

»Ich kann nicht, Jannik. Lass mich doch einfach nur gehen.«

Er schüttelt den Kopf, doch in seinen Augen ist der Widerstand erloschen. Langsam, als wolle er uns noch ein letztes bisschen Zeit geben, löst er den Griff um meine Hand. Es ist kalt jetzt, wo er mich nicht mehr berührt. So kalt.

»Bitte«, sagt er leise.

Ein Lichtstrahl tanzt zwischen uns wie ein verirrter Funke. Und genau das war es all die Zeit – ein Funke, der sich verirrt hat. Er verglüht hilflos in der Kälte.

»Leb wohl, Jannik.«

Ich drehe mich um und gehe mit Henna in den Wald hinein. Hinter uns gibt es nur noch Schweigen.

Wir erreichen die Asphaltstraße bei Sonnenuntergang. Lang und einsam schlängelt sie sich Richtung Tal, ein Weg ins Unbekannte, und dennoch habe ich zum ersten Mal keine Angst. Als unsere vor Müdigkeit schmerzenden Beine uns nicht mehr tragen wollen, setzen wir uns an den Straßenrand und warten auf Lichter in der Ferne.

39

Sie finden uns am Morgen des dritten Tages, knapp vor dem Erfrieren. Männer und Frauen in Uniform. Henna reißt erstaunt die Augen auf, als der Helikopter neben uns landet. Kalter Wind umbraust uns, und ich spüre den Hunger der letzten Tage in mir, wie auch eine tiefe, übergroße Dankbarkeit.

»Es ist alles gut«, sagt eine Frau, deren Gesicht mir bekannt vorkommt. »Wir kümmern uns um euch. Es ist vorbei.«

Als wir abheben, sehe ich unsere Spuren im Schnee. Sie führen tief in den Wald, ein ganzes Leben verloren in der Ferne. Schon werden sie vom Wind verweht, und ich wende mich ab vom Wald und hin zu meiner Zukunft.

Denn immer sind irgendwo Augenblicke versteckt, Gefühle, hauchzarte Spuren des Lebens. Sie werden die Menschen, die du verlassen hast, an dich erinnern und dafür sorgen, dass auch du sie nicht vergisst.

Denn solche Spuren sind stärker als der Wind.

Danksagung

Es gibt Romane, die sind mehr als nur Worte und Gefühle und Handwerk. Sie sind etwas, das man als Autorin gar nicht so richtig erklären kann. Ein Teil von uns und doch etwas komplett anderes – etwas, das zu surreal und zu bedeutsam scheint, um aus der eigenen Feder zu stammen. In Momenten wie diesen, wenn ich mit rauchendem Kopf über meiner Danksagung brüte, erscheint der Gedanke, dass genau einer dieser Romane tatsächlich veröffentlicht werden soll, schier unbegreiflich. Umso schwieriger ist es, meine grenzenlose Dankbarkeit in Worte zu fassen, dass es nach all der Zeit, dem Warten, dem Bangen und den Enttäuschungen, nun endlich so weit ist: Dieses eine Buch, mein Herzensbuch, wird in die weite Welt entlassen. Das ist zu groß, um es mit Worten auszudrücken. Doch ich möchte es zumindest versuchen.

Ich danke meinen grenzgenialen Testleserinnen für ihren unermüdlichen Einsatz für dieses Projekt: Sabrina Reiter, die einen Text gerne auch mal mehrmals durchackert, um mir in meinem ewigen Kampf gegen die Logikfehler zur Seite zu stehen. Und natürlich meiner Mutter. Sie macht wahrlich keine Gefangenen – und dadurch ein gutes Buch zu einem noch besseren.

Genauso gilt mein Dank meiner engagierten Agentin Anna Mechler, die mich seit mittlerweile zwei Jahren tatkräftig unterstützt. Und natürlich all den wunderbaren Buchmenschen bei Emons: Ihr habt in meinem Text mehr gesehen als bloß eine Geschichte. Ihr habt diesen einen versteckten Funken bemerkt, den niemand sonst so recht erkennen wollte. Dank euch fühle ich mich zum ersten

Mal wie eine Schriftstellerin. Euer Engagement und eure ungebrochene Begeisterung für dieses Projekt sind der Grund, warum ich heute hier sitze und über Worte nachdenke, die ohnehin nicht ausreichend sind. Dafür danke ich euch von ganzem Herzen.

Außerdem möchte ich meiner Lektorin Marion Heister danken, die die letzten Kanten geschliffen und Falten ausgebügelt hat.

Zu guter Letzt gilt mein Dank all den Leserinnen und Lesern da draußen, die dieses Buch jetzt in Händen halten. Es war ein langer, steiniger Weg, bis wir schlussendlich zueinandergefunden haben. Doch ich hoffe, unsere Reise wird noch lange andauern.